Magnus Holst
Der Tote vom Kniepsand

Der Tote vom Kniepsand

Kriminalroman

Magnus Holst

post@xavermalkus.de
www.xavermalkus.de
Sollte die Publikation Links auf Webseiten Dritter enthalten, so übernehmen wir für deren Inhalt keine Haftung, da wir uns diese nicht zu eigen machen, sondern lediglich auf deren Stand zum Zeitpunkt der Erstveröffentlichung verweisen.
Covergestaltung: Youness El Hindami
ISBN: 9798516531941
Independently published

Magnus Holst

Magnus Holst ist das Pseudonym von Xaver Malkus. Mit „Der Tote vom Kniepsand“ veröffentlichte er im Juni 2021 seinen ersten Kriminalroman.
Xaver Malkus wurde 1986 in Berlin geboren. Er studierte Spanische Philologie an der FU Berlin und Europäische Literaturen an der Humboldt Universität.

Weitere Informationen über den Autor und seine Veröffentlichungen gibt es im Netz unter xavermalkus.de oder bei Instagram @xavermalkus.

Der Tote vom Kniepsand

Eins

Das Klingeln des Weckers rammte sich wie ein rostiger Nagel in ihr Bewusstsein. Mit Mühe hob sie ihre Hand.

Die Bewegung sandte eine Welle des Schmerzes durch ihren Kopf. Nach mehreren Griffen ins Nichts erwischte sie das Gerät und brachte das Fiepen zum Schweigen.

Langsam nahmen die verschwommenen grünen Zahlen vor ihren Augen Gestalt an. Sie blinzelte mehrere Male, bis sie verstand, was die elektrische Anzeige ihr sagen wollte.

6:30 Uhr. In einer Stunde musste sie im Büro sein. Zum Gespräch mit Frank.

Der Schmerz in ihrem Schädel begann mit einem spitzen Stechen und floss dann wie die Welle aus der Mitte eines Teiches, in den man einen Stein geworfen hatte, durch jeden Winkel ihres Kopfes. Doch statt eines kleinen Kiesels war es ein anhaltender Erdrutsch, der in den trüben Tümpel unter ihrer Kopfhaut stürzte.

Es half nichts. Sie zog die Decke zurück, schleppte sich

ins Bad und schaltete die Dusche an. Als das eiskalte Wasser ihre Haut berührte, feuerten alle Neuronen gleichzeitig. Für einen kurzen Augenblick war sie vollkommen wach, dann kehrte der Kater zurück. Mit wackligem Fuß trat sie aus der Dusche.

Der Föhn war zu laut, das Anziehen kostete Kraft, doch sie schaffte es. Sie war beinahe vorzeigbar. Nur eine Sache fehlte noch.

Sie blickte in den Badezimmerspiegel und holte tief Luft. An guten Tagen war der Moment zwischen Ein- und Ausatmen ein Moment der Ruhe, absoluter Stille, ein kurzer Augenblick, in dem ihr Körper funktionierte.

Heute war kein guter Tag.

Das Zittern ihrer Hände jagte den Augenbrauenstift in einer krummen Linie über das vernarbte Gewebe ihrer linken Stirnseite. Sie setzte mehrmals an, doch es gelang ihr nicht, den Strich symmetrisch zu ihrer verbliebenen Braue zu ziehen.

Mit einem Keuchen legte sie den Stift zur Seite und starrte auf ihr Spiegelbild. Ihre Lider waren schwer, die Ringe tief.

Verdammtes Wrack.

Ein heißes Flüstern kam aus den Tiefen ihrer Eingeweide, forderte die Medizin. Doch es musste auch ohne gehen. Sie schob den Gedanken nach hinten und probierte es erneut.

Die Finger ihrer freien Hand legten sich wie die Schlinge am Hals des Gehängten um ihr Handgelenk. Immer fester drückte sie zu, während sie versuchte, die schwarze Spitze auf ihrem Augenbrauenbogen anzusetzen.

Wie eine Wespe vor dem Stich ruckte der Stift vor ihrem Auge hin und her.

»Dreck!«, fluchte sie und warf ihrem Spiegelbild einen finsteren Blick zu. Sie schleppte sich ins Wohnzimmer und betrachtete die Reste der letzten Nacht.

Genau 4cl, mehr nicht.

Der Alkohol kannte alle Wege und rutschte ohne Mühe ihren Hals hinunter. Ihr Körper beruhigte sich.

Ein feiner Dunst legte sich über die Welt. Alles wurde ein wenig leiser, das Leben da draußen, aber vor allem auch das Leben hier drinnen. Der stechende Schmerz ihrer Gedanken und Gefühle wurde mit jedem Tropfen ein wenig stumpfer.

Nachdem sie die Flasche in einem der Schränke vor sich selbst versteckt hatte, kehrte sie ins Bad zurück. Ihr Spiegelbild hatte von seiner grausamen Härte verloren. Die Haut sah glatter aus, die Ringe unter ihren Augen ein wenig heller.

Mit der Übung der Jahre zog sie sich eine Augenbraue, die man nur bei genauem Hinsehen als Farbstrich erkannte.

Nach einer kurzen Autofahrt ans andere Ende von Kiel betrat sie den Backsteinbau, in dem die Mordkommission des Landeskriminalamts untergebracht war.

Franks Büro lag am Ende des großen Raums mit den Tischen, an denen ein paar Kollegen gerade Akten studierten oder mit Zeugen, Staatsanwälten oder Rechtsmedizinern telefonierten. Die übliche Betriebsamkeit. Alles wie immer.

Nicht ganz.

Die Kollegen beäugten sie. Keiner wagte es, sie offen anzustarren, doch ihr entging nicht, welche Aufmerksamkeit ihr Erscheinen erregte. Dabei war sie nur zwei Wochen beurlaubt gewesen.

Das Getuschel der Kollegen verschwamm zum Rauschen. Doch auch ohne die Worte zu hören, wusste sie, was sie sagten, wie sie sie nannten.

Wrack, *Narbenfresse*, *Niki*.

Sollten sie sich ruhig das Maul zerreißen. Sie kannte alle Spitznamen und Beleidigungen.

Keiner von ihnen war auch nur halb so gut in ihrem Job wie sie. Zumindest war das bis vor Kurzem noch so gewesen. Aber selbst, wenn sie einen Fehler gemacht hatte, war sie immer noch besser als alle anderen. Sie sollten es bloß wagen, ihr die Worte ins Gesicht zu spucken. Sie würde sie zerfetzen.

»Herein!«, dröhnte Franks Bass durch die Tür.

Für mehrere Herzschläge stand sie neben dem Stuhl vor seinem Schreibtisch. Ihr Puls hämmerte in ihren Ohren, als er von der Akte auf seinem Tisch aufblickte und sie musterte.

»Mila«, sagte er knapp und schob ein paar lose Blätter in die Aktenmappe. »Nimm Platz.«

Seine Stimme ließ nicht erkennen, in welche Richtung das Gespräch gehen würde.

»Schön, dass du wieder hier bist«, sagte er. Ein Schatten huschte über seine Züge. Es war, als würde Traurigkeit seine harten Kanten brechen und die Haut nach unten ziehen. »Ich hoffe, du konntest dich im Urlaub gut erholen.«

Anstatt die leere Phrase mit einer passenden Antwort zu beehren, nickte Mila knapp und setzte sich auf den Stuhl.

Während sie darauf wartete, dass er das Gespräch begann, ergriffen Hunger und Schwäche von ihr Besitz. Ihr einziges Frühstück war ein kurzer Schluck gewesen. Es war, als gewann die Leere in ihrem Bauch mit jedem Atemzug an Schwere, als würde sie das Gewicht des

Nichts in einen dunklen Abgrund ziehen. Sie war sich nicht sicher, ob sie jemals wieder von dem Stuhl hochkommen würde.

Mit den Augen biss sie sich an Frank fest, suchte Halt in dem Taumel, der ihr Bewusstsein erfasst hatte.

Frank rieb sich die Nase und schien irgendetwas mit den Augen im Raum zu suchen. Er betrachtete die Aktenschränke, inspizierte die Decke, selbst der Zustand der Tapete erregte seine Aufmerksamkeit. Sein Blick erforschte seine Umgebung, nur Mila schien er nicht wahrzunehmen.

»Ich habe noch einmal über die Situation nachgedacht«, begann er schließlich. »Die Wochen vor deinem Urlaub waren etwas chaotisch und ich glaube, das Chaos war auch zu einem großen Teil meine Schuld. Ich habe dir wohl einfach zu viel zugemutet.«

Seine Worte waren ein Anker, an dem sie sich festhalten konnte. Ein verhasstes Ding, in das sie ihre Nägel krallen würde. Sie verschränkte die Arme und legte den Kopf ein Stück nach hinten.

Franks Lippen öffneten sich, um den schweren Worten Platz zu machen, dann schlossen sie sich wieder und versiegelten seinen Mund zu einem schmalen Schlitz.

Es war doch das Beste. Und ganz sicher nicht das Ende. Nur ein Richtungswechsel.

Sie las die Floskeln in seiner Miene, bevor er etwas sagen konnte.

Seine Augen suchten nach Zustimmung, doch ihre Miene war ein Hagelschauer.

»Wohin willst du mich strafversetzen?«, pampte sie ihn mit einem Mal an. Wenn er ihr schon den Kopf abschlagen wollte, dann war der schnelle Schnitt der Guillotine dem stumpfen Messer vorzuziehen.

Franks breite Schultern hoben sich, während er die Luft hörbar einsog. Für einen Augenblick sah es so aus, als würden sich seine Lungen in einem Schrei entladen, der die ganze Etage zum Erzittern bringen würde. Stattdessen spannte sich sein Kiefer einen Augenblick, dann ließ er einen langsamen Stoß aus seinen Nüstern fahren.

»Du warst immer einer meiner besten Ermittler«, begann er.

Das bin ich immer noch.

»Ich glaube einfach, dass es unter den Umständen besser wäre…«, murmelte Frank. »Also nach allem, was vorgefallen ist, glaube ich, es wäre in deinem Interesse, wenn du dich in nächster Zeit nicht an aktiven Ermittlungen beteiligst.«

Ein schwarzer Klumpen Galle löste sich aus Milas Eingeweiden und kroch ihr den Hals nach oben, wollte ihr aus dem Mund schießen und sich in Franks Gesicht ätzen. Sie presste die Zähne aufeinander.

»Im 41sten ist eine Stelle unbesetzt«, berichtete er in einem Ton, der fast schon wie eine Entschuldigung klang.

»Du willst mich in den Innendienst schicken?!« Enttäuschung und Wut platzten aus ihr heraus.

»Mit deiner Erfahrung und deinen Fähigkeiten kannst du dort sicherlich einen guten Beitrag zu unserer Arbeit leisten«, versuchte Frank sie zu beschwichtigen.

»Ich bin Kriminaloberkommissarin!« Sie senkte den Kopf und warf einen bedrohlichen Blick in Richtung ihres Chefs. »Und jetzt soll ich Häkchen in der Asservate machen und Liste führen?!«

Mit einem Knall krachte Franks Hand auf den Tisch.

»Mila, du hast verdammt viel Mist gebaut!« Er schien seinen knappen Vorrat an Beherrschung endlich aufgebraucht zu haben.

Mila kannte seine Ausbrüche, doch im Gegensatz zu ihren Kollegen hatte sie noch nie die volle Wucht seiner Wut am eigenen Leib zu spüren bekommen. Vielleicht war es heute so weit.

»Du hast Beweismittel verlegt«, erinnerte er sie mit einem Zeigefinger, den er wie einen Gewehrkolben auf ihre Miene richtete.

Die Säure brannte für einen Moment als Antwort zwischen Milas Lippen, doch dann verlor ihr Rücken an Kraft und sie sackte auf dem Stuhl zusammen. Sie schluckte ihren Groll hinunter und schwieg.

Frank hatte Recht. Beinahe wäre Meisner davongekommen. Und alles nur, weil sie nicht aufgepasst hatte. Ihre Ermittlungen waren sauber gewesen, doch dann hatte sie einen der Beutel mit Beweisen nicht mehr finden können.

Ausgerechnet jenen Beutel, der die Unterwäsche des kleinen Mädchens mit den eindeutigen DNS-Spuren enthielt. Sie hatte keine Erklärung dafür. Nachdem die Beweismittel aus dem Labor zurückgekommen waren, hatte sie alles noch einmal katalogisiert und dann in die Asservate gegeben. Alles wie immer.

Kurz vor dem Prozess hatte sich die Staatsanwaltschaft bei ihr gemeldet. Und dann war die Situation explodiert. Der Prozess stand kurz davor zu scheitern, bevor er überhaupt angefangen hatte.

Jeden Winkel ihrer Wohnung hatte sie abgesucht, jede Kiste in der Asservate mehrmals kontrolliert, jede Ecke der Station, ihr Auto, den Keller, selbst den Briefkasten hatte sie mehrmals in der Hoffnung geöffnet, dort auf magische Weise den verdammten Beutel zu finden.

Es hatte nicht lange gedauert, bis auch die Führung des LKAs auf ihren Fehler aufmerksam geworden war. Eine

Untersuchung der Dienstaufsichtsbehörde schien unausweichlich.

Frank hatte die ganze Station auf den Kopf stellen lassen. Wie in einem Ameisenhaufen wühlten sich ihre Kollegen durch die Kisten. Jeder Tisch wurde dreimal umgedreht, jedes Fahrzeug gefilzt.

Dann hatte einer ihrer Kollegen den Beutel hinter der Heizung der Damentoilette entdeckt. Sie selbst hatte auf der Toilette mehrmals nachgesehen, doch sie war blind gewesen, der Nebel zu dicht.

Wie konnte sie den Beutel dort nur übersehen haben? Sie war die einzige verdammte Frau in der Abteilung, die einzige Ermittlerin, die die Toilette benutzte.

Mieses Wrack.

»Dir sind in letzter Zeit zu viele Fehler passiert.«

Der Zorn war aus seiner Stimme verflogen und sein Gesicht hatte sich wieder beruhigt.Auf seiner Miene zeigte sich genau der Ausdruck, den sie am meisten hasste. Zu oft hatte sie ihn schon in den Gesichtern der Menschen gesehen, die ihren Weg kreuzten.

Mit der Wut hätte sie leben können, selbst Verachtung oder Ekel konnte sie ertragen. Alles, nur kein Mitleid, kein Bedauern.

»Dein Privatleben geht mich natürlich nichts an«, sagte er und atmete langsam und deutlich hörbar aus. »Deine Kollegen machen sich Sorgen. Ich mache mir Sorgen, Mila.«

Sie wusste was gleich kommen würde. Anteilnahme, eine besorgte Nachfrage. Therapeuten, Ärzte und Sozialarbeiter hatten ihr jahrelang immer wieder die gleichen Fragen gestellt.

»Gibt es irgendetwas, das du mir erzählen willst?«, fragte er und nickte dabei mit dem Kopf, als wolle er ihr sagen, dass es wirklich in Ordnung sei, wenn sie reden wollte.

Papi ist für dich da.

Ein pelziger Geschmack legte sich über ihre Zunge. Ihr Mund war plötzlich heiß und trocken, ihr Pullover zu warm, die Haut zu eng. Der einladende Blick, die sorgenvollen Augen waren einfach zu viel.

Mila konnte ihn nicht mehr ansehen. Sie blickte auf den Boden, bis sich ihre Augen in den abgetretenen Fliesen verloren. Ihre Sicht verschwamm, doch die Wirklichkeit ließ sich nicht ignorieren.

»Du bist eine super Ermittlerin«, sagte Frank. Seine Stimme kündigte ein großes Aber an. »Genau wie dein Vater es war. Doch was, glaubst du, würde er sagen, wenn er dich jetzt sehen würde?«

»Ich weiß es nicht«, brummte Mila nach einer stillen Pause, in der sich das Gewicht der Vergangenheit auf ihren Schultern niederließ. Ihre Stimme klang bitter. Doch sie wusste, was ihr Vater denken würde, wenn er noch lebte.

Versagerin.

»Er würde dich ganz schön zusammenstauchen«, sagte Frank. »Er würde dir sagen, dass deine privaten Probleme deine Arbeit als Ermittlerin nicht beeinträchtigen dürfen. Er würde dir erklären, dass du es den Opfern, den Hinterbliebenen und vor allem auch dir selbst schuldest, dein Bestes zu geben. Wir sind Polizisten. Kriminalkommissare, verdammt noch mal. Bei uns geht es um Gerechtigkeit. Wenn wir unsere Arbeit nicht ordentlich machen, kommen die Scheißkerle davon. Mieser Abschaum wie Meisner. Kleine Kinderficker, Mörder und das restliche Gesocks.«

Jedes Wort war wie ein Schlag.

Täter zu überführen, den Opfern und Hinterbliebenen Gerechtigkeit zu verschaffen, deswegen war sie Ermittlerin geworden. Sie wollte nicht in einer Welt leben, in der skrupellose Monster sich ohne Konsequenzen an den Hilflosen vergreifen durften. Doch genau das wäre beinahe passiert.

»Ja«, begann Mila. Sie kämpfte gegen das Drehen in ihrem Kopf und krallte sich mit den Fingernägeln in ihre Oberschenkel, um nicht den Halt zu verlieren. Langsam richtete sie sich auf und blickte Frank verschwommen an.

»Er würde mir einen Einlauf verpassen und mir den Kopf zurechtrücken«, bestätigte sie. »Scheiße, wahrscheinlich würde er mich so hart zusammenfalten, dass ich durch den Schlitz in meinem Briefkasten passen würde.«

Mit einem Schnaufen fixierte sie ihren Chef. Seine Kontur wurde mit jedem Herzschlag klarer, ihr Blick härter.

»Aber er würde mich niemals aufs Abstellgleis schicken. Er würde mir eine Chance geben, meinen Fehler wiedergutzumachen und zu zeigen, dass ich es immer noch drauf habe. Und wenn nicht«, sagte sie und kniff die Augen ein wenig zusammen, bevor sie weitersprach, »dann hätte er ganz sicher die Eier, um mich richtig vor die Tür zu setzen.«

Der dunkle Schatten über Franks Gesicht ließ sie für einen kurzen Augenblick zögern, doch sie deutete sein Schweigen als Aufforderung weiterzusprechen. Sie hatte noch eine Chance.

»Ja, ich habe richtig Mist gebaut. Das hätte mir nicht passieren dürfen«, sagte sie und schüttelte den Kopf. »Doch ich habe auch immer geliefert. Ich habe immer noch die beste Statistik von allen in der Einheit. Gib mir die Chance, dir zu beweisen, dass du dich immer noch auf mich verlassen kannst.«

Die Stille im Raum schmeckte nach Staub.

Frank betrachtete Mila und runzelte die Stirn.

»Dein Vater war ein ziemlich harter Hund, aber immer fair«, sagte er mit einem Nicken, in dem die Erinnerung an damals und der Respekt für die alte Garde mitschwangen. Sein Blick glitt zu dem Aktenstapel auf seinem Tisch, dann wanderte er zurück zu Mila. »Hast du dich im Griff?« Er musterte sie mit den Augen eines Wolfes, der im Wald auf einen Menschen trifft.

Nur 4cl, hallte ein Echo durch ihre Gedanken. Nur 4cl, sie hatte es unter Kontrolle. Es gab schließlich auch andere Kollegen mit Problemen. Sie war nicht die Einzige. Sie hatte es im Griff.

Ihre Antwort war ein knappes Nicken.

Er betrachtete sie mehrere Sekunden.

Mit ganzer Kraft bemühte sie sich, stillzusitzen, seinen Blick zu halten.

Die Abwärtsbewegung seiner Augenbrauen leitete ein tiefes Schnaufen ein.

»Es tut mir leid, Mila«, sagte er. »Die Sache wurde bereits beschlossen.«

Die Entscheidung war keine Überraschung. Sie hatte damit gerechnet. Verdammt, sie war davon ausgegangen, dass er ihr nach zwei, drei Floskeln ihr Entlassungsschreiben in die Hand drückte und ihr alles Gute für die Zukunft wünschte.

Aber warum saß sie hier bei ihm im Büro? Irgendetwas stimmte an der Sache nicht. Sie hatte es in seinem Blick gesehen, er hatte gezögert.

»Wenn dem so wäre, säßen wir hier nicht zusammen«, tastete Mila sich vor. »Du hättest mir das Versetzungsschreiben überreicht und die Sache so schnell wie möglich hinter dich gebracht.«

»Mila…«, erwiderte Frank, doch sie ließ ihn den Einwand nicht zu Ende formulieren.

»Ich kann mir vorstellen, dass hinter den Kulissen einiges los war. Am Ende stehst schließlich auch du schlecht da, wenn einer von uns in der Abteilung Mist baut. Wer weiß, was sich die Leute hinter deinem Rücken alles erzählen.«

Als Abteilungsleiter genoss Frank einen Ruf als knallharter Chef, dessen Truppe die schwierigsten Fälle knackte. Sie kannte ihn gut genug, um zu wissen, dass sein Stolz seine Schwachstelle war.

»Lass mich beweisen, dass du dich nicht in mir getäuscht hast«, sagte sie und lehnte sich nach vorne. »Lass mich zeigen, dass in deiner Abteilung keine Nieten arbeiten. Gib mir irgendeinen Fall. Egal, wie alt. Ich löse ihn.«

Franks Finger trommelten ein paar Takte auf der Tischplatte herum, dann griff er die oberste Akte des Stapels.

»Warst du schon einmal auf Amrum?«

»Ja, als Kind war ich häufiger dort.«

Die Anspannung wollte mit einem satten Luftstoß von ihr abfallen. Sie zwang sich, normal zu atmen, und schluckte die Erleichterung herunter. Einen Herzschlag später gewannen die Worte an Gewicht.

Amrum. Die kleine Insel in der Nordsee. Sie dachte an die Zeit zurück, als sie noch ein ganz gewöhnliches Kind gewesen war. Ein Mädchen, das mit seinen Eltern in den Urlaub fuhr. Ein Mädchen, das sich sicher und geborgen fühlte.

Die Erinnerungen fühlten sich fremd an. Es war nicht der Lauf der Zeit, der sich zwischen sie und ihre Vergangenheit stellte. Es war der Schrecken jener Nacht. Die Nacht, die ihr damaliges Leben auf einen Schlag beendet hatte und ihr ohne Vorwarnung den ganzen Schmerz der Existenz ins Herz gerammt hatte.

»Vor zwei Tagen wurde die Leiche eines Mannes am Strand auf Amrum gefunden«, sagte Frank und öffnete die Akte. »Die Kollegen haben Unterstützung erbeten, da ihnen das Personal fehlt, um der Sache nachzugehen.«

Seine Augen überflogen die Blätter, dann ließ er sich in die Lehne seines Sessels fallen und blickte zur Decke.

Mila sagte nichts. Schweigen war die beste Wahl. Sie hatte ihn fast so weit, dass er ihr den Fall gab. Aber er hatte anscheinend immer noch Zweifel. Sie durfte ihn nicht drängen. Aus jedem Drängen schrie Verzweiflung. Sie hatte sich im Griff.

»Ich kann gerade niemanden dafür abstellen, der dich begleitet«, sagte er und fuhr sich mit der Hand über den schwarzgrauen Stoppel auf seinem Kinn.

Der Ausdruck auf seinem Gesicht veränderte sich.

»Nein, das geht nicht. Ich kann dich nicht allein ermitteln lassen«, sagte er schließlich und schob die Blätter in die Akte zurück.

Die Situation drohte ihr zu entgleiten.

»Frank«, sagte Mila mit harter Stimme. Nur dieses eine Wort, mehr gab es nicht zu sagen.

Bevor sich ihre Blicke trafen, hatte sie sich eine Maske aus Geschlossenheit über die zittrigen Nerven geworfen. Sie kannte die Reaktion der Menschen, wenn sie ihrem Blick nicht mehr ausweichen konnten. Ihre Miene war hart und unerbittlich. Sie hoffte, dass die Fassade auch vor Franks prüfendem Blick standhielt.

»Kriegst du das hin?«, fragte er nach einer Pause und musterte sie.

»Ich erledige das«, erwiderte sie mit einem Nicken und streckte die Hand nach der Akte aus.

Frank schnaufte, schob dann aber die Akte in ihre Richtung. Mitten in der Bewegung hielt er ein. Wie die Pranke eines Tigers auf dem Hals der gerissenen Beute ruhte seine Hand auf den Unterlagen.

»Wenn du diesmal Mist baust, dann war es das!«

Seine Züge waren hart und Mila verstand, dass es keine leere Drohung war.

»Dann kommst du nicht mal mehr in den Innendienst. Wenn du Glück hast, kommst du um eine interne Ermittlung herum. Ich habe bei dir mehr als einmal ein Auge zugedrückt. Und nicht nur ich. Es gibt in den höheren Etagen eine Reihe von Leuten, die sich noch gut an deinen Vater erinnern können und deine Karriere aufmerksam verfolgt haben. Wir alle schulden ihm was. Doch dein Sympathiekonto ist leergeräumt. Ich kann dich dann nicht mehr beschützen. Weder vor der Führung noch vor dir selbst. Noch eine krumme Nummer und du bist weg. Hast du das verstanden?«

Der Zeigefinger seiner freien Hand stach durch die Luft in ihre Richtung.

»Ja«, sagte Mila und bemühte sich, den Ernst seiner Augen nicht mit Wut zu beantworten. Warum musste er immer wieder ihren Vater erwähnen?

»Also gut« sagte er. Es war ihm deutlich anzusehen, dass ihm die Situation nicht gefiel. »Der Erkennungsdienst hat seine Untersuchungen abgeschlossen, die Leiche wurde mittlerweile zur Rechtsmedizin hier in Kiel überstellt.«

Die Klaue gab die Akte frei, verharrte jedoch in Reichweite, als würde sie sich auf jeden werfen, der ihr zu nahe käme.

Nach einem kurzen Augenblick der Stille griff sich Mila die Akte, stand auf und ging zur Tür. Kurz bevor sie die Tür öffnete, drehte sie sich noch einmal um.

»Danke, Frank«, sagte sie.

Aus seinen Augen sprach Misstrauen. Nein, es war kein Misstrauen. Eher eine Mischung aus Sorge und Erschöpfung, die sich wie eine schwere Decke über seine Züge legte.

Er nickte ihr knapp zu, dann widmete er sich wieder dem Aktenberg auf seinem Tisch.

Kaum hatte sie die Tür hinter sich geschlossen, atmete sie tief durch. Es war, als hätte eine riesige Zwinge ihren Brustkorb immer weiter zusammengedrückt, bis sie kaum noch Luft bekam, um dann kurz vor ihrem Tod von ihr abzufallen.

Hier war ihre Chance. Sie hatte dafür gekämpft. Doch jetzt musste sie liefern.

Unter den Blicken ihrer Kollegen ging sie zu ihrem Schreibtisch. Niemand sagte etwas. Die Akte in ihrer Hand war Erklärung genug.

Mila studierte den Bericht. Der Tote hatte seine Brieftasche bei sich gehabt, sodass man ihn schnell hatte identifizieren können.

Henrik Ahlers, 55 Jahre alt, Todesursache unbekannt.

Der Erkennungsdienst war gründlich gewesen und hatte viele Fotos gemacht. Die ersten Bilder zeigten das Opfer, wie es gefunden worden war. Der Tote lag mit Blickrichtung Meer in einem grobmaschigen Netz, das an einem Strand zwischen zwei Holzpfosten gespannt worden war. Er trug einen Anzug, jedoch keine Schuhe.

Hängematte Kniepsand, stand unter einem der Fotos. Laut Internet eine beliebte Touristenattraktion, keine 300 Meter vom Ufer entfernt.

Die weiteren Fotos waren nach der Entkleidung entstanden und zeigten Detailaufnahmen blauer Flecken im Genitalbereich. *Ursache unbekannt.*

Sie schob die Akte beiseite und tippte den Namen des Toten in die Suchmaske auf dem Bildschirm ihres Rechners ein. Die Kriminaldatenbank zeigte keine Treffer. Das Internet war hilfreicher. Fotos bei Spendengalas, Zeitungsartikel über Investitionen in Medizin- und Verkehrstechnik, Treffen mit Politikern. Ein erfolgreicher Geschäftsmann.

Auf einem der Fotos stand er neben einer deutlich jüngeren Frau, die neben seinem massigen Körper winzig wirkte.

Auch Investor Henrik Ahlers und seine Frau Sonja engagieren sich für den Erhalt des Wattenmeeres. Bei der diesjährigen Gala der Stiftung …

Ihr Blick ging zu den Fotos mit den blauen Flecken. Die Rechtsmedizin würde hoffentlich bereits mehr herausgefunden haben.

Zwei

Kaum hatte Mila die Tür zur Rechtsmedizin geöffnet, biss ihr der Geruch von Desinfektionsmittel in die Nase und ein bitterer Geschmack legte sich auf ihre Zunge.

Es war nicht nur der Geruch des Reinigers, der den Ekel in ihr hervorrief, sondern das Wissen, dass das Mittel die kriechende Fäulnis zwar in Schach hielt, doch nie ganz besiegen konnte. In irgendeiner Rille, einem Winkel, einer winzigen Spalte lauerte die Verwesung.

Beim Versuch, den Geschmack hinunterzuschlucken, krampfte sich ihr Magen zusammen. Sie hatte immer noch nichts gegessen.

»Mila«, rief Anja, als sie den Obduktionsraum betrat. »Bist du wieder zurück?«

Es überraschte Mila nicht, dass Anja genau über ihre Zwangspause unterrichtet war. Schon während Milas Ausbildung arbeitete Anja in der Rechtsmedizin. In Kiel kannte sie so gut wie jeden Polizisten, und wenn irgendwo etwas Spannendes passierte, konnte man darauf zählen, dass Anja Bescheid wusste.

Mila nickte.

Mit einem Anflug von Scham versuchte sie den Gedanken wegzudrücken, dass Anja wohl nicht die Einzige war, die davon erfahren hatte. Vermutlich wusste mittlerweile jeder Streifenpolizist in Schleswig-Holstein, was sie sich geleistet hatte. Die Leute liebten es, zu tratschen und sich an den Fehlern Anderer zu weiden. Das Versagen eines Kollegen bot schließlich eine kurze Verschnaufpause vom Elend der eigenen Existenz.

Die Rechtsmedizinerin füllte die Stille zwischen ihnen mit einem Lächeln, das ehrlich wirkte.

»Du weißt doch wie das ist. Sobald irgendjemand Ärger hat, zerreißen sich alle sofort das Maul. Am Ende sind sie doch auch nur froh, dass es sie dieses Mal nicht getroffen hat,« sagte Anja, als hätte sie Milas Gedanken erraten, und zuckte mit den Schultern.

»Wenn du so lang wie ich in dem Laden wärst, dann hättest du schon ganz andere Sachen erlebt«, fuhr sie mit gedämpfter Stimme fort und lehnte sich ein wenig in Milas Richtung. »Du hast Dinge verschlampt. Aber was glaubst du, wie viele von den großartigen Ermittlern sich nicht zu schade sind, auch mal das ein oder andere Beweisstück selbst zu fabrizieren.«

»Vielleicht«, knurrte Mila und zog die Augenbrauen zusammen. Der Vergleich zu den Kollegen beruhigte ihr schlechtes Gewissen nicht. »Aber es hätte mir nicht passieren dürfen.«

Es waren nicht nur die Regeln guter Polizeiarbeit, die sie verletzt hatte. Schlimmer war, dass sie ihren eigenen Anspruch nicht erfüllt hatte. Die Katastrophe, die ihr Leben war, hatte sich schließlich doch auf ihre Arbeit ausgewirkt. Obwohl sie sich immer wieder gesagt hatte, dass sie es niemals so weit kommen lassen würde.

Wrack.

»Du hast immerhin noch deinen Job. So schlimm kann es also nicht gewesen sein.«

»Ich konnte Frank überzeugen, mir noch eine Chance zu geben. Er wollte mich schon in den Innendienst stecken.«

»Innendienst!« Ihre dunklen Locken wackelten bei jeder Silbe aus ihrem Mund. »Der soll doch froh sein, dass er jemanden wie dich in der Abteilung hat. Ich kenne doch die ganzen anderen Heinis aus der Männertruppe bei dir. Die können doch gerade mit Mühe und Not einen Obduktionsbericht lesen.«

Mila konnte sich ein Schmunzeln nicht verkneifen. Anja war bei den Kollegen als ziemliche Schrulle verrufen. Doch sie mochte ihre direkte Art.

»Henrik Ahlers«, wechselte Mila zum eigentlichen Grund ihres Besuchs. »Ist die forensische Untersuchung schon abgeschlossen?«

»Den haben wir gestern Abend verarztet. Sah ganz schön zugerichtet aus. Irgendjemand war da wohl ziemlich sauer«, erklärte Anja, während sie Mila in den Kühlraum führte. Sie öffnete eine der Metalltüren und zog die Liege hervor.

»Was genau war die Todesursache?«, fragte Mila und betrachtete den Leichnam.

Henrik Ahlers war allem Anschein nach ein äußerst erfolgreicher Geschäftsmann gewesen. Eine große Nummer. Doch wie er jetzt auf der Liege lag, kalt und tot, verwahrt in einem überdimensionierten Kühlschrank, war er auch nicht mehr als ein großer Klumpen Fleisch, der sich allmählich aufzulösen begann.

»So, wie es aussieht, ist er an Herzversagen gestorben«,

erklärte Anja in einem Ton, als wäre sie mit der Feststellung selbst nicht zufrieden.

»Sein Tod ist also nicht als direkte Folge der Gewalteinwirkung eingetreten?«, fragte Mila und betrachtete die blauen Flecken, die sich deutlich auf seinem Bauch, seinen Oberschenkeln und in seinem Schritt abzeichneten.

»Nein«, erwiderte Anja und runzelte die Stirn, während ihr Blick über den Leichnam streifte. »Er hat zwar ganz schön was abbekommen, aber davon stirbt man nicht. Die Hämatome sind alle kurz vor dem Tod oder direkt danach entstanden. Wahrscheinlich ist er gestorben, während der oder die Täterin ihn malträtiert hat. Vermutlich wollte man ihm auf dem Weg ins Jenseits noch etwas mitgeben. Oder ein paar Tritte in den Schritt waren genau sein Ding. So etwas soll es ja geben.« Anjas Grinsen fand keine Erwiderung.

»Gab es sonst noch etwas Auffälliges?«, fragte Mila.

»Zwischen dem Hallux und Digitus II seines linken Fußes gab es eine ungewöhnliche Stelle.«

Das metallische Quietschen jagte wie ein plötzlicher Schwall kalten Wassers über Milas Rücken, als Anja die Liege komplett herauszog.

»Inwiefern ist sie ungewöhnlich?«, fragte Mila, während sie die Stelle zwischen dem großen Zeh und seinem Nachbarn inspizierte. Sie sah nicht mehr als einen kleinen, dunklen Fleck.

»Es sieht wie eine Einstichstelle aus«, sagte Anja.

»Drogen?«

»Schon möglich. Allerdings ist das Fleisch um die Stelle schon stark nekrotisch gewesen, als er eingeliefert wurde. Irgendetwas muss dafür gesorgt haben, dass die Zellen gestorben sind.«

»Also eher ein Gift?«

»Das war auch mein Gedanke«, sagte Anja und nickte. »Die toxikologische Untersuchung ist bereits angelaufen, aber das wird noch eine Weile dauern. Du weißt ja, wie schwer es ist, ins Blaue nach einem Gift im Körper zu suchen.«

Mila schnaufte. Ein unbestimmtes Gift war kein besonders guter Ausgangspunkt für ihre Ermittlungen.

»Kannst du mir sonst noch etwas sagen?«, fragte sie.

»Nicht mehr, als auch im Autopsiebericht steht«, sagte Anja und zuckte mit den Schultern. »Das Opfer war zum Todeszeitpunkt stark alkoholisiert. 2,3 Promille.« Ihre Augen wanderten über den massigen Leichnam. »Selbst ein Walross seiner Größe, könnte mit so einem Pegel kaum noch über den Boden robben.«

»Wurde die Leiche nach dem Tod noch bewegt?«

»Sieht nicht so aus. Zumindest haben sich keine Schleifspuren an den Füßen gefunden.«

Mila überlegte einen Augenblick.

»Der Erkennungsdienst hat festgehalten, dass er ohne Schuhe am Strand gefunden wurde. Vielleicht hat man ihm die Schuhe erst ausgezogen, nachdem man ihm zum Strand gebracht hat.»

»Wenn er vom Alkohol bewusstlos war, dann hätte man ihn sicher auch zum Strand ziehen können. Er ist aber schon ein ziemlicher Brocken«, entgegnete Anja und klatschte der Leiche auf den Bauch. »Man würde Spuren des Griffs finden, wenn ihn jemand gezogen hätte.«

»Also auch keine Spuren eines Kampfes?«

»Nein, nur die Hämatome. Unter seinen Fingernägeln haben wir auch keine DNS-Spuren gefunden«, berichtete Anja und deckte das Tuch über den Leichnam, nachdem sie Mila mit einem kurzen Blick gefragt hatte, ob sie noch weitere Stellen sehen wolle.

Drei

Sie hatte seinen Blick schon vor einer Weile bemerkt.

Die Gier in seinen Augen war nicht zu übersehen. Sie gruben sich in ihre Haut, fuhren an ihrem Hals entlang und starrten auf die beiden Hügel unter ihrer Bluse.

Seine Lust war widerlich und ungehemmt.

Er saß ihr schräg gegenüber. Einzig der Gang zwischen den Stuhlreihen trennte sie.

In dem Wagon saß niemand sonst. Nur er und sie.

Mit einem lauten Dröhnen brach die Finsternis über sie herein. Die Dunkelheit und der Lärm brachten ein kurzes Verschnaufen von seiner Gier. Ein kurzer Moment der Hoffnung, in dem er nicht existierte.

Dann verließ der Zug den Tunnel und das Licht enthüllte die ekelhafte Wirklichkeit. Sein Gesicht war unverändert. Er wollte sie besitzen, mit ihr spielen.

Ihre Miene wurde zum Angriff, doch er grinste nur.

Seine Zähne waren perfekt und weiß. Wesentlich heller als seine Haare, in deren Grau noch eine Erinnerung an das Schwarz seiner

Jugend nachklang.

Sie wollte ihn anschreien, sich auf ihn stürzen, als der Schaffner den Wagon betrat. Ein anderer Mensch, Sicherheit.

Ohne den Blick von ihr zu wenden, holte er den Fahrschein aus der Innentasche seines Anzugs und reichte ihn dem Schaffner.

Mit den Augen flehte sie den Schaffner an, doch er verstand sie nicht. Er nickte ihr zu, als wäre er in Trance, als wären alle Passagiere, der Zug und auch er selbst nicht wirklich. Nur ein Traum.

Mit einem Zischen öffnete sich die Tür und der Schaffner verschwand im Zwischenraum zum nächsten Abteil.

Sie musste nur aufstehen und ihm folgen, den Platz wechseln. Doch sie tat es nicht.

Wer einmal Schwäche zeigt, bleibt immer Opfer, *hatte ihre Schwester gesagt.* Wenn du Männern Angst zeigst, beherrschen sie dich.

Die Uhr an ihrem Handgelenk ging eine Stunde vor, sie hatte sie noch nicht umgestellt. Sie war seit über einem Tag mit dem Zug unterwegs. Es fühlte sich wie eine Woche an. Die Kleidung saß ihr zu eng am Körper, sie fühlte sich unsauber. Sein Blick drang durch alle Schichten.

Es waren nur noch zwanzig Minuten bis nach Kiel. Sie hatte dieses Land bisher nur durch die Fensterscheiben der Züge gesehen. Die kleinen Dörfer und großen Städte, die Menschen, die Straßen.

Es würde nicht mehr lange dauern, bis sie am Ziel war. Sie hatte schon lange kommen wollen. Doch nun war es zu spät.

Für einen Moment hatte der Gedanke an ihren Vorsatz sie aus der Gegenwart geholt. Sie hatte eine Aufgabe, sie hatte es versprochen. Sie würde die Wahrheit finden.

Die Bewegung seiner Hände holte sie ins Hier und Jetzt zurück.

Mit Verachtung musterte sie ihn. Seine Aktentasche stand auf dem gegenüberliegenden Sitz, sein Mantel lag daneben. Er sah nach Geld aus. Nach jemandem, für den Frauen Ware sind.

Seine Finger rutschten auf seinen Oberschenkeln aufwärts. Er massierte sich im Schritt und blickte voll Hunger zu ihr hinüber. Seine Augen waren Forderung und Einladung zugleich.

In ihrem Gesicht ließ sie aus Wut Verwirrung werden. Sie war das schüchterne Mädchen, zögerte, sollte sie es wirklich tun?

Mit einem Lächeln nahm sie die Einladung schließlich an. Ohne Eile stand sie auf, hielt seinen Blick und ging auf ihn zu, bis sie direkt vor ihm stand.

Triumph strahlte aus seinem Blick. Seine Fantasien würden wahr werden. Hier im Zug mit einer jungen Frau.

Mit einem Ruck hob sie ihr Knie nach oben, dann rammte sie ihm ihren Fuß so hart sie konnte in den Schritt.

Seine Schreie schmeckten süß. Er krümmte sich und keuchte, fiel zu Boden und starrte mit Entsetzen zu ihr auf.

Diesmal war ihr Lächeln echt.

Mit Messern in den Augen forderte sie ihn heraus. Er musste nur etwas sagen, sie beschimpfen oder fluchen, und ihr Fuß würde seinen Kopf treffen. Immer wieder, bis er endlich still wäre.

Doch er schwieg. Vielleicht spürte er die Gefahr. Er kroch zurück auf seinen Sitz und blickte zu Boden, wagte nicht sie anzusehen.

Wer einmal Schwäche zeigt, bleibt immer Opfer.

Die Unterwürfigkeit war seine Rettung.

Sie nahm ihren Rucksack und ließ den Mann im Wagon zurück.

Ein kalter Wind stob ihr durch die blonden Haare, als sie den Zug verließ. Noch bevor sie das Meer sah, spürte sie mit jedem ihrer Sinne, dass es nicht die Wasser ihrer Heimat waren.

Schnellen Schritts marschierte sie aus dem Bahnhof. Sie würde die Antwort finden. Sie hatte es versprochen.

Vier

Die große Reisetasche war ziemlich schwer.

Zwei Wechselhosen, ein paar Shirts und Pullover, auch ein zweites Paar Schuhe. Dietriche, Fernglas und ein paar weitere Ausrüstungsgegenstände. Nur für alle Fälle. Sie würde den Fall lösen, sie war gut vorbereitet.

Doch Mila machte sich nichts vor. Ihre Hausapotheke steuerte das meiste Gewicht bei. Ihre Medikamente waren mehrere Flaschen mit hochprozentiger Flüssigkeit. Jetzt war nicht der richtige Moment.

Nach dem Fall, in Ruhe.

Mit Mühe wuchtete sie die Tasche auf die Rückbank ihres Wagens und setzte sich ans Steuer. Sie warf einen Blick in den kleinen Spiegel der Sonnenblende. Ein müdes Augenpaar.

Ihre Lider blinzelten in schneller Folge, dann klatschte sie sich ein paar Mal auf die Wangen. In den kommenden Tagen würde sie wach sein müssen, konzentriert und aufmerksam. Sie startete den Wagen.

Etwa anderthalb Stunden später erreichte sie den Hafen in Schlüttsiel. Während sie auf der Fähre stand und das Wasser beobachtete, ging ihr die Unterhaltung mit Frank nicht aus dem Kopf. Er hatte von den höheren Ebenen gesprochen. Von wichtigen Leuten, die ihre Karriere verfolgten. Wen meinte er?

Als sie in den Polizeidienst eingetreten war, hatte ihr Nachname häufiger für Reaktionen bei den älteren Kollegen gesorgt. Doch sie hatte nie den Eindruck gehabt, dass sie eine Sonderbehandlung bekommen hatte. Warum sollte die Führungsebene ein besonderes Interesse an ihrer Karriere haben?

Sie versuchte, sich an die Beerdigung ihrer Eltern zu erinnern. Es waren zu viele Leute gewesen, um sich jeden Namen zu merken. Polizisten und Politiker, die ihr Beileid bekundeten. Viele Worte über die Heldentaten ihres Vaters. Er werde sehr vermisst, ein großer Verlust für die Gemeinschaft und so weiter.

Normalerweise vergaß Mila niemals ein Gesicht. Doch mit den Jahren hatte sich ein sanfter Schleier über die Bilder aus jener Zeit gelegt. Die Vergangenheit lag hinter einem trüben Glas, durch das man Umrisse erkennt, ohne sich an den harten Kanten der Wirklichkeit zu schneiden.

Ein kräftiger Schlag würde genügen und sie würde alles klar sehen, doch sie wagte es nicht. Nicht einmal an einer kleinen Stelle am Rand würde sie das Glas durchbohren, um hindurchzusehen. Sie wusste, dass die trübe Scheibe bei der kleinsten Berührung zerbersten und die Erinnerung mit aller Macht über sie hineinbrechen würde. Und die Erinnerung käme nicht allein, sie brächte auch die Gefühle mit.

Ein Windstoß fegte über Milas Wangen. Es war tagsüber noch nicht richtig kalt, doch in der Abendluft lag schon der eisige Geruch des Winters. Sie klammerte sich an den Thermosbecher in ihrer Hand. Der warme Kaffee machte die Kälte des Herbsts erträglicher, der untergemischte Alkohol alles andere.

Nach zwei Stunden erreichte die Fähre Wittdün und eine Viertelstunde später parkte Mila ihren Wagen am anderen Ende der Insel in Norddorf. Normalerweise wäre die Übernachtung in dem Landhaushotel viel zu teuer für eine Dienstreise. Sie war angehalten, die Ausgaben auf ein Minimum zu beschränken. Doch die Feriensaison war vorbei und nur noch wenige Gäste auf der Insel unterwegs. Amrum war zudem so klein, dass es keine Rolle spielte, wo sie sich einquartierte.

Mit einer kraftlosen Bewegung löste sie den Sicherheitsgurt. Die Reise war nicht lang gewesen. Doch sie fühlte sich, als wäre sie bereits mehrere Tage unterwegs.

Im Rückspiegel bemerkte sie eine plötzliche Bewegung. Ein Mann, der Fotos des Hauses machte. Anscheinend waren doch noch ein paar Touristen auf der Insel.

Er sah ihr dabei zu, wie sie aus dem Auto stieg, ihre Tasche herausholte und sich in Richtung der Eingangstür des reetgedeckten Gebäudes bewegte. Die ganze Zeit ließ er sie nicht aus den Augen.

Niemand sonst war auf der schmalen Straße zu sehen. Es war natürlich, dass er sie ansah. Und doch war irgendetwas an seinem Blick anders. Es war mehr als nur das reine Bemerken eines anderen Menschen, das Anerkennen einer fremden Existenz.

An der Tür angekommen drehte sie sich noch einmal um und musterte ihn. Er war groß und blond, sah ziemlich gut aus. Wahrscheinlich ein anderer Gast. Sie würden sich vermutlich in den nächsten Tagen häufiger über den Weg laufen und sicher ins Gespräch kommen.

Für zwei schnelle Herzschläge glaubte sie, dass er lächelte. Dann meldete sich ein heißes Brennen auf ihrer Stirn und sie beerdigte den Gedanken an eine Männerbekanntschaft so schnell, wie er gekommen war.

Er würde schnell das Interesse verlieren, wenn er sie erst einmal aus der Nähe betrachtete. Auch ein langer Pony und eine akkurat gezogene Augenbraue konnten niemals ganz verbergen, was sie war.

Kaputt und hässlich.

Die Lächerlichkeit eines Urlaubsflirts erstickte die bitteren Gedanken. Sie war nicht im Urlaub. Sie musste einen Mörder schnappen. Mehr noch. Sie musste ihre Karriere retten. Sich selbst beweisen, dass sie nicht im freien Fall in den Abgrund war. Noch klammerte sie sich mit einer Hand an die Klippe. Sie hatte es im Griff.

Nach einem kurzen Abendbrot am Hotelbuffet war Mila auf ihr Zimmer verschwunden. Sie studierte noch einmal die Akte und machte sich einen Plan für den nächsten Tag.

Die erste Flasche war zur Hälfte leer.

Nach einer Weile legte sie die Akte beiseite und schaltete den Fernseher ein. Stimmen gegen die Einsamkeit.

Immer wieder ging ihr Blick zur Uhr. Dabei brauchte sie das Ziffernblatt nicht anzusehen.

Je näher die Schlafenszeit rückte, desto unruhiger wurde sie. Sie hasste die Nacht und die Dunkelheit, jeden Moment der Stille, in dem der Geist sich mit sich selbst beschäftigen musste. Ohne Reize von außen wandert der Blick nach innen.

Noch ein paar tiefe Schlucke und sie war so weit.

Während die Angst vor dem Schlaf in den Fluten versank, gab sie sich der Müdigkeit hin.

Das Grauen würde kommen, doch vielleicht nur ganz leise.

Fünf

Mila erwachte mit dem Geschmack von Rauch und Brand in ihrer Kehle. Die Laken nass vom Schweiß. Sie stützte sich mit der Hand auf das klamme Kissen und drückte sich hoch.

Die Träume klangen dunkel nach. Sie konnte sich nicht genau an den Inhalt erinnern. Doch aus Erfahrung wusste sie, was für Bilder sie gesehen hatte. Flammen, Hitze, die Gewalt des Feuers.

In ihrem Schädel tobte ein Gewittersturm, während sie sich aus dem Bett zwang. Der morgendliche Kampf mit dem Licht der Wirklichkeit war immer eine Qual. Doch eine kalte Dusche, 4cl und einen Augenbrauenstrich später war sie wieder Mensch. Sie hatte sich im Griff. Alles unter Kontrolle.

Nach einem kurzen Frühstück rief sie die Zeugin an, die die Leiche entdeckt hatte.

»Schwitters?«, meldete sich eine alte Frauenstimme.

»Guten Morgen, Frau Schwitters. Kriminaloberkommissarin Fochs hier. Laut meinen Unterlagen haben Sie die Leiche von Henrik Ahlers entdeckt«, kam Mila direkt zur Sache.

»Ja, das ist richtig. Ich war gerade auf meiner Morgenrunde mit Konstantin, als wir ihn gesehen haben. Zuerst dachte ich ja, er schläft, aber bei so einem Hundewetter? Da haben wir uns ganz schön gewundert. Wir gehen natürlich auch bei jedem Wetter raus und drehen unsere Runde. Jeden Tag in den letzten sechs Jahren. Immer dieselbe Strecke, aber so etwas haben wir noch nie gesehen. Da liegt…«

»Ich würde mir gerne gemeinsam mit Ihnen den Fundort ansehen. Haben Sie heute Vormittag Zeit?«, fiel Mila der Frau ins Wort. Wenn sie nicht aufpasste, würde ihr die Frau wahrscheinlich stundenlang ein Ohr abkauen.

Es gab Zeugen, mit denen man um jedes einzelne Wort kämpfen musste. Und dann gab es solche, die einem alles Mögliche erzählten. Besorgte Bürger oder einsame alte Menschen.

Ein paar Minuten nach dem Telefonat startete Mila ihren Wagen und fuhr zum Haus der Witwe des Opfers, das ein wenig außerhalb von Norddorf lag. Bis zum Treffen mit Frau Schwitters war noch etwas Zeit. Und bei einem unangekündigten Besuch würde die Witwe in ihrer Überraschung vielleicht mehr Informationen preisgeben als bei einem angemeldeten Gespräch.

Schon von Weitem erkannte sie den modernen Glasbau mit dem massiven Reetdach, der wahrscheinlich die Verbindung von Fortschritt und Tradition signalisieren sollte, stattdessen aber Geschmacklosigkeit und Vermögen schrie.

»Kriminaloberkommissarin Fochs«, stellte Mila sich vor. Ihre Stimme kroch aus dem Loch, in dem der abendliche Suff versank. »Sonja Ahlers?«

»Ja?«, sagte Sonja und wischte sich eine blonde Strähne aus der nassen Stirn.

»Ich würde gerne mit Ihnen über den Tod Ihres Mannes sprechen. Haben Sie einen Moment Zeit?«, fragte Mila, während sie die Erscheinung der Witwe mit der Übung der Jahre aufsaugte.

Teure Sportkleidung, geschmackvoll geschminkt, die Lippen könnten gemacht sein. Wahrscheinlich auch mehr. Laut Unterlagen war sie Mitte vierzig, ihre straffe Figur verriet es nicht.

»Gerade passt es mir eigentlich nicht«, erwiderte Sonja, der Atem schnell, die Wangen rot. »Ich bin gerade mitten in meinem Sportprogramm und habe anschließend einen Termin.«

»Es dauert nicht lang. Nur ein paar Routinefragen«, erwiderte Mila mit der monotonen Stimme der Müdigkeit.

Nach einem Moment des Zögerns bat Sonja sie herein und führte sie in das Wohnzimmer des Anwesens.

»Können Sie den Fernseher bitte leiser stellen?«, fragte Mila und fasste sich an die Schläfe. Ihr Frühstück hatte sich auf etwas Kaffee und zwei kleine, weiße Tabletten beschränkt, die bisher keine Wirkung auf den Druck in ihrem Schädel zeigten.

In dem massiven Bildschirm an der Wand forderte eine hübsche Frau dazu auf, auf dem Hometrainer in der Mitte des Raumes jetzt nochmal wirklich alles zu geben. Los, los, los!

Es war nicht schwer, das Missfallen in Sonjas Gesicht zu lesen. Sie musterte Mila und blieb mit den Augen auf dem brünetten Pony hängen. Ihr Blick sprang von links nach rechts, dann wurde das Missfallen in den Winkeln ihres Mundes zu Ekel.

Mila kannte den Blick, sie sah ihn jeden Tag im Spiegel. Mit harten Augen starrte sie zurück, bis Sonja sich endlich umwandte und den Ton des Geräts abstellte.

»Wann haben Sie das Verschwinden Ihres Mannes bemerkt?« Wie ein Nagel auf einer Eisenplatte kratzte ihre Stimme durch die Luft.

»An dem Morgen, als er gefunden wurde. Ich bin am Abend vorher allein ins Bett gegangen, und als ich aufgewacht bin, war er immer noch nicht da«, sagte Sonja. Es klang, als würde sie einen Beipackzettel vorlesen. Nichts deutete auf den Schmerz einer frischen Witwe hin.

»War das ungewöhnlich?«, fragte Mila und suchte nach winzigen Bewegungen in Sonjas Miene. Ein Zucken der Lippen oder eine plötzliche Weitung der Lider.

»Was meinen Sie?« Sonja blinzelte in schneller Folge.

Schön und nur ein bisschen doof.

Wahrscheinlich eine über die Jahre geübte Rolle, die bei den Männern gut ankam.

»Kam es häufiger vor, dass Sie allein ins Bett sind?«

»Henrik war öfter lange aus«, sagte Sonja. Für einen kurzen Augenblick knitterte die glatte Haut in ihrem Gesicht und ließ sie älter aussehen, verbraucht und müde. »Aber normalerweise ist er irgendwann spät in der Nacht immer nach Hause gekommen.«

Der Moment hatte nur einen Atemzug gedauert, dann war Sonjas Gesicht wieder in seine Form gesprungen. Doch der Gefühlsausbruch war Mila nicht entgangen.

»Hat er Ihnen erzählt, wo er sich immer so spät aufgehalten hat?«, fragte sie und musterte sie ohne Eile von oben nach unten und wieder zurück.

»Was wollen Sie damit andeuten?!«

Das Knittern kehrte noch heftiger auf Sonjas Haut zurück. Es waren nur ganz kleine Bewegungen ihrer Mimik.

»Gar nichts«, sagte Mila kalt und ließ ihren Blick durch den Raum schweifen. »Ich versuche mir nur ein Bild von den Gewohnheiten Ihres Mannes zu machen.«

Die Ehrlichkeit in Sonjas Zügen fand keinen Halt. Die Maske saß wieder.

»In der Regel habe ich nicht danach gefragt. Er war viel unterwegs«, sagte sie.

»Glauben Sie, dass Ihr Mann ermordet wurde?«, fragte Mila und bohrte ihren Blick in den Punkt zwischen Sonjas Augen.

»Ist es nicht Aufgabe der Polizei herauszufinden, was passiert ist?«

Mila antwortete mit geschlossenen Lippen. Manche Zeugen ertrugen es nicht, in der Schwebe zu hängen. Sie mussten die Stille füllen, damit sie das Schreien in ihrem Kopf nicht hörten. Sie war sich ziemlich sicher, dass Sonja dazugehörte.

»Ich… Ich weiß es nicht«, bestätigte Sonja die Vermutung. Ihre Wangen waren nicht mehr gerötet, auf ihrer Stirn war jedoch immer noch ein feiner Schweißfilm zu sehen.

»Könnte jemand ein Motiv gehabt haben, um Ihren Mann umzubringen?«, schob Mila die nächste Frage hinterher, ohne den Blick abzuwenden.

»Henrik hatte keine Feinde, jedenfalls keine, von denen ich wüsste. Es gab natürlich…«, sagte Sonja und machte eine Pause, in der sie nach den richtigen Worten zu suchen schien. «Wie Sie sicherlich wissen, war Henrik sehr erfolgreich«, fuhr sie schließlich fort. Ihr Köper hatte die Haltung einer Schaufensterpuppe angenommen. »Sie können sich vielleicht vorstellen, dass es jede Menge Neider gab. Sobald man mehr hat als die anderen, quillt die Missgunst nur so aus den Menschen heraus. Niemand würde es einem ins Gesicht sagen, aber sowas spürt man.«

Aus den Worten kroch Verachtung, aber auch ein wenig Stolz.

»Haben Sie jemand Konkreten im Sinn?«

»Da würde jeder auf der Insel infrage kommen«, sagte Sonja und zuckte mit der Schulter.

»Hatte Ihr Mann Freunde auf der Insel?«

»Freunde?« fragte Sonja mit einem Maß an Irritation auf der Stirn, als war der bloße Gedanke abwegig. »Mein Mann hatte nur Konkurrenten. Es gab natürlich viele Leute, die sich bei ihm einschmeichelten. Irgendjemand wollte ihm immer das Geld aus der Tasche ziehen. Aber Freunde hatte er hier nicht.«

»Mit wem hat er seine Freizeit verbracht?«, fragte Mila.

»Henrik hat für seine Arbeit gelebt. Für Freundschaften hatte er keine Zeit. Wenn man jemanden als seinen Freund bezeichnen könnte, dann vielleicht Sven.« Ihr Mund zuckte ganz leicht, als sie den Namen sagte.

»Könnte er sich an dem Abend vor seinem Tod mit diesem Sven getroffen haben?«, fragte Mila.

»Sven Blohm«, fügte Sonja auf Milas fragenden Blick hinzu und schüttelte dann den Kopf. »Nein, das glaube ich nicht. Sven wäre sicherlich hier ins Haus gekommen. Er ist Henriks Geschäftspartner« sagte sie und warf einen Blick auf die Uhr an der Wand. »Wie lange dauert das hier noch?«

»Nur noch ein paar Fragen, Frau Ahlers«, sagte Mila und notierte sich die Kontaktdaten von Ahlers' Geschäftspartner. Das darauf folgende Schweigen wuchs mit jeder Sekunde weiter.

»Was wollen Sie denn noch wissen?!«, schnappte Sonja schließlich.

»Sie haben gesagt, dass er häufiger lange aus war,

manchmal auch die ganze Nacht. Wenn er sich nicht mit seinem Geschäftspartner getroffen hat und auch sonst keine Freunde auf der Insel hatte…«, ließ Mila die Frage in der Luft hängen.

»Ich weiß es nicht«, sagte Sonja gerade so laut, dass Mila es hören konnte.

Es waren die Augen, die sie verrieten. Während die Lider schmaler wurden, traten die Äpfel ein Stück weit heraus. Ein winziges Ventil für die Emotion, die hinter der Maske brodelte.

»Wie lange gingen seine Affären schon?«

Die vollen Lippen nahmen einen harten Ausdruck an, als würden sie jeden Moment einen Kugelhagel ausspucken.

»Ich habe seine Affären nicht genau verfolgt«, presste Sonja stattdessen hervor.

»Es war Ihnen egal, dass er mit anderen Frauen schlief?!«, fragte Mila in einem Ton, der die Empörung über den Verstoß gegen die sozialen Normen in sich trug. Dabei hätte es ihr nicht egaler sein können.

Ein Mann, der seine Frau betrügt. Immer die gleiche Geschichte.

»Nein, es war mir nicht egal!«, fauchte Sonja. »Aber bei einem Mann wie Henrik ist es eben normal, dass die ganzen jungen Frauen hinter ihm her sind und sein Geld wollen. Jedes hübsche Flittchen will sich ins gemachte Nest setzen.«

»Wie haben Sie und Ihr Mann sich kennengelernt?«

Dem Ausdruck auf Sonjas Gesicht nach zu urteilen, hatte sie die Spitze verstanden.

»Ich habe ihn bei der Wahl zur Miss Schleswig-Holstein kennengelernt.«

»Haben Sie an der Wahl teilgenommen?«, fragte Mila.

»Teilgenommen und gewonnen«, sagte Sonja im Ton

bescheidener Zufriedenheit. Für einen Augenblick war sie die großzügige Siegerin, die die Zweitplatzierte umarmte.

»Und Henrik?«

»Er war damals in der Jury.«

»Hat er sich von Beginn an mit anderen Frauen getroffen?«, fragte Mila. Sie hatte den wunden Punkt gefunden. Jetzt musste sie nur immer wieder zustechen.

»Ich verstehe wirklich nicht, was das für eine Rolle spielen soll«, konterte Sonja.

»Wann haben Sie den ersten Verdacht gehabt, dass er nicht treu ist?«, erwiderte Mila, ohne auf die Frage einzugehen.

»Es war…«, setzte Sonja zu einer Antwort an, doch Mila kam ihr zuvor.

»Wie lange hat es gedauert, bis Sie gemerkt haben, dass Sie ihm nicht gereicht haben?«, feuerte sie die nächste Salve ab.

»Gab es etwas, das ihm an Ihnen nicht gefallen hat. Dass er kommentiert hat? Ihr Gewicht, die Haut oder die Beine. Häufig sind es auch die Arme, die die Männer stören.«

»Ich… Er…«, murmelte Sonja, während die Maske immer mehr an Halt verlor.

»Wann haben Sie das erste Mal etwas an sich machen lassen, Frau Ahlers?«, fragte Mila, während sie unverhohlen nach den Zeichen vergangener Operationen suchte.

Ein schwaches Zucken kündigte die Niederlage an, dann rollte die erste Träne über Sonjas Gesicht.

»Er war ja immer viel auf Geschäftsreisen, da habe ich davon nichts mitbekommen. Doch nach ungefähr einem Jahr war er dann auch hier auf Amrum ständig bei irgendwelchen Terminen«, sagte sie. Ein schwaches Wimmern lag in ihrer Stimme. »Am Anfang habe ich ihm geglaubt, aber irgendwann bin ich misstrauisch geworden. Was soll er hier auf der Insel schon für Geschäftstermine haben? Und vor allem spät abends.«

Sie wischte sich die Tränen aus dem Gesicht und ihre Züge wurden härter.

Es war durchaus beeindruckend, wie schnell die Witwe sich wieder unter Kontrolle hatte. Wahrscheinlich lebte sie in einer Welt, in der jede Emotion eine Schwäche war. Kosten-Nutzen-Rechnungen. Ein gutes Leben gegen Verfügbarkeit. Schönheit mit Verfallsdatum, bis dahin musste alles geregelt sein. Gefühle standen da nur im Weg.

»Anfangs war es nur ein Verdacht, aber irgendwann habe ich dann eine Nachricht auf seinem Handy gesehen, da war mir alles klar.«

»Was für eine Nachricht?«

»Irgend so ein vulgäres Flittchen hat ihm geschrieben, was sie beim nächsten Mal alles mit ihm machen wollte«, spuckte Sonja die Worte aus.

»Wissen Sie von wem die Nachricht kam?«

»Nein. Das ist Jahre her. Ich glaube kaum, dass das Verhältnis bis heute gehalten hat.«

»Es gab also weitere Frauen?«

»Mit Sicherheit«, sagte sie mit einem verächtlichen Schnaufen.

»Haben Sie sich deswegen an ihm gerächt?«

Für den Bruchteil einer Sekunde entfaltete die Bedeutung der Worte Sprengkraft in Sonjas Zügen, dann fand sie die Fassung wieder.

»Ich habe mich nicht an ihm gerächt«, erwiderte sie kühl. »Henrik war ein Draufgänger. In seinen Geschäften, genau wie in seinen persönlichen Beziehungen. Unsere

Ehe war gut, ich habe mich damit arrangiert. Er war nie schlecht zu mir und war immer für mich da.« Ihre Stimme war ruhig und monoton, wie bei einem Vortrag, den man auswendig kennt. Nur ein kurzer, böser Blick betrog die Ruhe.

»Was machen Sie beruflich?«, schlug Mila eine andere Richtung ein.

Der Angriff war zu offensichtlich. Im Laufe ihrer Jahre als Ermittlerin hatte sie jedoch gelernt, dass offensichtliche Fangfragen häufig zum Ziel führten. Im Idealfall waren die Zeugen davon so überrascht, dass sie aus einem Impuls heraus die Wahrheit sagten, die sie zu verbergen suchten. Bei Menschen mit mehr Selbstbeherrschung führte so eine Frage hingegen dazu, dass sie sie unterschätzten und unvorsichtig wurden.

»Ich habe das Glück, mich ganz meinen Interessen hingeben zu dürfen.«

Milas Blick schweifte durch das Haus. Die Inneneinrichtung war genauso teuer, wie man es erwarten würde, wenn man das Haus von außen sah. Klare Farben, gerade Linien, ein steriler Käfig. Für manche Menschen ein Traum.

»Sie haben von Konkurrenten Ihres Mannes gesprochen. Fällt Ihnen da jemand ein, der ein konkretes Motiv haben könnte? Hat Ihr Mann vielleicht irgendjemanden erwähnt, der ihm das Leben schwer machte?«

»Da fällt mir niemand ein. Aber da fragen Sie am besten Sven.« Ein winziges Zucken hatte den Bereich zwischen Oberlippe und ihrer Nase erfasst, als sie den Namen erwähnte. Als müsse sie ein Lächeln unterdrücken. »Er kann Ihnen sicher sagen, an welchen Projekten sie gerade gearbeitet haben und mit wem sie es zu tun hatten. Aber jetzt muss ich Sie wirklich bitten zu gehen«, sagte sie und ging ein paar Schritte in Richtung Tür.

Doch anstatt ihr zu folgen, blieb Mila einfach stehen.

»Was hat Ihr Mann am Tage seines Todes gemacht?«, fragte sie, ohne sich zu Sonja umzudrehen.

»Nichts Besonderes.« Die Ungeduld in Sonjas Stimme war deutlich zu hören. »Wenn ich mich richtig erinnere, hat er am Morgen jemanden getroffen. Ich weiß aber nicht, wen. Wahrscheinlich ging es um irgendwelche Geschäfte. Und danach war er bei der Physiotherapie.«

»Weswegen war er in Behandlung?«

»Er hatte Rückenschmerzen. Aber darüber sprechen Sie besser mit seinem Therapeuten. Er war regelmäßig in der Reha-Klinik Wittsand in Behandlung. Einmal die Woche, um genau zu sein«, sagte Sonja und steuerte auch noch die restlichen notwendigen Informationen unaufgefordert bei. Sie schien bestrebt, Mila so schnell wie möglich loszuwerden.

»Was haben Sie am Freitagabend gemacht?«

»Warum verdächtigen Sie mich, meinen Mann umgebracht zu haben?«, fragte Sonja. Ihre Stimme war kontrolliert, beinahe weich, doch dahinter lauerte das Grollen einer Raubkatze. Bis hier und nicht weiter, war die Botschaft.

»Ich muss Ihnen diese Frage stellen«, sagte Mila mit betonter Langeweile. »Das gehört zum normalen Verlauf der Ermittlungen.«

»Ich war hier und habe einen Film gesehen.«

»Kann das jemand bestätigen?«

»Vielleicht sollten wir diese Unterhaltung im Beisein meines Anwalts führen«, sagte Sonja und verschränkte die Arme vor dem Körper.

»Das ist natürlich Ihr gutes Recht«, erwiderte Mila und zuckte mit der Schulter. »Ich kann Ihnen aber versichern, dass ich diese Frage allen Personen stelle, die ich im Zuge der Ermittlungen befrage.«

»Sie sollten jetzt gehen«, sagte Sonja und ging zur Tür.

Mila folgte ihr mit langsamen Schritten. Kurz bevor sie die Tür erreichte, drehte sie sich noch einmal um und ließ die Augen durch das Haus wandern, bevor sie wieder zu Sonja sah.

»Melden Sie sich, wenn Ihnen noch etwas einfällt«, sagte Mila mit einem Lächeln auf den Lippen, holte eine Visitenkarte aus der Innentasche ihrer Jacke und legte sie auf den kleinen Tisch neben dem Ausgang.

Die Tür fiel mit einem Krachen hinter ihr zu.

Sechs

Auf dem Weg zu ihrem Wagen wählte Mila gerade die Nummer von Ahlers' Geschäftspartner, als sie einen Mann bemerkte, der um Sonjas Haus herumschlich. Sie steckte ihr Handy in die Tasche, ging auf ihn zu und erkannte, dass es der Blonde vom Vorabend war.

»Sie fotografieren das Haus?«

Er hatte sie nicht bemerkt und drehte sich erschrocken um.

»Ja«, sagte er, nachdem sich die Überraschung gelegt hatte. »Ich versuche die unterschiedlichen Stimmungen bei verschiedenen Tageszeiten einzufangen. Heute ist das Licht sehr vorteilhaft.« Er sah sich einen Moment lang um. »Sind Sie am Kauf interessiert?«

»Das Haus wird verkauft?«, fragte Mila und sah zurück zum Gebäude.

Sonja stand hinter der Glasfassade. Sie telefoniert und fuchtelte mit dem freien Arm in der Luft herum. Als ihre Blicke sich trafen, marschierte sie in die Tiefen ihres

Glaspalasts. Wahrscheinlich konnte Mila bald mit dem Anruf eines teuren Anwalts rechnen.

»Kriminaloberkommissarin Mila Fochs«, sagte Mila und holte ihren Dienstausweis aus der Jackentasche.

Während er sich ein wenig nach vorne beugte, um den Ausweis zu betrachten, suchte sie in seinem Gesicht nach Zeichen der Angst.

»Interessantes Foto«, sagte er.

»Und Sie sind?« Die Worte klangen eine Spur härter als beabsichtigt.

»Daniel«, stellte er sich vor. »Daniel Grove.«

»Ich ermittle im Todesfall des Eigentümers. Leben Sie«, setzte Mila zu einer Frage an, doch sie hielt mitten im Satz ein.

Ohne auch nur den geringsten Versuch zu machen, seine Neugier zu verbergen, starrte er ihr ins Gesicht. Es war, als saugte er jeden Quadratzentimeter mit den Augen auf.

Eine leichte Röte flutete Milas Wangen. Mit einem über Jahre geschulten Reflex tat sie, als würde sie sich umsehen, ging dabei einen Schritt zur Seite, sodass sie ihm nur noch eine Seite ihres Gesichts zuwandte. Die gute Seite.

»Leben Sie hier auf Amrum?«, stellte sie ihre Frage schließlich.

Er schüttelte den Kopf.

»Ich wohne in Hamburg. Vorher war ich noch nie hier. Eine schöne Insel. Finden Sie nicht?« Mit einer weiten Geste seiner Hand umfasste er die Umgebung, seine Augen ruhten auf ihr.

»Wie lange sind Sie schon auf der Insel?«

»Ich bin gestern früh angekommen«, sagte er. »Haben wir uns gestern Abend nicht gesehen? Ich glaube wir wohnen in derselben Unterkunft.«

Mila musterte ihn, sagte jedoch nichts.

»Wir sollten einmal gemeinsam zu Abend essen. Ich kenne hier niemanden sonst auf der Insel. Haben Sie heute Abend schon etwas vor?«, fragte er.

Die Frage war ein Schlag in Milas Magen. Ein Kribbeln fuhr durch ihren Bauch.

»Kannten Sie Henrik Ahlers?«, fragte sie und verscheuchte das Bild eines gemeinsamen Abendessens.

Er macht sich lustig über dich.

»Nein, bis vor ein paar Tagen hatte ich den Namen Ahlers nie gehört«, erklärte Daniel. »Am Samstag hat mich der Anruf von Frau Ahlers erreicht. Eigentlich finde ich solche Aufträge ganz schön langweilig, aber sie war sehr hartnäckig und hat ziemlich viel Geld geboten.« Er zuckte mit den Schultern. »Wenn Sie mich hier so ins Verhör nehmen, frage ich mich aber, ob das wirklich so eine gute Idee war, den Auftrag anzunehmen«, sagte er und lachte über seinen Spruch.

»Das ist kein Verhör«, erwiderte Mila und schaffte es gerade noch rechtzeitig, ihre Miene vor einem Lächeln zu bewahren.

Vielleicht war es seine Stimme. Nein, es waren die feinen Falten um die Augen. Oder doch der Eckzahn, der leicht schief in der sonst perfekten Reihe stand?

Die Gedanken beunruhigten sie. Jemanden attraktiv zu finden war eine Sache, in der Wachsamkeit nachzulassen eine andere. Es gab Menschen, die mit ihrem ganzen Verhalten, mit jedem Wort, jeder Bewegung darauf abzielten, andere zu manipulieren.

»Sie sagten, dass Frau Ahlers Sie am Samstagmorgen angerufen hat. Können Sie sich noch an die Uhrzeit erinnern?«, fragte sie mit einem Kratzen in der Stimme.

»Das muss so gegen 10 Uhr gewesen sein. Ich hatte meine tägliche Joggingrunde beendet und war gerade zur Tür rein, als mein Telefon klingelte.«

Mila dachte nach. Laut Akte ging der Anruf von Frau Schwitters um 8:30 Uhr bei der Polizei ein. Bis die Kollegen vor Ort waren und der Erkennungsdienst seine Arbeit beendet hatte, mussten mehrere Stunden vergangen sein.

»Ist Ihnen irgendetwas Ungewöhnliches aufgefallen während Ihrer Arbeit auf Amrum?«

»Etwas Ungewöhnliches?«, wiederholte Daniel die Frage. Er sah zum Haus und dann zurück zu Mila. »Nein, bisher nicht.« Seine Stimme war eine Oktave tiefer und ein bisschen rauer geworden.

Mila folgte seinem Blick. Sonja stand wieder am Fenster und beobachtete sie.

»Wie lange bleiben Sie auf der Insel?«

»Ich habe mich für die ganze Woche einquartiert. Die Fotos habe ich an zwei Tagen fertig. Den Rest der Zeit wollte ich die Insel erkunden.«

»Nicht die beste Jahreszeit für einen Strandurlaub«, stellte Mila fest.

»Ja, aber das raue Meer und das kalte Licht haben etwas Magisches an sich. Es fühlt sich wild und frei an, hier am Strand entlangzulaufen, wenn der Wind die Wellen peitscht.«

Der Strand war in Sichtweite, doch Mila konnte nichts Magisches daran erkennen. Die Welt war kalt und nass. Der Wind peitschte nicht nur die Wellen, sondern einem auch den Sand mitten ins Gesicht. Dahinter lauerte ein nasses Grab. Die Naturgewalten hatten nur ein Ziel. Alles zermürben und unter sich begraben.

»Wenn Ihnen noch etwas einfällt, dann melden Sie sich

bei mir«, sagte Mila und wandte sich zum Gehen.

»Hat Ihnen schon mal jemand gesagt, dass Sie ein bemerkenswertes Gesicht haben?«, fragte Daniel.

Klick.

»Löschen Sie sofort die Aufnahme!«

Der Blick in den Spiegel war jeden Tag anders. Er tat zwar immer weh, doch an manchen Tagen weniger als an anderen. Ein Foto hingegen war konservierte Abscheulichkeit, unveränderlich.

»Wenn Sie darauf bestehen«, sagte Daniel mit einer Stimme, die nach Bedauern, aber nicht nach Reue klang.

Er studierte ihr Gesicht.

»Ich würde Sie gerne fotografieren.«

Obwohl sie danach suchte, fiel Mila keine passende Erwiderung ein. Sie schwieg.

»Früher habe ich viel im Modebereich fotografiert«, begann Daniel zu erzählen, während sich seine Augen in sie bohrten. »Lauter perfekte Schönheiten ohne Seele. Bei Ihnen ist das anders. Sie sind schön, aber da ist auch Tiefe. Was dort in der Tiefe lauert, würde ich gerne mit der Kamera einfangen.«

»Ich glaube eher nicht«, antwortete Mila in dem Versuch unbeeindruckt zu wirken. Doch der Klang ihrer Stimme hatte sie selbst nicht überzeugt. Ein leichtes Zittern hatte ihren Körper erfasst. Es fühlte sich anders an als das Zittern, das sie sonst ergriff.

»Überlegen Sie es sich«, sagte Daniel und hob die Hand zum Gruß, während er sich rückwärts auf das Haus zu bewegte. Er sandte ein Schmunzeln in ihre Richtung, dann drehte er sich zum Gebäude und hob die Kamera vors Gesicht.

Die Frage hallte in ihren Gedanken nach, während sie ihm für einen Moment nachsah und dann zurück zu ihrem Wagen ging.

Während sie nach Wittdün fuhr, machte sie sich eine geistige Notiz. Sie würde diesen Fotografen auf jeden Fall überprüfen.

Eine Viertelstunde später parkte sie vor dem Haus von Frau Schwitters und tippte die Zahlen auf dem Zettel in ihr Handy ein.

»Blohm«, meldete sich ein tiefer Bass nach nur einem Klingeln.

»Guten Tag, Herr Blohm. Mila Fochs, LKA Schleswig-Holstein. Ich muss Ihnen ein paar Fragen stellen. Sie wissen, worum es geht?«

»Um den Tod meines Geschäftspartners«, kam die umgehende Antwort. Seine Stimme klang gedämpft. »Gerade geht es jedoch nicht. Ich bin auf dem Weg zu einem wichtigen Termin. Ich könnte Sie danach anrufen.«

»Wohin sind Sie unterwegs?«, fragte Mila.

Aus der Leitung kam keine Antwort.

»Herr Blohm, sind Sie noch dran?«

»Ich bin unterwegs nach Amrum«, erwiderte er nach einer längeren Pause, in der nur sein Atem zu hören war.

»Wenn Sie auf Amrum sind, könnten wir uns auch direkt treffen, das wäre sicher einfacher«, schlug Mila vor. »Ich bin ebenfalls auf der Insel.«

»Wenn Sie das wünschen, kann ich es vermutlich einrichten. Ich bin zwar fast den ganzen Tag ausgebucht, könnte Sie aber unter Umständen abends treffen. Kennen Sie das Küstenglück? Ein Restaurant in Wittdün. Treffen Sie mich dort um 19:00 Uhr.«

Ein persönliches Treffen war von Vorteil. Es wäre für ihn schwieriger, seine Reaktionen zu verstecken. Die Uhrzeit bereitete Mila jedoch Sorgen.

Sieben

Für einen kurzen Moment brach die Sonne durch die Wolkendecke und strahlte auf sie herab.

Der Lichtblick war nicht von Dauer. Während sie in die Straße einbog, wurden die Wolken dunkler und dicker. Ein einzelner Regentropfen war schneller als die anderen und klatschte ihr auf die Stirn.

Nach ein paar schnellen Schritten war sie in Reichweite des Klingelschildes. Sie suchte den Familiennamen, ihren Familiennamen. Doch auf den weißen Schildchen standen nur Namen, die nach Deutschland klangen.

In welcher Wohnung ihre Schwester gelebt hatte, wusste sie nicht. Sie drückte wahllos auf eines der Klingelschilder.

»Ja«, bellte eine metallische Stimme aus den beiden Schlitzen über den Klingelknöpfen.

»Hallo«, sagte sie und neigte den Kopf zur Sprechanlage. »Suchen Schwester.«

Die Worte schmeckten wie Beton in ihrem Mund. Als würde sie eine Handvoll Kiesel in den Mund nehmen und darauf herumkauen.

Die Stimme aus den Schlitzen sagte etwas, das sie nicht verstand.

Doch sie musste die Worte nicht kennen, um den Inhalt zu verstehen.

Der Regen wurde stärker. Sie presste sich enger an die Tür und drückte den nächsten Knopf.

Niemand antwortete, doch ein tiefes Summen bat sie herein. Sie drückte die Tür auf und atmete den Muff des Treppenhauses, feucht und kühl. Sie fand einen Lichtschalter, drückte den Knopf, nichts geschah.

Von weiter oben hörte sie, wie eine Tür sich öffnete.

Mit einer Hand am Geländer stieg sie aufwärts, bis sie eine Tür sah, aus der ein schmaler Lichtstrahl ins Treppenhaus fiel.

Der Türspalt weitete sich auf ihr Klopfen.

Eine alte Frau stand ihr gegenüber, sah sie unter gerunzelter Stirn an und stellte ihr ein paar Fragen, die sie nicht verstand.

»Langsamer sprechen, bitte«, sagte sie.

Die alte Frau kniff die Augen zusammen, während ihre Mundwinkel nach unten gingen.

»Warten«, sagte sie, bevor die Frau die Tür wieder schloss. Aus der Innenseite ihre Jacke zog sie ein Foto hervor, sie reichte es der Alten.

»Schwester«, sagte sie und legte sich eine Hand an die Brust. »Kennen?«

Die Kette der Brille klackerte, als die Frau sich die Gläser mit zitternder Hand vor die Augen hielt und das Bild betrachtete. Nach einem Augenblick sah sie zu ihr, dann wieder auf das Bild. Ihr Kopf bewegte sich langsam auf und ab.

»Sie hat hier gewohnt«, sagte die betagte Frau. Sie musste um die Achtzig sein.

»Ich wissen wollen, was passiert. Sie sagen?«

Schwerer Ernst begleitete das Kopfschütteln der Frau.

»Bitte!«, flehte sie.

»Junge Frau«, sagte die Alte und zeigte auf das Foto. »Besuch von schlimmen Männern. Schlimme Männer. Böse. Böse«, wieder-

holte sie das letzte Wort besonders laut.

Sie verstand nicht, wen sie meinte. Von welchen Männern sprach die Frau?

»Schwester hat Freund?«, fragte sie. »Wo ich kann finden?«

»Ich weiß es nicht«, sagte die Frau und schüttelte den Kopf.

»Schwester hat Freunde? Jemand, den treffen manchmal? Freundin?«, fragte sie. Sie suchte nach den richtigen Worten, nach einem Anhaltspunkt. Irgendetwas, das sie auf die richtige Spur führen würde.

Unter zusammengezogenen Brauen blickte die Frau für einen Augenblick auf den Boden, als suchte sie etwas. Dann nickte sie.

»Manchmal habe ich sie mit einer anderen Frau gesehen. Mit bunten Haaren.«

»Bunte Haare?«, fragte sie.

»Rosa, Grün, Blau, jedes Mal etwas anderes«, erklärte die Alte.

»Wo kann ich Frau finden?«

Die Sätze der Frau wurden länger und unverständlicher. Nur ein Wort verstand sie.

»Hiroshima-Park?«, wiederholte sie den Begriff.

»Hiroshima-Park«, bestätigte die Frau. Sie zeigte in eine Richtung, machte ein paar Handbewegungen, die ihr wohl den richtigen Weg weisen sollten.

Ein paar Stockwerke weiter höher öffnete sich eine Tür. Männerstimmen drangen auf den Flur. Sie blickte die Treppe hoch.

Die Bewegung ihres Kopfes hatte nur eine Sekunde gedauert. Doch als sie zurück zur Tür sah, war die alte Frau verschwunden. Es machte nichts. Sie war dankbar, hatte eine Spur.

Schwere Tritte kamen die Treppe herunter. Sie wollte nicht herausfinden, wem sie gehörten.

Mit schnellen Sprüngen stürmte sie die Stufen abwärts und riss die Haustür auf.

Dichter Regen empfing sie.

Acht

»Guten Morgen, Frau Schwitters«, sagte Mila, als die alte Frau die Tür öffnete.

»Guten Morgen, Frau Kriminaloberkommissarin«, grüßte Helga zurück.

Ein brauner Dackel trottete aus der Tür und beschnupperte Milas Hose.

»Das ist Konstantin, mein kleiner Liebling. Wir haben heute zwar schon unsere morgendliche Runde gedreht, aber er freut sich natürlich, wenn er wieder raus kann. Leider kann ich nicht mehr so viel laufen. Sie glauben ja gar nicht, wie anstrengend es ist, alt zu werden. Na, sie sind ja auch noch jung, da haben Sie natürlich keine Probleme«, sagte Helga und zog sich eine dicke Jacke an.

Eine halbe Stunde später wanderten sie über den Kniepsand. Der Wind fegte über den breiten Strand und peitsche Mila immer wieder feine Körner ins Gesicht. Sie zog sich die Kapuze in die Stirn.

»Wo genau haben Sie den Leichnam gefunden?«, fragte

Mila, während sie sich auf die Südspitze der Insel zubewegten.

»Sehen Sie die beiden Pfosten dort hinten?«, antwortete Helga und wies mit einer Hand die Richtung. »Es war wirklich eigenartig. Von Weitem sah es so aus, als würde jemand gemütlich in der Hängematte sitzen. Im Sommer ist das normal, da sitzt eigentlich immer jemand in der Hängematte. Meistens sind es Touristen. Sie können sich ja gar nicht vorstellen, wie voll es hier im Hochsommer wird. Da wimmelt es wirklich nur so vor Menschen. Sie liegen auf jedem freien Quadratzentimeter, krauchen durch die Dünen und schrecken die Vögel auf.«

Mila schwieg und lächelte. Es brächte nichts, Frau Schwitters zu hetzen. Sie wollte sich mitteilen. Mila musste nur zuhören. »Aber das Wetter war wirklich garstig«, fuhr Helga fort und holte etwas aus ihrer Jackentasche.

Konstantins Augen weiteten sich und er ließ ihre Hand nicht aus dem Blick. Er nahm vor ihr auf dem Boden Platz und reckte die Schnauze nach oben.

»Es regnete ziemlich stark. Ich wollte am liebsten wieder nach Hause gehen, aber Konstantin hat so stark gebellt, dass ich dann doch zur Hängematte gegangen bin, um nachzusehen.«

Das Leckerli flog in einem kleinen Bogen durch die Luft. Der Dackel schnappte im richtigen Moment zu und verschlang den Snack, während Helga ihm den Kopf streichelte.

»Erst dachte ich ja, der Mann schläft, aber dann habe ich die Farbe des Gesichts gesehen und die leicht geöffneten Augen«, berichtete sie, während sie weiter auf die Hängematte zugingen. »Da war mir sofort klar, dass er tot war. Wirklich gruselig. Im Fernsehen habe ich oft Leichen gesehen, aber im echten Leben ist das wirklich etwas anderes.«

»Was haben Sie dann getan?«

»Ich habe natürlich die Polizei gerufen. Die waren dann auch eine Viertelstunde später hier und haben einen Krankenwagen mitgebracht. Dann haben sie mich ewig befragt, aber ich konnte ihnen nicht viel sagen. Ich habe den Leichnam ja nur gefunden«, sagte sie und schüttelte den Kopf.

»Um wieviel Uhr war das?«

»Das muss so um halb Neun gewesen sein. Konstantin und ich gehen jeden Morgen eine Stunde raus und die Hängematte liegt genau auf der Mitte unseres Weges. Der Arzt sagt, dass mir die Bewegung guttut. Wahrscheinlich hat er Recht, aber es ist wirklich nicht leicht, wenn die Gelenke bei jedem Schritt schmerzen.«

Helgas Stimme wurde zu einem Rauschen, während Mila nachdachte.

Wenn die Polizei um 8:45 Uhr eingetroffen war, dann hatten die Kollegen gegen neun Uhr den Erkennungsdienst informiert. Vor 11 wären die Jungs nicht am Tatort gewesen, selbst wenn sie direkt vom Festland losgefahren wären. Die Witwe wäre nicht vor Abschluss der Untersuchung informiert worden.

»Was haben Sie getan, nachdem die Kollegen Sie befragt hatten?«, unterbrach sie Helga.

»Ich bin direkt nachhause. Konstantin und ich waren wirklich erschöpft. Einer der Polizisten hat mich nachhause begleitet. Ein wirklich sehr netter junger Mann. Ausgesprochen höflich, wirkte aber ziemlich traurig. Es war, als wäre er kaum da. Nur ein Schatten. Die Arbeit als Polizist ist bestimmt nicht leicht. Das drückt wohl auf die Seele«, sagte sie und musterte Mila zum ersten Mal. Für einen kurzen Augenblick schien die alte Frau jeden Zweifel, jeden Schmerz in Milas Antlitz zu lesen.

Eine Welle der Wut brandete durch Milas Brust, als sie den Ausdruck erkannte. Mitleid, Anteilnahme, Bedauern. Sie hasste es, wie die Augenbrauen spitz nach oben zuliefen, wie sich die Lippen aufeinanderpressten, sie hasste das langsame Zwinkern der Lider. Als versuchte man, sie mit den Augen in die Arme zu schließen.

»Haben Sie an dem Tag mit jemandem darüber gesprochen?« Die Frage schnitt scharf durch die Luft.

»Nachmittags war ich zu Kaffee und Kuchen bei Brigitte«, erwiderte Helga mit wiedergefundener Redseligkeit. »Was glauben Sie, was Marlis und Liesel für Augen gemacht haben, als ich davon erzählt habe. Zuerst wollten sie mir kein Wort glauben. Sie meinten, ich würde mir das nur ausdenken. Können Sie sich das vorstellen?«

Mila bedachte die Frau mit einem nachdenklichen Blick.

»Hätte ich das nicht tun sollen?«, fragte Helga und riss die Augen auf. Trübes Blau, das sicher einmal hell geleuchtet hatte.

»Kannten Sie das Opfer?«

»Nicht persönlich«, sagte Helga und schüttelte den Kopf. »Aber das ist eine kleine Insel. Hier wusste jeder, wer Ahlers ist. Haben Sie dieses schreckliche Haus gesehen, das er sich oben in Norddorf in die Dünen gestellt hat? Wirklich furchtbar. Wer kommt auf die Idee, sich ein Reetdach auf einen Glaskasten zu setzen? Nun, Geschmack kann man sich eben nicht kaufen.«

Helga verzog das Gesicht für einen Augenblick, dann lächelte sie Konstantin an, der im Sand wühlte.

»Glauben Sie wirklich, dass es Mord war?«, fragte sie einen Augenblick später.

»Zum aktuellen Ermittlungsstand kann ich Ihnen nichts sagen. Ich gehe jeder Spur nach. Dann wird sich zeigen, ob sich der Verdacht erhärtet«, erklärte Mila mit Routine.

»Dass es hier einen Mörder auf der Insel gibt, ist eine wirklich gruselige Vorstellung. Man liest sowas ja ständig in der Zeitung, aber hier ist sowas noch nie passiert, solange ich mich erinnern kann. Ich hoffe, Sie finden den Täter«, sagte Helga und versteckte ihre Hände in den Taschen ihrer Jacke.

Der Wind wurde stärker und schickte feine Tropfen Meereswasser durch die Luft.

»Ist Ihnen etwas aufgefallen, als Sie den Leichnam entdeckt haben? Etwas, das Ihnen sehr ungewöhnlich vorkam?«

»Die Füße«, begann Helga und nickte eifrig. »Es war schon an sich seltsam, wie er da in der Hängematte saß. Aber er hatte keine Schuhe an. Er muss barfuß über den Strand gelaufen sein. Und das bei dem Wetter. Der Strand war ja noch ganz nass von dem Regen in der Nacht.«

»Sind Ihnen Fußspuren in der Umgebung aufgefallen?«, fragte Mila, obwohl ihr klar war, dass der Regen alles fortgespült haben musste.

»Nein, nur meine eigenen und die von Konstantin. Nach einer Regennacht gehen wir immer ganz früh an den Strand. Dann gibt es keine Spuren auf dem Strand, und wenn die Sonne dann durch die Wolken bricht, sieht der Strand ganz unberührt aus.«

Nach ein paar weiteren Fragen bedankte Mila sich bei Helga, die sich daraufhin verabschiedete und mit Konstantin zurück in Richtung Straße stapfte.

»Was hast du hier gemacht, Henrik Ahlers?«, fragte Mila in den Wind. Sie drehte sich in jede Richtung, versuchte die Umgebung aufzunehmen.

Landeinwärts erhoben sich die Dünen. Vielleicht war er durch die Dünen gewandert und dann hier gelandet. Doch ohne Schuhe wäre das ziemlich unangenehm gewesen. Es gab zwar ein paar befestigte Holzwege, doch der Rest der Sandhaufen war mit Gräsern und Büschen überwuchert. Wäre er barfuß darüber gelaufen, hätten sich an seine Sohlen Spuren davon finden müssen. Kleine Splitter und Kratzer.

Es war auch möglich, dass er den Strand entlanggelaufen war. Der Kniepsand erstreckte sich auf der Westseite der Insel von der Amrumer Odde im Norden bis zum südlichsten Punkt, wo sich auch die Hängematte befand.

Doch warum hier in der Hängematte?

Es war die einzige Sitzmöglichkeit auf dem unteren Strandabschnitt. Vielleicht war der Grund so einfach wie banal.

Die Seile quietschten, als sie sich in das Netz der Hängematte setzte. Sie atmete die salzige Luft ein und ließ den Blick über das Meer schweifen.

Dunkles Blau, dem nicht viel zum Schwarz fehlte. Der Wind peitschte es in kleinen, spitzen Wellen auf die Küste zu.

Ihr Blick ging zu der dunklen Wolkenfront, die weit draußen auf dem Meer unaufhaltsam auf die Insel zurollte. Kälte kroch ihr in den Körper.

Neun

Kaum hatte Mila sich erhoben, rollte der erste Donner auf sie zu. Die dunklen Wolken tobten und sandten Blitze auf die Wellen. Zwischen Dünen und Meer versuchte Mila auf dem feuchten Untergrund vorwärtszukommen. Auf halbem Weg zurück zur Straße drehte der Wind und ein plötzlicher Windstoß schob sie in Richtung Wasser. Jeder Schritt kostete sie Kraft, doch irgendwann erreichte sie die Stadt.

Am Ende der Straße fand sie, was sie suchte. Sie überquerte den Parkplatz des Supermarkts, auf dem der Wagen des Opfers gefunden worden war, und betrat den Laden.

»Leiten Sie hier den Supermarkt?«, fragte sie einen älteren Mann, der ein Hemd in den Farben des Supermarktlogos trug und gerade ein paar Konservendosen in ein Regal einräumte.

»Was kann ich für Sie tun?«, fragte er, ohne den Blick auf sie zu richten.

»Erfassen die Kameras im Außenbereich auch die Straße?«

»Ja, zumindest einen Teil davon.«

»Wie lange werden die Aufnahmen gespeichert?«

»In der Regel…«, begann er. Doch er hielt mitten im Satz ein und wandte ihr den Kopf zu. Seine Augen überprüften ihre Kleidung, studierten ihr Gesicht und blieben einen Augenblick zu lange an der linken Seite ihrer Stirn hängen.

Ihr Pony saß an seinem Platz, sie hatte die Kapuze beim Betreten des Ladens abgenommen, sich die Haare auf der Stirn plattgedrückt und alles mit der Handykamera kontrolliert.

Ihr Blick zwang seine Augen nieder.

»Warum wollen Sie das wissen?«, fragte er.

»Kriminaloberkommissarin Mila Fochs«, stellte sie sich vor und zeigte ihm ihren Ausweis. »Ich ermittle in einem Todesfall, für den die Aufnahmen relevant sein könnten.«

»Ahlers«, rief der Ladenleiter aus und nahm eine kerzengerade Haltung an.

»Also, wie lange werden die Aufzeichnungen gespeichert?«, frage Mila mit unverhohlener Ungeduld.

»Maximal vier Tage, dann werden sie überschrieben.«

»Ich brauche die Aufzeichnungen des Freitags und Samstags.«

Er nickte und führte sie durch ein Büro in einen kleinen Raum.

Ein paar Minuten später saß sie mit den kopierten Aufzeichnungen wieder in ihrem Auto. Sie drehte die Heizung auf und hielt ihre Finger fest umschlossen. Die Kälte hatte sich in ihrem Körper festgebissen.

Sie hoffte, dass es nur die Kälte war.

Ihr Blick blieb auf dem Handschuhfach hängen. Sie

musste nur die kleine Klappe öffnen und sich das Fläschchen herausholen. Ein kleiner Schluck, der die Eingeweide wärmt, mehr nicht.

Reiß dich zusammen.

Mila z og die Hand zurück, griff in die Innentasche ihrer Jacke und holte ihr Telefon hervor.

»Reha-Klinik Wittsand«, meldete sich eine Frauenstimme.

»Mila Fochs, LKA Schleswig-Holstein hier. Einer Ihrer Angestellten hat jemanden behandelt, der Gegenstand einer Ermittlung ist. Ich muss mit der betreffenden Person sprechen.«

Ein leichtes Rauschen war unter der Stille zu hören.

»Um wen handelt es sich?«, fragte die Frau nach einer Pause.

»Das weiß ich nicht,« erklärte Mila. »Ich kann Ihnen den Namen des Patienten sagen. Henrik Ahlers.«

Wieder schwieg die Stimme.

»Sind Sie noch da?«, fragte Mila, obwohl sie das Atmen deutlich hören konnte.

»Ich kann in diesem Fall leider nichts für Sie tun. Es ist mir nicht erlaubt, die Behandlungsdaten unserer Patienten rauszugeben«, sagte die Stimme mit der Härte gefrorenen Bodens.

»Es würde die Ermittlungen erleichtern, wenn Sie schnell nachgucken würden«, erwiderte Mila. Das Zittern ihrer Hand wurde stärker. Ihr war immer noch kalt, obwohl sie die Heizung voll aufgedreht hatte. Sie griff sich mit der anderen Hand in den Nacken und massierte sich die Muskeln. Die Hand kam mit einem feinen Schweißfilm zurück. »Ich bin nicht an seiner Krankenakte interessiert«, fuhr sie fort und zog die Schultern in den Nacken. »Ich will nur wissen, bei wem er in Behandlung war.«

»Tut mir leid, diese Information kann ich nicht herausgeben. Der Schutz unserer Patienten hat in unserer Klinik höchste Priorität.«

»Verstehe«, knurrte Mila durch ihr Handy. Müdigkeit gesellte sich zur Kälte. »Dann hole ich mir den Durchsuchungsbeschluss und komme mit mehreren Kollegen vorbei. Auf dem Weg machen wir das Blaulicht und die Sirenen an, damit auch jeder mitbekommt, dass wir Sie durchsuchen. Ob Ihre Patienten dann die Ruhe bekommen, die sie brauchen, ist natürlich fraglich.«

Die Wirkung der Worte erforderte einen Augenblick des Schweigens, bevor sie zum nächsten Schlag ansetzte.

»Die Leute werden sich wahrscheinlich fragen, ob in Ihrer Einrichtung auch alles ganz legal zugeht. Sie wissen ja, wie das ist. Amrum ist eine kleine Insel. Hier wissen immer alle sofort Bescheid.«

»Wie war der Name?«, kam die Frage nach einer längeren Pause. Die Worte waren gepresst. Jede Silbe bekam nur so viel Raum, wie nötig, um verständliche Wörter zu bilden.

»Henrik Ahlers.«

»Er wurde von einer unserer Physiotherapeutinnen behandelt. Lea Theling.«

»Ist sie heute auf der Arbeit?«, fragte Mila

»Ja, sie behandelt heute mehrere Patienten.«

»Bitte richten Sie ihr aus, dass ich nachmittags vorbeikomme, um ihr ein paar Fragen zu stellen.«

Das Zittern ihrer Hände hatte aufgehört, doch die Kälte in ihrem Körper war geblieben.

Zehn

Mila parkte den Wagen vor dem winzigen Backsteinbau in Nebel. Als sie das Gebäude betrat, blickten sie zwei Augenpaare an. Eines davon überrascht, das andere leer.

»Brauchen Sie Hilfe?«, fragte der blonde Mann und legte die Spielkarten aus der Hand. »Einen Arzt?«

»Nein«, sagte Mila und legte die CDs mit den kopierten Videoaufzeichnungen auf den Tresen.

»Sind Sie sicher?« Er schob den Stuhl nach hinten und wuchtete seine Wampe nach oben. «Sie sehen aus, als würden sie gleich umkippen.«

»Wer leitet die Station?«, fragte Mila mit dem Knurren eines ausgehungerten Fuchses.

»Ich«, erklärte der Dicke und schleppte sich in ihre Richtung.

»Kriminaloberkommissarin Fochs, LKA. Ich ermittle im Fall Ahlers«, stellte Mila sich vor und musterte den Raum.

Die Polizeistation war eher eine Kumpelstube. Ein gemütliches Bänkchen und ein Tisch zum Kartenkloppen. In der Ecke stand ein Rechner, dessen Staubbelag darauf schließen ließ, dass er nur selten zum Einsatz kam.

»Ah, die Kollegin aus Kiel. Wir haben schon gehört, dass Sie hier bei uns rumschnüffeln«, sagte er und drehte sich mit einem Grinsen zwischen den Backen zu seinem Kollegen.

»Klaas Becker«, stellte er sich vor und reichte ihr die Hand.

»Und das da hinten ist mein Kollege Lars Flaaken.«

Der dunkelhaarige Polizist nickte, machte aber keine Anstalten aufzustehen und widmete seine Aufmerksamkeit wieder den Karten in seiner Hand.

Einen Moment blieb Milas Blick an seinen Augen hängen. Aus dunklen Höhlen starrten sie auf seine Hände. Doch es sah aus, als würde er nichts sehen.

»Ich habe hier mehrere Stunden Videomaterial vom Supermarkt in der Nähe des Fundorts der Leiche«, sagte Mila und löste ihren Blick von Lars. »Das müsste gesichtet werden. Ich will vor allem wissen, welche Fahrzeuge sich am Abend vorher dort aufgehalten haben.«

»Und das sollen wir für Sie erledigen?«, fragte Klaas und blinzelte in schneller Folge mit seinen Augen, die in dem runden Gesicht winzig wirkten.

»Wenn es nicht zu viel verlangt ist, Polizeikommissar Becker. Ich bin erstmal damit beschäftigt, die Zeugen zu befragen«, sagte sie in einem Ton, der keinen Zweifel an ihren Erwartungen ließ, während sie ihm die CDs über den Tresen schob.

»Was haben Ihre Ermittlungen bisher ergeben«, fragte sie ihn, während er die beiden CDs mit der Verwunderung eines Kindes betrachtete, das zum ersten Mal ein Werkzeug in der Hand hält, ohne dessen Zweck zu kennen.

»Unsere Ermittlungen?«, murmelte er und blickte wieder zu ihr. »Wir haben den Erkennungsdienst informiert und dann auf Sie gewartet. Uns wurde mitgeteilt, dass jemand vom LKA die Sache übernehmen würde.«

Mila schnaufte. Vermutlich konnte sie von den beiden keine große Hilfe erwarten.

»Sie waren als erstes am Fundort der Leiche?«

»Ja, schon verrückt, wie der Ahlers da so in der Hängematte lag«, antwortete er dann und schüttelte den Kopf. »So was haben wir hier noch nie gehabt.«

Er blickte zurück zu Lars, der den Kartenstapel in der Mitte teilte und dann beide Teile ineinander mischte.

»Haben Sie eine Vermutung, warum er gerade in der Hängematte war?«

»Im Sommer ist das ein beliebtes Fotomotiv für die Touristen und Kurgäste«, erklärte Klaas. »Aber um die Jahreszeit spazieren höchstens mal ein paar Einwohner über den Strand. Es gibt natürlich auch Gäste, die das raue Herbstwetter lieben. Depressive Einzelgänger und kaputte Typen.«

Sein Mund blieb für einen Moment offenstehen, in dem er Mila mit aufgerissenen Augen ansah. Der Eindruck, den sie anscheinend auf ihn machte, war deutlich in seinem Gesicht zu lesen. Mit einem unsicheren Lächeln senkte er den Blick.

»Kannten Sie Ahlers?«, fragte Mila. Die Worte fingen an, sauer zu schmecken. Sie schluckte die bissige Retoure auf ihren Lippen herunter.

»Nicht wirklich. Jeder hier auf der Insel wusste natürlich, wer er war, aber wir hatten nie mit ihm zu tun.«

»Er ist also nie in Konflikt mit dem Gesetz gekommen?«

»Jedenfalls nicht hier auf der Insel«, sagte er und zuckte mit den Schultern.

»Sondern?«

Klaas lehnte seine Wampe gegen den Tresen und beugte sich zu Mila, als wolle er ihr etwas ins Ohr flüstern.

»Wenn Sie mich fragen, haben solche Leute ein ganz eigenes Verhältnis zum Gesetz. Und in der Regel teure Anwälte.«

»Und die Witwe? Ist sie schon einmal aufgefallen?«

»Sonnie?«, sagte er, fror dann für eine Sekunde ein. Nach einem kurzen Moment des Schweigens, in dem nur zu hören war, wie Lars die Karten mischte, drückte er sich vom Tresen weg und nahm Haltung an. »Wir hatten mit Frau Ahlers nie etwas zu tun, bevor wir ihr die Nachricht überbracht haben«, sagte er im nüchternen Ton eines Polizeiberichts, der nicht zur Färbung seiner Wangen passte.

Mila musterte ihn aufmerksam

»Wann genau haben Sie Frau Ahlers die Nachricht überbracht?«

Die roten Flecken auf seinen Wangen wuchsen in Richtung Hals.

»Das wird so gegen 19 Uhr gewesen sein«, erklärte er und suchte mit den Augen Hilfe bei Lars. Doch der reagierte nicht.

»Vorher haben Sie nicht mit ihr gesprochen?«, fragte Mila und zog die Brauen zusammen.

»Nein, erst musste ja der Erkennungsdienst seine Ermittlungen abschließen.«

»Was ist mit Ihnen?«, bellte Mila über die Theke an Klaas vorbei. »Hatten Sie vorher Kontakt zur Witwe?«

Lars schob die Karten ineinander, legte sie auf dem Tisch ab und drehte den Kopf zu Mila. Ein kurzes Schütteln des Kopfes, dann starrte er zum Fenster auf der anderen Seite des Raumes.

Ihr Blick verharrte auf ihm, doch er machte keine Anstalten, ihr weitere Aufmerksamkeit zu schenken.

Klaas kommentierte das Verhalten seines Kollegen nur mit einem Schulterzucken, als Mila ihn wieder ansah.

»Sie haben die Witwe Sonnie genannt«, setzte Mila die Befragung fort.

Seine Antwort war ein zurückhaltendes Nicken, das ihm die immer weiterwachsende Stille nach ihrer Frage entlockte.

»Kennen Sie sich privat?«

»Nein, also das«, stammelte er und hob die Hände schützend vor die Brust. Es war deutlich zu sehen, wie die Erregung seine Haut zum Schwitzen brachte. »Das ist wegen der Fotos.«

»Was für Fotos?«

»Fotos, die, nun ja, ein bisschen freizügiger sind«, sagte Klaas. Seine Stimme war leiser geworden, fast schon ein Flüstern. »Sie war mal in einer Zeitung zu sehen. Das ist schon lange her.«

»Meinen Sie Bikinifotos wie bei einem Schönheitswettbewerb?«

Während er mit Kopfschütteln und Grinsen im Gesicht antwortete, rieb er seine fetten Finger gegeneinander, als würde er einen Teig kneten, oder etwas anderes.

Mila kniff die Augen zusammen.

»Wie lange ist das her?«

»Ach, das muss schon fast 20 Jahre her sein. Aber so etwas vergisst man nicht.«

Auf seinem Gesicht lag das ekelhafte Grinsen, das sie von ihren Kollegen kannte, wenn mal wieder eine junge, schöne Frau gestorben war. Die leichte Lippenkrümmung der Geilheit, wenn der Leichnam aus dem Kühlschrank kam. Dasselbe Grinsen, das sie vor ihr zu verstecken suchten, wenn sie hinter ihrem Rücken ihre Witze rissen.

Du mieses, fettes Schwein.

»Wie hat Frau Ahlers auf die Nachricht reagiert?«, fragte Mila mit gepresster Stimme.

Klaas fuhr sich mit seiner Hand über den Bauch und blickte auf den Tresen.

»Also eigentlich hat sie gar nicht reagiert«, sagte er. »Hat nur dagestanden und genickt. Aber wenn Sie mich fragen, dann war es für sie kein großer Verlust.«

»Warum sagen Sie das?«, fragte Mila und runzelte die Stirn.

Mit einer Hand auf dem Tresen beugte er sich wieder näher an Mila heran.

»Naja«, sagte er mit leiser Stimme, »es gab da jede Menge Gerüchte. Über den alten Ahlers und lauter junge Frauen. Amrum ist eine kleine Insel, da macht so etwas schnell die Runde.« Er grinste Mila an. »Und Sonnie, also Frau Ahlers, ist ja selbst wesentlich jünger. Wahrscheinlich hat sie ihn des Geldes wegen geheiratet.«

Mila ließ die Worte wirken.

»Sie hat Ihrer Meinung nach ein Motiv?«

»Schon möglich«, sagte er und zuckte mit den Schultern. »Aber wenn Sie mich fragen, stecken da die Ökos dahinter.«

Mit einem fragenden Blick bedeutete sie ihm weiterzusprechen.

»Vor ein paar Monaten hat sich hier eine Horde Ökos auf der Insel eingenistet«, erklärte Klaas. Seine Lippen verzogen sich bei jedem Wort, als würde er eine bittere Frucht essen. »Sie haben einen Acker hier im Ort besetzt und dort ein Zeltlager errichtet. Die glauben wahrscheinlich, ihnen gehört die Welt. Ich hätte das Nest ja sofort geräumt. Aber das Grundstück gehört dem Bürgermeister und er duldet sie bisher. Er will hier keinen Ärger. Wenn Sie mich fragen, dann machen diese Ökos von ganz allein Ärger. Früher oder später musste ja was passieren«, sagte er und schnaufte. Seine Backen wackelten im Takt seines Kopfschüttelns.

»Sie glauben, die Ökos haben etwas mit dem Tod von Henrik Ahlers zu tun?«

»Diesem Gesocks ist alles zuzutrauen«, sagte er schroff. »Die schrecken ganz sicher auch nicht vor Gewalt zurück. Das war nur eine Frage der Zeit.«

»Wissen Sie, was sie wollen?«

»Was wohl?! Den Tourismus reduzieren, Autos verbieten. Das übliche Gewäsch! Verstehen Sie mich nicht falsch. Ich mag die Umwelt. Auf Amrum hier lieben wir unsere Insel. Aber mit den ganzen Verboten erreicht man nichts. Und die machen mir nicht den Eindruck, als würden sie ganz friedlich auf einen Wandel warten.«

»Haben sie bisher Probleme gemacht?«, fragte Mila und blickte zu Lars, der in dem Moment aufstand und im hinteren Teil des Raumes verschwand.

»Nicht wirklich. Sie haben hier ein paar Mal gegen den Bau von Windkrafträdern demonstriert. Das muss man sich mal vorstellen. Ökos, die gegen den Bau von Anlagen zur Gewinnung erneuerbarer Energien demonstrieren«, sagte er und kommentierte seine eigene Aussage mit einem Luftstoß durch halbgeöffnete Lippen.

»Ahlers hatte etwas mit Windrädern zu tun?«, fragte Mila. Ihre Ermittlungen zu Ahlers' Geschäften hatten bisher nicht auf Investitionen und Beteiligungen im Bereich Erneuerbare Energien hingedeutet.

»Keine Ahnung«, sagte Klaas und warf eventuelle

Zweifel an der Schuld der Aktivisten mit einer Bewegung seines Handgelenks nach hinten. »Aber den Ökos ist doch jede Feindfigur gerade recht. Ob die jeweilige Person nun etwas getan hat, spielt für die doch keine Rolle.«

Für ihn schien die Sache klar zu sein.

»Haben Sie schon mit den Aktivisten gesprochen?«

»Nein, noch nicht. Aber wenn Sie die Bande verhören, komme ich mit. Mit genug Druck quetschen wir schon aus ihnen raus, was genau passiert ist.«

Mila bedachte ihn mit einem langen Blick.

»Sagen Sie mir Bescheid, sobald das Material gesichtet ist. Ich brauche die Auswertung so schnell wie möglich.«

Elf

»Lea Theling?«, fragte Mila und klopfte an die offene Tür. Sie schritt an der Massageliege vorbei und sah sich in dem Raum um. Hinter einem Vorhang nahm sie eine Bewegung wahr und ging darauf zu.

»Ja?«, sagte eine Frauenstimme und eine Sekunde später guckte der dazugehörige Kopf hinter dem Vorhang vor.

»Kriminaloberkommissarin Mila Fochs. Ich hatte angerufen.«

»Ah ja, die Kollegin hatte mir erzählt, dass Sie vorbeikommen wollten. Ich bin gerade etwas beschäftigt«, sagte Lea und entschuldigte sich mit einem Lächeln. »Wenn Sie fünf Minuten warten, bin ich gleich für Sie da.«

Mila nickte und setzte sich auf die freie Liege. Dem Geplauder zufolge massierte Lea gerade eine andere Frau, deren Stimme alt klang.

Mit einem Griff betastete Mila ihren Nacken. Hart wie Beton. Sie könnte ebenfalls eine Massage gebrauchen.

Wenigstens hatte sie es mittlerweile geschafft, etwas zu essen. Sie hatte keinen Appetit gehabt, doch das Loch wollte gefüttert werden.

Ein paar Minuten später huschte eine grauhaarige Dame mit großen Augen aus dem Raum und Lea kam hinter dem Vorhang hervor. Eine attraktive junge Frau.

»Sie wissen, um was es geht?«, fragte Mila und erhob sich von der Liege.

»Ich vermute, es geht um Henrik Ahlers«, sagte Lea, während sie ihre Hände mit Desinfektionsmittel einrieb.

Milas Magen zog sich bei dem Anblick nach innen. Sie hasste das Gefühl der Chemie auf ihrer Haut. Die junge Frau schien damit hingegen keine Probleme zu haben. Mit der Ruhe und Genauigkeit einer Chirurgin beseitigte sie die unsichtbaren Spuren des Kontakts mit ihrer Patientin.

»Wie gut kannten Sie Herrn Ahlers?«

»Eigentlich überhaupt nicht. Er kam einmal die Woche vorbei und hat sich von mir massieren lassen. Ein Patient unter vielen«, sagte Lea und setzte sich an den Schreibtisch in der Ecke des Raumes. Sie tippte etwas auf der Tastatur des Rechners ein, dann sah sie zu Mila. Ihr Gesicht war offen, ihre Haltung gerade, sie war bereit.

Es war ein Verhalten, das Mila schon häufiger beobachtet hatte. Typ eifrige Zeugin, immer willens, Rede und Antwort zu stehen.

»Was für Beschwerden hatte er?«, fragte Mila.

»Das darf ich Ihnen nicht sagen«, erwiderte Lea mit ruhiger Stimme. Die Bereitwilligkeit hatte anscheinend auch ihre Grenzen.

»Ich brauche keine Details«, setzte Mila nach. »Ich will nur wissen, ob er wegen einer konkreten Verletzung in Behandlung war oder sich zu Erholungszwecken von

Ihnen hat massieren lassen.«

Lea presste ihre Lippen aufeinander, blickte ein paar Sekunden auf den Tisch vor sich, dann wandte sie sich dem Bildschirm zu. Ihre Finger sprangen auf der Tastatur hin und her, sie studierte für einen Augenblick den Bildschirm.

»Starke Verspannungen«, sagte sie. Mit einem flüchtigen Blick musterte sie Mila von oben bis unten, blieb dann an ihrem Pony hängen. Als sie die Strenge in den dunklen Höhlen darunter sah, blickte sie schnell zum Computer zurück.

»Was für einen Eindruck hatten Sie von Henrik Ahlers?«, fragte Mila nach einem Moment der Stille.

»Wie meinen Sie das?«, fragte Lea und faltete die Hände auf dem Tisch. Ihr Gesicht war ruhig, ihr Körper ebenso. Nur der Zeigefinger der linken Hand bewegte sich auf der anderen Hand vor und zurück.

Als sie Milas Blick bemerkte, nahm sie die Hände vom Tisch und brachte sie in ihrem Schoß in Sicherheit.

»Wie lange war Henrik Ahlers bei Ihnen in Behandlung?«, fragte Mila, ohne auf die Gegenfrage einzugehen.

»Ungefähr seit einem halben Jahr. Die ersten Termine hatten wir im Frühjahr. Am 26. April«, sagte sie mit einem Blick auf den Bildschirm.

Mit ein paar langsamen Schritten drehte sich Mila durch den Raum und ließ die Augen über die Geräte wandern. Hanteln, Widerstandsbänder, Gleichgewichtskissen. Ihre Finger fuhren über die Liege, auf der sie eben noch gesessen hatte. Ein Mann auf einer Massageliege, eine Frauenhand auf seinem Rücken, sie lehnt sich gegen die Liege, ihre Beine streifen seine Seite.

»In einem halben Jahr lernt man sich bestimmt ein wenig kennen«, stellte Mila fest, während sie über ihre Schulter zu Lea blickte.

»Um ehrlich zu sein, ich fand ihn ziemlich unangenehm«, sagte Lea. Sie schloss für einen kurzen Augenblick die Augen, zog die Lippen nach unten und drehte den Kopf von Mila weg, als würde sie eine Erinnerung loswerden wollen.

»Inwiefern?«

Die junge Frau lehnte sich mit den Armen auf den Tisch. Ihr Rücken schien nicht mehr ganz so gerade.

»Er war ein ziemlicher Angeber«, erklärte sie nach einigem Zögern. »Er hat immer damit geprahlt, was für ein toller Geschäftsmann er sei. Ständig ging es darum, wie er irgendwelche Leute bei Verhandlungen über den Tisch gezogen hat.«

Ein kurzer Anflug von Missbilligung zog Leas Mundwinkel für den Bruchteil einer Sekunde nach unten. Eine winzige Bewegung.

»Hat er von seinen letzten Geschäften erzählt?«, fragte Mila.

»Nichts Konkretes«, sagt Lea und legte ihre Stirn in Falten. »Wenn ich mich richtig erinnere, dann hatte er wohl ein ziemlich dickes Geschäft vorbereitet, das kurz vor dem Abschluss stand. Irgendetwas hier auf Amrum. Aber mehr weiß ich wirklich nicht. Ich habe aber auch immer nur halb zugehört. Diese ganze Angeberei war mir zuwider. Ein aufgeblasener Kerl.«

»Warum haben Sie ihn behandelt, wenn er so unangenehm war?«

»Ich behandle jeden, dem ich helfen kann. Und ich suche mir meine Patienten nicht nach Sympathie aus«, sagte Lea mechanisch.

Inhalt und Ton der Aussagen kamen Mila so gegensätzlich vor, dass sie beide bezweifelte. Sie schwieg, ließ

Lea jedoch dabei nicht aus den Augen.

Ihre Taktik hatte keinen Erfolg. Es kam immer mal wieder vor, dass sie auf jemanden traf, der die Stille ertragen konnte.

Für einen Augenblick starrten sich die beiden Frauen stumm an, ohne dass eine der beiden den Blick abwandte.

»Wie oft war er bei Ihnen in Behandlung?«, fragte Mila schließlich.

»Er hat immer ganz spontan angerufen und ist dann vorbeigekommen. Manchmal musste ich andere Termine deswegen kurzfristig verschieben«, sagte Lea.

»Und das war kein Problem? Einfach so Termine verschieben?«

Lea rutschte auf ihrem Stuhl hin und her und blickte auf den Boden, als suchte sie nach den richtigen Worten.

»Mir war das immer unangenehm den anderen Patienten gegenüber«, sagte sie. »Aber die Klinikleitung bestand darauf, dass ich für ihn immer alles stehen und liegen lasse. Er kannte die Chefs wohl persönlich. Und nach allem, was man so über ihn hörte, war er ja auch ziemlich einflussreich.«

Also doch kein Patient unter vielen.

»Was hörte man denn so über ihn?«

»Das übliche Gerede«, sagte Lea und zuckte mit den Schultern. »Ich habe Patienten von der ganzen Insel. Einige auch aus Norddorf. Die haben sich zumeist über sein Haus aufgeregt. Haben Sie den Glasbau gesehen? Ziemlich eigenartig.«

»Mehr nicht?«

»Nur der typische Inseltratsch«, sagte Lea und winkte mit einer kurzen Geste ab. »Damit will ich sie nicht behelligen.«

»Tun Sie mir den Gefallen«, bat Mila mit dem Lächeln

einer Wölfin.

»Hauptsächlich ging es um sein Haus und sein Geld. Manche haben dann noch über seine Frau gelästert. Sie soll wohl deutlich jünger sein«, berichtete Lea.

»Kennen Sie die Witwe?«

»Sie war nie bei mir in Behandlung.«

»Sie sind ihr nie begegnet? Hat sie ihn nie begleitet oder abgeholt?«

»Nein.«

»Und Sie haben nie nach ihr gefragt?«

Lea schüttelte den Kopf. Eine knappe und präzise Bewegung, geübt, vor dem Spiegel einstudiert.

»Ich stelle meinen Patienten niemals wirklich persönliche Fragen. Das kann gerade für schüchterne Menschen schnell unangenehm werden«, erklärte sie. »Wenn sie von sich aus von ihrer Familie erzählen, dann spreche ich natürlich schon darüber und frage nach. Aber Herr Ahlers hat nie von seiner Frau gesprochen.«

»Kein einziges Mal?«, fragte Mila und kniff die Augen zusammen.

Wieder ein knappes Kopfschütteln.

»Gab es noch andere Gerüchte?« Sie trat an den Schreibtisch heran. »Bitte halten Sie nichts zurück, egal wie belanglos es Ihnen scheint.«

Sie betrachtete das Makeup der jungen Frau. Nur ein wenig Eyeliner, ein unauffälliger Lippenstift. Eine dezente Betonung ihres fein geschnittenen Gesichts.

»Nein, da fällt mir nichts weiter ein«, sagte Lea.

»War er auch bei anderen Angestellten der Klinik in Behandlung?«

»Ich glaube nicht.«

»Er hat also speziell nach Ihnen verlangt?«

»Ja«, sagte Lea, während ihre Brauen etwas näher zueinander wanderten. »Ich weiß, was sie jetzt denken. Aber so war es nicht«, erklärte sie. »Es ist nicht so, dass er es nicht immer wieder versucht hätte. Aber da hatte er bei mir keine Chance. Ein reicher Typ, der sein Selbstwertgefühl von seinem Kontostand zieht. Und auch einfach zu alt.«

»Wie weit gingen seine Versuche?«

»Zum Glück waren es nur die typischen Anmachsprüche und Einladungen. Er wollte mich auf Wochenendtrips nach Dänemark mitnehmen. Sein Ferienhaus, nur wir zwei. Naja, sie wissen schon.« Die Geschmacklosigkeit der Vorstellung floh als Schnaufen aus ihrer Nase.

»Hat er Sie jemals angefasst?«

»Nein, zum Glück nicht. Dafür war er aber auch nicht der Typ. Er hat lieber viel erzählt. Wahrscheinlich wollte er, dass sich die Frauen von allein zu seinen Füßen legen.«

»Wann haben Sie ihn das letzte Mal gesehen?«, fragte Mila.

»Das war am Freitag, so gegen Mittag. Er kam gerade von einem Termin und war extrem verspannt. Im Gegensatz zu sonst hat er auch kaum geredet. Er war finster drauf und ist dann nach der Massage auch sofort los.«

»Wissen Sie, weswegen er so schlecht drauf war?«, fragte Mila.

»Nein, er hat es mir nicht gesagt. Ich war ehrlich gesagt auch froh, dass ich nicht mit ihm reden musste.«

Mila ließ eine Pause zwischen ihnen wachsen, in der sie langsam zum Fenster ging und auf den Parkplatz hinter dem Gebäude blickte.

»Wie lange war Herr Ahlers hier?«

»Jede Massage dauert 20 Minuten.«

»Hat er darüber gesprochen, wo er nach der Massage hinwollte?«

Mila sah ihr Kopfschütteln aus dem Augenwinkel.

»Er hat mir gedankt und ist gegangen. Es war schon seltsam. Kein zweideutiges Lächeln, keine Einladungen oder Anspielungen. Er hatte es eilig.«

»Was haben Sie nach der Massage getan?«, fragte Mila, trat vom Fenster zurück und stellte sich so hinter Lea auf, dass die junge Frau sich zu ihr umdrehen musste.

»Ich war hier und habe meine restlichen Patienten behandelt. Freitags ist häufig am meisten los. Kurz vor dem Wochenende kommen die Leute noch schnell nach der Arbeit vorbei«, sagte Lea. Die Antwort war kühl, ohne jeden Hauch von Empörung über den angedeuteten Verdacht. Weder Angst noch Sorge vor einem falschen Eindruck.

»Und wo waren Sie abends und die Nacht über?«

»Ich habe mich nach der Arbeit mit meinem Freund getroffen und dann auch die Nacht mit ihm verbracht.«

»Ich brauche den Namen und am besten noch die Telefonnummer Ihres Freundes, um Ihre Aussage zu bestätigen«, sagte Mila.

»Lukas Petersen«, sagte Lea und schrieb die Nummer auf einen Zettel, den sie Mila entgegenhielt. »Glauben Sie wirklich, dass er umgebracht wurde?«, fragte sie und erhob sich langsam von ihrem Stuhl.

»Ich bin hier, um genau das rauszufinden«, erwiderte Mila, ohne ihr Platz zu machen. »Wie lange leben Sie schon auf Amrum, Frau Theling?«

Lea sank zurück auf ihren Stuhl. Für einen Augenblick sah es so aus, als hielte sie die Luft an.

»Ich bin in Bremen aufgewachsen und lebe seit ungefähr einem halben Jahr hier. Ich habe direkt nach dem Abschluss eine Stelle hier bekommen«, sagte Lea und sah Mila mit einem irritierten Ausdruck an.

Mila nickte, sah sich noch einmal in dem Behandlungsraum um, dann bat sie Lea, sich bei ihr zu melden, wenn ihr noch etwas einfiele.

Ein paar Minuten später sackte sie in den Sitz ihres Wagens und dachte über das Gespräch mit Lea nach. Doch sie konnte keinen klaren Gedanken fassen. Das Auto wurde eng, sie brauchte Luft.

Es war, als ob sich ein Nebel über ihr Hirn gelegt hatte. Nicht jener sanfte Schleier, der alles etwas leiser und erträglicher machte. Ein dicker Dunst verdeckte ihr den Blick, während sich der Lärm der Welt ungehindert in ihren Schädel bohrte.

Zwölf

Ohne Ziel wanderte Mila durch Wittdün. Die Straßen waren leer, die meisten Läden geschlossen. Die Gemeinde bereitete sich auf den Winterschlaf vor.

Neben der Touristeninformation betrachtete sie ein Plakat, das für Wattwanderungen warb und 20 Prozent Rabatt anbot, wenn man bei der Anmeldung gleich die dafür passenden Surfschuhe erwarb.

Die Aussicht, mit der Tide im Nacken von einer Insel zur nächsten zu stapfen, wirkte auf sie wenig verlockend. Sie hatte schon zu viele aufgedunsene Wasserleichen gesehen, um sich der Gefahr des Ertrinkens freiwillig auszusetzen. Es kam immer wieder vor, dass selbst erfahrene Wanderer sich auf dem Weg zur Küste plötzlich vor einem Priel wiederfanden, in dem das Wasser schnell stieg.

Eine Straße weiter entdeckte sie eine offene Bäckerei und holte sich einen Kaffee. Das heiße Getränk wärmte sie, während sie die Wandelbahn entlang ging.

Als sie die Südspitze der Insel umrundet hatte, brach

die Sonne durch die Wolkendecke. Sie hielt an einem der fest installierten Ferngläser der Strandpromenade und warf eine Münze hinein. Ihre Augen jagten über den weiten Kniepsand, bis sie die Hängematte fanden.

Was hast du dort getrieben, Henrik Ahlers?

Sie holte einen zerknitterten Zettel aus der Jackentasche und wählte die Nummer.

»Ja?«, meldete sich eine tiefe Männerstimme.

»Guten Tag, Herr Petersen. Mila Fochs vom Landeskriminalamt Schleswig-Holstein hier. Hätten Sie einen Moment Zeit, mir ein paar Fragen zu beantworten?«

Schweigen.

»Worum geht es?«, fragte Lukas nach mehreren Sekunden Stille.

»Es geht um Frau Theling.«

»Ist Lea etwas passiert?«, fragte er mit rauer Stimme.

»Nein, keine Angst. Ich rufe nur an, um ein paar Aussagen von Frau Theling zu überprüfen.«

Durch die Leitung raschelte es. Als versuchte jemand, einen Zettel aufzufalten.

»Können Sie mir sagen, wo Sie in der Nacht vom Freitag auf den Samstag waren?«, fragte Mila.

»Was geht Sie das an?«, schnauzte Lukas. »Ich dachte, Sie wollten mich etwas über Lea fragen. Sie haben kein Recht, mich am Telefon zu verhören.«

Der Sturmwind brauste durch Milas Brust. Ihre Geduld für aggressive Zeugen war ein feiner Faden.

»Herr Petersen, es handelt sich nur um ein paar Routinefragen« Ihre Zähne hielten den Orkan zurück.

»Ihr scheiß Bullen glaubt wohl, dass ihr euch alles erlauben könnt?! Aber ich kenne meine Rechte. Deutschland ist kein Polizeistaat, zumindest noch nicht. Mit deinen Einschüchterungstaktiken kommst du bei mir nicht weit!«

»Herr Petersen!« antwortete Mila. Jede Faser ihres Körpers war auf Entladung gespannt. Doch der Zorn fand kein Ziel. Lukas hatte das Gespräch bereits beendet.

»Arschloch!«, rief Mila in den Wind, dann steckte sie ihr Handy weg und blickte aufs Wasser. Nicht mehr lange und die Sonne würde im Meer versinken.

Dreizehn

Die Dämmerung setzte gerade ein, als sie den Park erreichte. Ein paar Wiesen, Bäume und ein kleiner See.

Hiroshima-Park. Sie konnte nicht verstehen, warum man einen Park nach einer zerstörten Stadt am anderen Ende der Welt benannte. Einer Stadt, die in einer radioaktiven Wolke verglüht war.

Vielleicht ging es ums Erinnern, um die Leben, die ausgelöscht wurden. Eine Mahnung gegen das Vergessen. Auch sie würde niemals vergessen.

Es hatte eine Weile gedauert, bis sie den Ort gefunden hatte. Die Menschen auf der Straße hatten keine Rücksicht genommen, dass sie nicht so gut verstand. Manche waren mit schnellen Schritten und gesenktem Blick weitergegangen, ohne zu reagieren. Andere hatten zu schnell geredet.

Im Dämmerlicht sah der Park friedlich aus.

Nach ein paar Minuten erreichte sie einen Steg, der über einen Teil des kleinen Sees führte. Am Ende des Stegs standen ein paar Frauen unter einer großen Weide.

Als sie näherkam, zögerte sie einen Augenblick.

Aus bösen Augen musterten sie die Frauen, während sie mit Gewalt an ihren Zigaretten zogen. Etwas abseits der platinblonden Frauen, von denen einige trotz des rauen Wetters kaum bekleidet waren, stand eine Frau mit grünen Haaren.

Sie ging unter die Weide.

»Verpiss dich«, spuckte ihr eine der Frauen entgegen. Ihr Gesicht sah wie gemalt aus. Wie eine Maske, die versteckte, dass hinter dem Körper auch ein Mensch steckte. Für einen Augenblick rutschte die Maske, offenbarte jedoch nur Grausamkeit.

Ein kurzer Blick genügte und die Frau verstand, dass sie keine Angst hatte. Sie drehte sich weg und begann mit einer der anderen zu reden.

Die Grüne stand ein wenig abseits. Ihre Kleidung war zu groß, doch man sah deutlich, dass ein zerbrechlicher Körper darunter steckte. Sie musste ein paar Jahre älter als sie sein, wirkte aber noch wie ein Kind. Ihre Augen waren scheu, sie sah kurz zu ihr rüber und schüttelte den Kopf.

»Keine Frauen», flüsterte die Frau und wandte sich ab.

»Kennen Schwester?«, fragte sie und holte das Bild aus der Jackentasche.

Als Antwort bekam sie nur ein Schulterzucken.

»Kennen Schwester!« Sie packte die junge Frau am Arm. »Alte Frau gesagt hat, du kennen Schwester.«

Die Frau zuckte bei der Berührung zusammen. Sie betrachtete das Bild und Angst schlich durch ihre Augen.

»Was passiert mit Schwester?!« Ihre Stimme wurde lauter.

Das Bild schien die Frau festzuhalten. Sie starrte mit aufgerissenen Augen auf das Foto der Schwester. Ein Sommertag vor dem Haus der Eltern. Bevor sie mit 16 nach Deutschland gegangen war.

Langsam hob die Frau die Augen und blickte sie an. Als sie die Verwandtschaft der Gesichter fand, ergriff ein Zittern ihre Lippen.

»Dara«, sagte die Frau mit schwacher Stimme.

»Dara meine Schwester«, sagte sie und nickte. »Was ist pas-

siert?«

Ein plötzlicher Windstoß fegte durch die Weide und trug tiefe Stimmen heran. Die grüne Frau drehte sich herum und spähte in die Dunkelheit, die sich über den Park gelegt hatte.

»Nicht hier«, flüsterte sie und sah zu den anderen Frauen, die sie immer wieder musterten. »Sie dürfen dich nicht sehen.«

»Wer darf nicht sehen mich?«, fragte sie, während sie jenseits der Weide nach dem Grund für die Angst in den Augen der jungen Frau suchte.

Zwei Männer traten unter den Baum und begannen die Fleischbeschau. Einer der beiden schien sich für sie zu interessieren.

Die Frau murmelte etwas in seine Richtung und drängte sie unter der Weide hervor.

»Du musst gehen«, sagte die Frau und erfasste den Park mit einer schnellen Handbewegung. »Hier ist es gefährlich.«

»Wir reden über Schwester!«, erwiderte sie und schüttelte den Kopf. Ihr Blick war hart.

»Später«, flüsterte die Frau. Sie zog ihre Schultern zusammen, sodass es wirkte, als schrumpfte sie noch weiter in den übergroßen Kleidungsstücken.

»Wann?« Das Wort hatte einen harten Klang.

»Morgen«, sagte die Frau und nannte ihr eine Adresse und Uhrzeit. »Du musst jetzt gehen. Schnell!«

Mit gebückter Haltung huschte die Frau zurück unter den Baum.

Sie beobachtete das Treiben noch einen Moment, dann drangen feste, schwere Tritte durch die Dunkelheit.

Sie schlug die Gegenrichtung ein.

Vierzehn

Bis zu ihrem Termin war es noch eine halbe Stunde. Sie hasste es in Restaurants auf Leute zu warten, doch im Hotel hatte sie es nicht länger ausgehalten.

Das Restaurant war ziemlich leer. Nur an einem der Tische saßen zwei ältere Männer vor ihrem Herrengedeck. Einer der beiden blickte Mila mit einem erschrockenen Ausdruck an, sagte etwas zu seinem Begleiter, der sich daraufhin nach Mila umdrehte, sie kurz musterte und sich dann mit einem Kopfschütteln seinem Bier widmete.

Zu ihrem Glück verkniffen sich die beiden einen Kommentar. Sie war nicht in der Stimmung für dumme Sprüche.

Auf der anderen Seite des Raumes setzte sie sich an einen leeren Tisch. Ein hölzernes Schiffsteuerrad, über das man eine Glasplatte gelegt hatte. Maritimer Kitsch für zahlkräftige Touristen, der außerhalb der Saison jeden Glanz verlor.

Nach ein paar Minuten brachte die Bedienung ihr endlich den Tee. Die Kellnerin schien keine Eile zu haben. Ohne Mila eines Blickes zu würdigen, stellte sie das Getränk auf den Tisch und verschwand wieder hinter der Theke, um sich mit ihrem Handy zu beschäftigen.

Der erste Schluck war so heiß, dass Mila sich fast die Zunge verbrannte, doch sie brauchte die Hitze, um die Grabeskälte aus ihren Knochen zu vertreiben.

Das raue Winterklima am Meer war nichts Neues für sie. Aber dieser Herbst am Meer war anders. Seit sie auf Amrum war, hatte sie das Gefühl, dass die Elemente ihr nach dem Leben trachteten.

Sie liebte den Wind und das Meer zu jeder Jahreszeit, sie war ein Küstenkind. Doch jede Bö, jeder Regentropfen schrie sie an. Wind und Wetter waren die kalten Klauen des Todes, die sich unerbittlich in sie gruben. Unaufhaltsam kroch das Ende näher. Mit jedem Jahr sank sie tiefer in die Erde.

Die Gedanken erschreckten sie.

34, erinnerte sie sich an ihr Alter. N*och nicht mal 40 und schon halbtot.*

»Sind Sie Frau Fochs?«, drang eine Stimme durch ihre Gedanken.

Obwohl der Mann kaum zu übersehen war, hatte sie nicht bemerkt, wie er an ihren Tisch getreten war.

Groß und breit, ein teurer, gutsitzender Anzug und die schwarzen Haare nur an den Schläfen leicht ergraut. Blohm sah wie ein Modell für teure Uhren und Lederjacken aus, Luxusgegenstände für den erfolgreichen Mann mittleren Alters.

»Kriminaloberkommissarin Mila Fochs«, sagte Mila und wies auf den freien Platz auf der gegenüberliegenden Seite des Tisches.

»Sven Blohm«, erwiderte er und nahm Platz.

Mit einem knappen Nicken holte er die Kellnerin heran und gab seine Bestellung auf. Aus der perfekten, weißen Zahnreihe in seinem markanten Kiefer kam jedes Wort wie eine starke Hand hervor, die sich einem beruhigend auf den Rücken legte.

»In welchem Verhältnis standen Sie zu Henrik Ahlers«, begann Mila die Befragung.

»Wir waren Geschäftspartner.« Sein Blick war ruhig, seine Züge fest.

»Privat hatten Sie nichts miteinander zu tun?«

Ein leichtes Schmunzeln flog über seinen Mund.

»Wir haben uns natürlich auch außerhalb von Sitzungsräumen gesehen. Doch in unserem Beruf geht es eigentlich immer ums Geschäft.«

»Realisieren Sie eines dieser Geschäfte hier auf Amrum?«

Er musterte den Raum, dann nickte er. Eine knappe, effiziente Bewegung.

»Ich ziehe es jedoch vor, nicht darüber zu sprechen«, sagte er.

Die Kellnerin kehrte schnellen Schritts zum Tisch zurück und stellte ihm die kleine weiße Tasse mit einem Lächeln auf den Tisch. Doppelter Espresso.

Er dankte ihr mit einem leichten Schmunzeln und erklärte auf ihr Nachfragen, dass er keine weiteren Wünsche habe. Als die junge Frau wieder hinter dem Tresen verschwunden war, trank er den Espresso in einem Zug und blickte Mila dabei über den Rand der Tasse an.

Seine Augen pendelten auf Stirnhöhe nach links und wieder nach rechts, dann setzte er die Tasse ab und sah ihr in die Augen.

»Verstehen Sie mich nicht falsch«, sagte er. »Ich habe nichts zu verbergen. Aber es ist für die Geschäfte nicht sonderlich hilfreich, wenn im Vorfeld bekannt wird, worum es geht. Besser man stellt die Leute vor vollendete Tatsachen.«

»Welche Leute?«, fragte Mila. Sie beschloss, erst einmal den Pfaden seiner Erläuterungen zu folgen.

»Die Presse, die Öffentlichkeit, die Politik. Alle, die etwas gegen unser Geschäft einzuwenden haben könnten.«

In seiner Stimme klang Geringschätzung mit, jedoch keine Verachtung. Nur ein Ärgernis, ein Hindernis von vielen auf dem Weg zum Deal.

Mit einem Nicken bestätigte Mila Blohms Erklärung, als wäre es das Natürlichste der Welt, dass man Presse, Politik und Öffentlichkeit am besten außen vorhält. Sie hätte noch Justiz hinzugefügt. Wie soll man schließlich noch Geschäfte machen, wenn einem Gesetze und die öffentliche Meinung an den Karren pissten?

»Von welcher Art Geschäften reden Sie?«

»Nichts Illegales, wenn Sie das meinen«, sagte er mit der Gemütsruhe eines Kassierers, der den finalen Preis des Einkaufs verkündet. »Aber Ihnen ist sicher klar, dass gerade bei großen Projekten viele verschiedene Interessen aufeinanderstoßen.«

Mila schwieg.

»Ich muss Sie bitten, nichts von dem, was ich Ihnen erzähle, der Presse mitzuteilen«, forderte er in einem Ton, der nicht nach Bitte, sondern nach Anwalt, Unterlassung und anderen Unannehmlichkeiten klang.

»Ich kann Ihnen nichts versprechen«, erwiderte Mila. Ihre Augen waren kalt. »Was ich Ihnen versichern kann, ist, dass mein Interesse nicht journalistischer Natur ist. Mir geht es um die Aufklärung des Tods Ihres Geschäftspartners.«

Auf seinem Gesicht zeigten sich weder Ärger noch Ablehnung. Es wirkte eher, als genoss er den Moment. Er musterte sie.

»Woher kannten Sie und Herr Ahlers sich?«, fragte Mila.

»Ich habe ihn auf einer Galaveranstaltung kennengelernt. Es war irgendeins von diesen Dinnern, bei denen sich die Reichen und Mächtigen die Klinke in die Hand geben. Sie wissen schon. Teure Anzüge, oberflächliche Gespräche und falsches Lächeln«, erklärte er, als ob es für ihn ein notwendiges Übel wäre, sich in diesen Kreisen zu bewegen. Dabei sagte jede Falte seines Lächelns, jede Bewegung seiner Hände, dass er für diese Welt wie geboren war.

»Nein«, sagte Mila, »diese Welt ist mir fremd«.

Ein schneller Blick über ihre Kleidung, dann nickte er.

»Das war sie mir früher auch. Als ich Henrik vor zehn Jahren kennengelernt habe, war ich ein Niemand. Die Einladung hatte ich einem Bekannten zu verdanken. Doch ich wusste bereits, wer Henrik war. Also habe ich ihn dort angesprochen und ihm meine Ideen präsentiert. Das interessiert Sie sicher nicht«, sagte er mit einer Miene, die verriet, dass er so oder so darüber sprechen würde, »aber ich kenne mich außerordentlich gut mit dem Aktienmarkt aus. Langer Rede kurzer Sinn, ich konnte ihn überzeugen, mir einen ziemlich hohen Betrag zur Investition in den Markt zur Verfügung zu stellen. Daraus hat sich dann mit der Weile eine echte Partnerschaft entwickelt, die uns beiden sehr viel Geld eingebracht hat.«

Vom Tellerwäscher zum Millionär. Schöne Geschichte.

»Was geschieht mit seinem Anteil an der Partnerschaft?«, fragte Mila. »Der Tod Ihres Geschäftspartners bringt sicherlich einiges durcheinander für Sie.«

Sven antwortete mit einem zurückhaltenden Nicken.

Es dauerte einen Augenblick, bis er zu einer Antwort einsetzte.

»Ich kenne sein Testament nicht, aber es ist davon auszugehen, dass sämtliche Vermögenswerte an seine Witwe gehen. Für mich bedeutet sein Tod vor allem mehr Arbeit. Es gibt noch ein paar geschäftliche Fragen, die ich nun an seiner Stelle klären muss.«

»Woran haben Sie zuletzt gemeinsam gearbeitet?«

Ein strenger Ausdruck begleitete sein Schweigen.

»Ihr Geschäftspartner wurde allem Anschein nach ermordet«, erinnerte ihn Mila nach einem Moment der Stille. »Falls der Grund dafür in seinen Geschäften liegen sollte, ist es in Ihrem eigenen Interesse, mir genau zu berichten, woran Sie gearbeitet haben.«

Für einen Augenblick wurden seine Züge noch härter, während er sie anstarrte.

»Wir haben Optionen für einen Einstieg im Bereich Erneuerbare Energien ausgelotet«, sagte er dann mit gedämpfter Stimme.

»Windkraft?«

»Sie wissen also schon Bescheid?«, fragte er mit einem kurzen Anflug von Überraschung. Er hatte anscheinend nicht damit gerechnet, dass jemand von seinen Geschäften wusste.

»Nein, das war eher eine Vermutung. Am Meer bietet sich sowas ja an«, sagte Mila mit aller Selbstverständlichkeit.

»Da haben Sie Recht.« Er musterte die beiden alten Männer, dann beugte er sich über den Tisch näher an Mila heran. »Wir haben einen ziemlich ehrgeizigen Plan entwickelt, hier vor der Küste einen umfangreichen Windpark einzurichten. Sie können sich bestimmt denken, dass das relativ vielen Leuten nicht gefallen würde«, sagte er mit leiser Stimme.

»An wen denken Sie dabei?«

»Nun, da wären natürlich die Stromanbieter, die noch auf fossile Brennstoffe setzen. Aber das ist ganz normale Konkurrenz. Wenn Sie mich nach Personen fragen, die ein Motiv haben könnten, dann würde ich mir an Ihrer Stelle mal angucken, wer hier auf der Insel alles Hotels und Kureinrichtungen betreibt«, sagte er. Seine Stimme war das Knacken im Eis.

»Sie glauben, dass jemand aus einem Kurbetrieb Ihren Geschäftspartner umgebracht haben könnte?«

»Ich weiß es natürlich nicht«, wehrte er jede Festlegung mit der Routine unzähliger Verhandlungen ab. Alles nur Vermutungen, Gedankenspiele, keine Zitate. »Aber wenn ich auf Amrum eine Klinik oder ein Hotel hätte, wäre ich ganz schön aufgebracht, wenn meinen Gästen hier lauter riesige Windräder die Sicht aufs Meer verdeckten. Denken Sie mal nach. Die Insel lebt doch ausschließlich vom Tourismus. Die drei Fischer und das bisschen Landwirtschaft sind nicht der Rede wert. Nein, die ganzen Gäste bringen hier das Geld in die Kasse. Und damit ist es dann wohl vorbei, wenn der Park erstmal steht.«

»Haben Sie da jemanden Bestimmten im Verdacht?«

»Nein, dafür kenne ich die Leute hier auf der Insel nicht gut genug,« sagte er und schüttelte den Kopf. »Die Auseinandersetzung mit den hiesigen Wirtschaftsvertretern und Politikern war Henriks Bereich. Er lebte schon lange auf der Insel und hatte gute Kontakte.«

Mit einer Bewegung seines Handgelenks holte er die dicke Uhr aus dem Sakkoärmel hervor.

»Ich bin noch zu einem Essen mit den drei Bürgermeistern der Insel verabredet«, erklärte er, als er Milas Blick bemerkte.

»Gab es bisher großen Widerstand gegen Ihr Projekt?«, fragte sie.

»Nicht, dass ich wüsste. Aber Windkraft ist ein Reizthema. Nicht nur Geschäftsleute mit eigenen Interessen gehen dagegen an. Auch der ganz normale Bürger wird dabei schnell emotional. Sie glauben gar nicht, wieviel Nachbarschaftsinitiativen Klage einreichen, weil das Windrad zu nah am Gartenzaun steht.«

»Also hatte so ziemlich jeder Bewohner der Insel einen Grund, Henrik Ahlers etwas anzutun?«, fragte Mila.

»Theoretisch schon«, bestätigte er ihre Worte, ohne auf den Zweifel in ihrer Miene einzugehen. »Und dann gibt es natürlich auch noch die Naturfanatiker.«

»So wie die Leute aus dem Zeltlager in Nebel?«

»Sie waren bereits dort?«, fragte er. Seine kräftigen Brauen wanderten einen Augenblick südwärts, dann legte sich der Ausdruck smarter Coolness wieder über sein Gesicht.

»Nein, ich habe nur von ihnen gehört.«

»Dann seien Sie besser vorsichtig. Die haben alle die Umwelt im Sinn. Aber viele von denen haben ganz sicher keine Probleme, auch zu härteren Mitteln zu greifen, als nur zu demonstrieren.«

»Sie hatten bereits Probleme mit den Leuten aus dem Zeltlager?«

»Nicht direkt. Aber ich bin vorhin daran vorbeigefahren. Sah ganz schön runtergekommen aus«, sagte er. »Dabei ist mir wieder eingefallen, wie Henrik mir einmal davon erzählt hat, dass die lokalen Behörden ziemlich unruhig deswegen waren. Demonstrationen sind eine Sache. Aber sobald das erste Auto brennt, kriegen die Leute Panik. Man kennt sowas aus der Zeitung. Was in Berlin und Hamburg kaum einen juckt, macht hier schnell die Politiker nervös.«

Die Kellnerin lief auffällig nah am Tisch vorbei.

Sven beachtete sie nicht.

»Ich hätte das Lager ja sofort räumen lassen«, sagte er, als die Kellnerin außer Hörweite war. »Radikalen Menschen darf man keine Gelegenheit bieten. Sobald man ihnen etwas Spielraum lässt, suchen sie sich die nächste Grenzüberschreitung. Aber die Politiker wollen bloß keinen Ärger. Hauptsache die Touristen kommen und geben fleißig ihr Geld aus.«

Mit einer Bewegung seines Handgelenks warf er jeglichen Respekt für die Politik auf den Boden.

»Wissen Sie, ob die Leute des Zeltlagers von Ihren Unternehmungen wussten?«

»Die Bewegung gegen Windkraft in der Nordsee ist nichts Neues. Dass sie sich hier auf Amrum niedergelassen haben, kann Zufall sein«, sagte er. Doch die Art und Weise wie er seinen Kopf dabei schräglegte, ließ vermuten, dass er an solche Zufälle nicht glaubte. »Es ist aber auch möglich, dass irgendjemand hier auf der Insel dafür gesorgt hat, dass sie davon erfahren haben«, erklärte er mit kalter Ruhe, die nur Jahre als Politiker, Geschäftsmann oder Anwalt brachten. »Henrik war besorgt, wegen der Leute, aber genau aus dem Grund haben wir so diskret wie möglich mit den entsprechenden Stellen verhandelt.«

Er sah wieder auf seine Uhr.

»Wenn es sonst…«

»Frau Ahlers hat erwähnt, dass ihr Mann Affären hatte«, schnitt Mila ihm das Wort ab. »Wussten Sie davon?«

Seine Mundwinkel zogen sich für einen Augenblick nach unten, während ein feindseliger Ausdruck seine

Züge bestimmte.

»Auf unseren Geschäftsreisen hat er die Freiheit durchaus zu nutzen gewusst«, erklärte er nach einem Moment der Stille. Er sprach die Worte aus, als würden sie seinen Mund beschmutzen.

Mila war sich nicht sicher, ob seine Abscheu ihrer Frage oder Ahlers Verhalten galt. Vielleicht auch beidem.

»Hat er sich in letzter Zeit mit jemandem getroffen?«

Sven zuckte mit den Schultern.

»Soweit ich weiß, hat er sich hier immer zurückgehalten. In der letzten Zeit hat er aber immer mal wieder Bemerkungen gemacht, die man so interpretieren könnte. Ich habe da aber nicht nachgefragt. Wir waren vor allem Geschäftspartner. Seine Privatangelegenheiten waren genau das, privat.«

»Was für Bemerkungen?«, forschte Mila nach.

Er verzog den Mund und ließ ein deutliches Schnaufen hören.

»Sprüche über die Schönheit der Inselfrauen«, sagte er. »Sowas in der Art. Aber immer nur, wenn er etwas getrunken hatte. Es kann durchaus sein, dass er hier jemanden hatte. Er hat sich schließlich nur für zwei Dinge auf der Welt interessiert. Frauen und Geld. Geld hatte er bereits mehr, als er jemals ausgeben konnte. Und zu Hause hatte er eine wunderschöne Frau, die ihm sicherlich jeden Wunsch erfüllt hätte. Aber manche Menschen sind selbst dann nicht glücklich, wenn sie alles haben.«

In die Verachtung in seiner Stimme legte sich ein aggressiver Unterton. Auch seine kantigen Gesichtszüge wirkten plötzlich nicht mehr nur stark, sondern auch grausam.

»Wie gut kennen Sie Sonja Ahlers?«, fragte Mila. Ihre Lider wurden schmaler.

»So gut, wie man eben die Frau seines Geschäftspartners nach zehn Jahren kennt«, sagt er in der Geschwindigkeit, mit der man Kleingedrucktes eines Vertrages überfliegt.

Mila ließ seine Antwort mehrere Sekunden in der Luft hängen.

»Könnte sie sich aus Eifersucht an ihm gerächt haben?«, fragte sie dann.

»Sonja? Nein«, sagte er mit einem entschiedenen Kopfschütteln. »Dafür ist sie zu klug. Ich glaube, sie hat wohl immer gewusst, was er so treibt, wollte aber nicht deswegen ihr ganzes Leben wegwerfen. Frauen wie Sonja wissen in der Regel worauf sie sich einlassen, wenn sie einen älteren Mann mit ordentlich Geld auf dem Konto heiraten.«

»Und das wäre?«, fragte Mila.

Die Antwort war eine Aufwärtsbewegung seiner Augenbraue, auf die ein Schulterzucken folgte.

»Sind Sie verheiratet?«, fragte Mila nach einer längeren Pause.

»Nein. Ich bin das, was man gewöhnlicherweise einen Workaholic nennt. Ich hatte nie Zeit für feste Bindungen«, sagte Sven mit einem gelangweilten Gesichtsausdruck und dem dazugehörigen Blick auf die Uhr.

»Was genau haben Sie in der Nacht von Freitag auf Samstag gemacht?«, fragte sie. Die Worte kamen langsam, ohne Eile aus ihrem Mund.

»Hätten Sie mir diese Frage nicht am Anfang stellen sollen?«, konterte Sven.

Sie hatte wieder seine Aufmerksamkeit.

»Sie wollten über andere Dinge reden. Da wollte ich Sie nicht unterbrechen«, erklärte Mila und legte den Kopf ein wenig zur Seite.

»Erst einmal die Leute reden lassen, nett zuhören und sie in Sicherheit wiegen. Dann wie aus dem Nichts kommt der Todesstoß«, sagte er und grinste. »Wahrscheinlich sind Geschäftsverhandlungen und Polizeiermittlungen gar nicht so unterschiedlich. Haben Sie mal überlegt, in der freien Wirtschaft tätig zu sein?«

Aus seinen Augen sprach die Freude an dem finalen Stich, die Lust an jenem letzten Argument, das den Gegner zerquetschte. Ein Raubtier, das verschlang, wonach es begehrte.

Schweigen war ihre Antwort auf die Frage. Sie senkte den Kopf ein wenig nach vorn und klopfte mit dem Zeigefinger einen langsamen Rhythmus auf den Tisch.

»Ich war am Freitagabend zu Hause. Und es gibt niemanden, der das bestätigen könnte.«

Fünfzehn

Als Mila wieder in ihrem Wagen saß, überlegte sie, was sie nun tun sollte. Es war erst acht, doch sie fühlte das Gewicht der Dunkelheit auf ihren Schultern.

Der Tag hatte noch zu viele Stunden, um zurück zur Herberge zu fahren. Wenn sie den Tag dort zu früh beendete, würde sie sich nicht beherrschen können. Ihr Blick würde immer wieder zu ihrer Tasche wandern. Aus ihren Eingeweiden würde der Sog ein Loch auftun, das gefüllt werden wollte. Ein Raunen in ihrem Schädel würde sie so lange nerven, bis sie nachgab. Das Bild der Flasche in ihrer Hand, das heiße Gefühl des Alkohols in ihrer Kehle, die Ruhe nach dem ersten Schluck würden ihr Denken dominieren, bis aus den Bildern Wirklichkeit erwuchs.

Nein, noch nicht.

Zwischen Nebel und Norddorf stellte sie den Wagen an den Straßenrand. Sie zögerte einen Augenblick, dann stieg sie aus.

In der Dunkelheit wirkte das Meer noch bedrohlicher. Es war als hätten sich Himmel und Wasser zu einem schwarzen Schlund vereinigt. Wie das Maul eines riesigen Ungeheuers, in dessen Tiefen saure Fluten zischten und blubberten.

Irgendetwas schrie in Mila, als sie auf das Wasser blickte. Etwas, das mit aller Macht nach oben brechen wollte. Sie biss die Zähne aufeinander, drückte das Gefühl nach unten. Es durfte die Oberfläche nicht erreichen. Doch wenn es nicht nach oben kam, riss es sie vielleicht hinab.

Das Rauschen des Windes hatte das Dröhnen in ihren Ohren überdeckt, bis es immer lauter wurde. Es war, als hätte jemand eine Schnur an ihrem Schädel befestigt, die ihren Kopf in immer schnellerem Tempo schleuderte. Wie ein Kreisel, der an Geschwindigkeit verlor, immer heftiger torkelte und dann zu Boden fiel.

Aus dem Sand kroch Feuchtigkeit durch den Stoff ihrer Hose.

Mühsam presste sie die Hände in den nassen Sand und richtete sich wieder auf.

Das Meer rauschte in der Finsternis. Ein tiefes Grollen. Dunkle Wolken zogen durch ihren Geist und Einsamkeit ergriff ihr Herz, während sie über den Strand lief.

Die schmale Mondsichel tauchte eine Kolonie von Strandkörben in schwaches, kaltes Licht. Nass und sandig, für den Winter verstaut.

Aus Milas Erinnerung tauchten beim Anblick der Körbe keine Bilder unbeschwerter Sommertage auf. Nur verschwommene Schatten der Vergangenheit. Tote Hüllen, an der öden Küste ihres Bewusstseins gestrandet und verendet. Sie schleppte sich durch die hölzernen Kadaver am Strand entlang.

In einiger Entfernung sah sie zwei Gestalten. Der Wind trug ihr ein paar zerfetzte Wörter zu.

Der Anblick des Paares verstärkte ihre Einsamkeit.

Ein Spaziergang durch eine verlassene Landschaft ist ein Zwiegespräch. Ein fremdes Menschenpaar in der Entfernung ist doppelte Vereinzelung.

Mila passierte die letzten Strandkörbe und wandte sich wieder den Dünen zu. Die beiden Menschen standen mittlerweile nah am Wasser und sie hatte keine Lust, in die Zweisamkeit einzudringen.

Es würde nur ein paar Sekunden dauern. Zwei Köpfe, die sich nach ihr drehten, zwei Augenpaare, die sie musterten und sich dann wieder ineinander verhakten. Genau diesen Moment wollte sie nicht erleben. Diese unsagbar kurze Ewigkeit, in der die Entscheidung fiel, dass sie nur eine Fremde war, das Abwenden der Augen, der Verschluss der Herzen.

Zwischen den Dünen sah sie einen Pfad, der vom Strand ins Innere der Insel führte. Der Wind half ihr auf ihrem Weg, als wollte auch er sie von den anderen ihrer Art trennen. Ein krankes Tier. Ein schwacher Hund, den das Rudel zu Tode biss. Der kranke Vogel, den der Schwarm mit spitzen Schnäbeln pickte, bis er nicht mehr lebte.

Die Arme um den Oberkörper geschlungen stapfte sie durch den Sand. Die Beine brannten, wurden von Schritt zu Schritt schwerer. Da erblickte sie ein paar Holzbohlen, die einen leichteren Tritt versprachen, und folgte den Brettern ohne Ziel und Richtung.

Ein paar Minuten später stand sie auf einer Plattform und blickte über Strand und Meer. Sie war nicht weit gekommen. Das Paar stand kaum 50 Meter von ihr entfernt. Sie versuche sie zu ignorieren, sah auf das dunkle Wasser.

Doch ihre Augen gingen zurück zur Frau.

Die Art wie sie sich bewegte, kam ihr bekannt vor. Es war Lea. Sie schien sich mit ihrem Begleiter zu streiten. Mit einem Mal riss sie die Arme hoch und zeigte auf den Mann.

Er war ein wenig zu weit entfernt, um ihn genau zu mustern. Mila vermutete, dass es Lukas war. Sein Rücken wirkte seltsam krumm und doch überragte er Lea noch um einen Kopf.

Ein ungleiches Paar.

Bei ihrem Treffen am Nachmittag hatte sie Lea nur in ihrer Arbeitskleidung gesehen. Weiße Hose, weißes Shirt. Der sportlich-professionelle Physiotherapeutenlook, der ihr gut stand. Und auch jetzt trug sie Kleidung, die ihre schlanke Figur zur Geltung brachte.

Was immer sie auch besprachen, Lea schien das Gespräch zu kontrollieren. Die zierliche, kleine Frau gönnte dem großen Kerl keine Pause. Der Bewegung ihrer Arme nach schien sie ohne Unterbrechung zu reden.

Dann war das Gespräch mit einem Mal vorbei. Lea drehte sich von Lukas weg und marschierte in Richtung der Dünen. Ohne Mila zu bemerken, die nur ein paar Meter über ihr die Situation verfolgte, entfernte sie sich.

Kaum war Lea verschwunden, griff sich Lukas ein Stück Treibholz und warf es ins Meer. Immer wieder aufs Neue ließ er seinen Frust am Wasser aus. Doch das Meer reagierte nicht auf seinen Zorn, es schluckte jeden Ausbruch mit der Ruhe der Unvergänglichkeit.

Was immer das Thema ihrer Unterhaltung gewesen war, es schien ihm nicht gefallen zu haben. Er marschierte zu den Strandkörben, hob auf dem Weg ein dickes Stück Holz auf und begann, einen der Körbe mit Hieben und Tritten zu quälen.

Der Korb zeigte mehr Reaktion als das Meer. Nach ein paar Minuten gab er sich geschlagen und fiel in sich zusammen.

Selbst auf die Entfernung sah Mila, wie Lukas' Oberkörper sich hob und senkte. Nach ein paar letzten Schlägen hatte er seinen Frust entladen und warf den Knüppel in die Böschung.

Seine Augen suchten nach Beobachtern, doch er entdeckte Mila nicht. Ein letzter Blick zum Strandkorb, dann verschwand er mit schnellen Schritten.

Sechzehn

Am Vormittag war sie durch die Stadt gewandert, hatte dabei aber nur die Minuten bis zum Treffen gezählt.

Die Schwester hatte regelmäßig Karten geschickt. Motive dieser Stadt am Meer. Die Mischung aus alten Backsteinbauten und moderner Architektur, das Wasser und die vielen Schiffe waren schön, doch nicht so malerisch wie auf den Karten.

Vielleicht lag es auch an den Menschen. Die gehetzten Gestalten mit den verbissenen Gesichtern. Jeder schien vor irgendetwas Angst zu haben.

Als es zwölf war, stand sie im Westen der Stadt vor einem Betonbunker, der fast hundert Meter in die Luft ragte. Ein harter Koloss mit brutalen Kanten, die jeden erschlagen würden, der sich in seine Nähe wagte.

Ein saurer Gestank biss sich in ihre Nase, während sie zwischen den vollgeschmierten Wänden und auf dem Boden verteilten Müllsäcken die Treppe aufwärts ging.

Die Klingel funktionierte nicht. Sie hämmerte an die Tür und nach ein paar Sekunden hörte sie mehrere Schlösser hinter der Tür aufgehen.

Die Tür öffnete sich einen Spalt weit und die Frau mit den grünen Haaren spähte in den Flur hinaus. Nach einem kurzen Augenblick, in dem ihre Augen die Umgebung absuchten, öffnete die Frau mit den grünen Haaren die Kette hinter der Tür und bat sie mit einer Handbewegung hinein.

Kaum hatte sie die Wohnung betreten, verriegelte die Frau wieder alle Schlösser, sah noch einmal durch den Türspion.

Im Wohnzimmer wies sie auf das mit Kuscheltieren und Kissen bedeckte Sofa und verschwand in der Küche. Nach ein paar Minuten kam sie mit einer Kanne Kaffee und zwei Tassen wieder.

»Ich bin Zofia«, sagte die Frau, während sie den Kaffee in die Tassen goss.

»Woher kennen meine Schwester?«, fragte sie.

Zofias Finger umklammerten die Tasse, als würde sie sich daran festhalten. Sie trank einen Schluck und starrte ins Nichts.

»Wir haben uns…«, begann sie. Ihre Stimme wurde leiser. »Wir haben uns bei der Arbeit kennengelernt.«

»Du auch in Werbeagentur arbeiten?«, fragte sie. »Warum stehen in Park?«

Ein Verdacht, der schon in der letzten Nacht durch ihren Geist geschlichen war, bewegte sich ins Licht. Nein, das war nicht möglich. Dara war über ein Stipendium nach Deutschland gegangen, ein Studienprogramm für begabte Jugendliche.

Mutter war so stolz gewesen. Dara hatte es geschafft. War nach Deutschland gegangen, hatte studiert und einen richtigen Job.

Und sie hatte ihre Familie nicht vergessen. Jeden Monat schickte sie Geld, das sie dringend für die Medikamente brauchten. Seit Vater bei einem Arbeitsunfall gestorben war, war es schwieriger geworden, die Behandlungen für Mutter zu bezahlen. Warum hatte er bei der Arbeit trinken müssen?

Mutter hatte darauf bestanden, dass sie zur Schule ging. Sie sollte sich anstrengen, genauso wie Dara.

»Dara in Werbeagentur«, rief sie in Zofias Schweigen, doch die Freundin ihrer Schwester schüttelte nur den Kopf, ohne sie anzusehen.

»Nicht möglich. Dara niemals!«

Das vorsichtige Nicken und der verstohlene Blick ließen den Verdacht zur Gewissheit werden. Ihre Schwester hatte als Prostituierte gearbeitet.

»Wann hat Dara angefangen?«, fragte sie. »Dara erst sechzehn, wenn nach Deutschland kommen.«

Zofia zuckte die Schultern. Die Bewegung war so verhalten, als hätte sie Angst, jede Reaktion, jede Bestätigung ihres Daseins würden Strafe bringen.

Ein Feuer schwelte tief in ihrer Brust, während sie Zofia ansah, ohne die Gewalt in ihren Augen zu verbergen. Doch sie beherrschte sich. Zofia konnte nichts dafür.

»Wie Dara gestorben?«

Zofia schüttelte den Kopf und wandte sich ab.

Mit einem Sprung stand sie vor Zofia und durchbohrte die zierliche Frau mit ihrem Blick.

»Wie Dara gestorben?!« Sie packte Zofias Kopf und drehte ihn in ihre Richtung. »Wie Dara gestorben?!«

»Ich weiß es nicht«, wimmerte Zofia. Ihr Körper zuckte. Unverständliche Wörter mischten sich mit Schluchzern und Tränen.

Die Schwäche widerte sie an. Ein schwaches Mädchen ohne Kraft. Kein Wunder, dass sie abends im Park stand. Doch Dara war anders. Sie war stark gewesen. Sie ließ sich nichts gefallen. Eine Kämpferin.

»Du hast Dara sehr gemocht?«, fragte sie und setzte sich wieder neben Zofia aufs Sofa. Sie legte einen Arm um sie und streichelte ihr den Kopf. Zofia war zu schwach, zu zerbrechlich, um mit harten Worten zur Wahrheit getrieben zu werden.

»Ja«, wimmerte die junge Frau, dann sackte sie zusammen und schluchzte in ihre Handflächen.

»Alte Frau hat von schlimme Männer erzählt«, begann sie. »Du wissen?«

Zofia richtete sich wieder auf und wischte sich die Tränen aus dem Gesicht.

»Es gibt viele schlimme Männer«, sagte sie und schlang sich die Arme um den Oberkörper. Sie wippte langsam vor und zurück.

»Mann Schuld an Tod von Dara?«, fragte sie. In ihren Eingeweiden kochte das Gift der Wahrheit, wurde zu schwarzer Wut.

»Dara hat nicht viel erzählt von ihren Kunden. Aber sie hat manchmal davon gesprochen, dass sie Kunden mit schlimmen Wünschen hat«, antwortete Zofia. Ihre Augen wanderten in schnellen Bewegungen durch den Raum, als würden sie etwas ausweichen, einer Erinnerung entfliehen wollen.

»Schlimme Wünsche?«, fragte sie.

Zofia schüttelte den Kopf.

»Ich weiß nicht genau, was für Wünsche. Aber manchmal habe ich die blauen Flecke auf ihrem Körper gesehen.«

»Jemand sie geschlagen?«, fragte sie. Ein heißes Rot stach in die schwarze Wut in ihrer Brust.

»Viele Männer mögen das«, antwortete Zofia und schloss die Augen für einen Moment.

»Wo ich kann Männer finden, die Dara geschlagen?«

Kaum hatte sie die Worte ausgesprochen, riss Zofia die Augen auf und starrte sie an.

»Was hast du vor?«, fragte sie. Ihre Stimme war lauter als zuvor, doch es war keine neugefundene Kraft, die daraus sprach. Es waren Panik und Entsetzen.

Siebzehn

Milas Finger zitterten, während sie versuchte, das weiße Kärtchen in den Schlitz neben der Tür zu schieben.

Nachdem sie Lea und Lukas am Strand beobachtet hatte, war sie noch eine Weile am Wasser entlanggelaufen. Sie hatte versucht, ihre Ankunft im Hotel so weit wie möglich hinauszuzögern. So weit, bis die fortgeschrittene Uhrzeit dem abendlichen Glas den Anschein des Genusses verlieh.

Wie immer würde sie langsam anfangen. Auf keinen Fall durfte sie direkt aus der Flasche trinken. Nur ein mittelgroßer Schluck für den Anfang, um zur Ruhe zu kommen. Das Ende eines Arbeitstages. Für heute waren alle Zeugen befragt, sie hatte funktioniert. Der Fleiß des Tages durfte belohnt werden. Auf dem Sofa würde sie den Tag noch einmal Revue passieren lassen.

Wenn nur die verdammte Zimmerkarte endlich reinginge.

»Wie geht es mit Ihren Ermittlungen voran? Schon

eine heiße Spur zum Inselmörder?«

Als sie sich umdrehte, war ihr klar, dass zwischen der Frage und ihrer Reaktion ziemlich viel Zeit gelegen hatte. Sie hatte Daniels Stimme gehört, aber nicht mit ihren Gedanken fassen können.

»Zum aktuellen Ermittlungsstand darf ich Ihnen keine Auskünfte geben«, erklärte Mila mit einem Zittern in der Stimme, das dem der Hände in nichts nachstand.

»Ja, natürlich. Es ist mir eigentlich auch nicht wichtig«, erklärte Daniel.

Warum zum Teufel fragst du dann?

Sein Lächeln stand ihm gut, aber in diesem Moment hätte sie ihm sein Gesicht am liebsten vom Schädel gekratzt. Was war los mit diesem Kerl?

»Was halten Sie davon, wenn ich Sie zum Essen einlade?«, fragte er. »Zwei Straßen weiter gibt es ein tolles Restaurant, das richtig guten Fisch serviert. Das ist sicher interessanter, als den Abend allein im Zimmer zu verbringen.«

Wie ein Tier kurz vor dem Angriff senkte sie ihr Kinn ein wenig und starrte ihn aus schmalen Schlitzen an.

»Nein, danke. Ich muss mich heute nochmal durch die Akten arbeiten«, wies sie ihn ab.

»Schade«, sagte Daniel mit Enttäuschung in der Stimme. »Überlegen Sie es sich. Wir könnten vielleicht auch morgen einfach ein paar Fotos am Strand machen. Ich würde sie wirklich gerne fotografieren.«

Einen Augenblick lang zerfleischte sie ihn mit den Augen und fast hätte sie ihre Gedanken in Worte gefasst. Doch sie schwieg. Jede Antwort war Zeitverschwendung.

Endlich rutschte die Karte in den Schlitz.

Ohne etwas zu sagen, ging sie in ihr Zimmer und warf die Tür hinter sich zu.

Langsam und kontrolliert.

Mit betonter Ruhe legte sie ihre Jacke ab, zog die Schuhe aus und wusch sich die Hände mit heißem Wasser. Sie schaltete den Fernseher ein, legte die Akten aufs Sofa und holte ein Glas aus einem der Schränke.

Bleib ruhig.

Ihre Finger zogen den Reißverschluss ihrer Reisetasche langsam auf, gruben sich durch die Lagen, als wüssten sie nicht ganz genau, wo die Flaschen warteten.

Aus ihren Augen schwappte literweise Gier, während die klare Flüssigkeit mit einem sanften Glucksen in das Glas glitt. Schweren Atems schraubte sie die Flasche wieder zu, stellte sie behutsam auf den Tisch und ließ sich auf dem Sofa nieder.

Ohne das Glas auch nur für einen Moment aus den Augen zu lassen, zählte sie im Kopf bis hundert. Die Zahlen rannten in ihrem Geist um die Wette, doch sie zwang sich zur Ruhe. Als der Wert endlich dreistellig wurde, setzte sie sich das Glas an die Lippen und trank.

Der Strom der Tropfen rann heiß und glatt durch ihre Kehle. Endlich spürte sie die Hitze in ihrem Bauch, jene Wärme, die selbst die Grabeskälte zurück ins Dunkel schickte, während die Anspannung des Tages langsam von ihr abfiel.

Der Fernseher übertönte die Einsamkeit.

Nach ein paar Minuten griff sie sich die Akte und blätterte noch einmal die Unterlagen durch.

Sonja, Lea, Sven.

Während Mila über die Erlebnisse des Tages nachdachte, kroch die Angst nach oben. Mit jeder Stunde wuchs die Erschöpfung, doch die Panik würde ihr keinen Schlaf erlauben. Die Furcht würde sie in einem Zustand der Erschöpfung ohne Ruhe halten.

Sie schenkte sich ein neues Glas ein, leerte es in einem Zug und versuchte, dem TV-Programm zu folgen.

Sinnloses Gerede von sinnlosen Menschen mit sinnlosen Leben.

Glas um Glas ertränkte sie die Angst, bis der Raum an Form verlor. Mit letzter Kraft zog sie sich aus und schleppte sich ins Bett.

Achtzehn

»Nein!«, schrie Mila.

Die Flammen wuchsen höher, rasten immer näher auf sie zu. Sie rannte so schnell sie konnte, doch es gab kein Entkommen. Eine Wand aus Hitze und Feuer versperrte ihr den Weg in jede Richtung.

Sie war gefangen.

Es roch nach verbranntem Menschenfleisch, ihrem Fleisch. Sie suchte ihren Körper nach der Wunde ab. Ihre Hände fuhren über Arme, Beine, Bauch und Brust. Sie konnte die Stelle nicht finden. Doch irgendwo brannte ein Loch in ihrem Leib, wuchs immer weiter und fraß sich durch ihr Fleisch.

Ein Feuerstoß explodierte in ihrem Gesicht und schleuderte sie zu Boden.

Mit einem Schrei schreckte Mila hoch. Sie betastete ihr Gesicht. Alles war wie immer. Sie hatte keine frische Wunde. Nur die alte Narbe auf der Stirn.

Allmählich begriff sie, dass sie nur geträumt hatte. Sie

kannte den Traum in- und auswendig. Fast jede Nacht quälten sie die Bilder. Doch schlimmer als die Erinnerung war jener kurze Moment, bevor die Wirklichkeit zur Erkenntnis wurde. Dieser Zustand, in dem der Traum noch so echt schien, und sich die Verzweiflung und Todesangst mit den Sinneseindrücken des wachen Geistes mischten.

Nach manchen Nächten fragte sie sich, ob sie irgendwann in diesem Zustand verharren würde, ob sie den Weg in die Wirklichkeit irgendwann nicht mehr finden würde.

Es war ein Moment, der losgelöst von der Zeit existierte. Wahrscheinlich war es nicht mal eine Sekunde, bis die Realität mit aller Härte durch den Schleier brach. Doch in ihr wuchs der Verdacht, dass die Momente länger wurden.

In ihrem Schädel schlug ein Hammer alles kurz und klein. Sie ignorierte den Schmerz und rannte ins Bad.

Mit den Händen hielt sie sich am Rand der Schüssel fest, während ihr Magen sich nach außen zu stülpen versuchte.

Die Magensäure brannte in ihrem Hals, doch sie würgte immer weiter. Flüssigkeit und Nahrungsreste mussten raus. Ihr Körper kämpfte gegen das Gift, wollte alles herausschleudern, was Schmerz verursachte. Doch Erinnerung, Angst und Qual ließen sich nicht erbrechen. Sie hatte es schon oft versucht.

Die Fliesen waren kalt an ihrem Po, während sie regungslos über der Schüssel hing.

Das Klingeln ihres Telefons war ein stumpfer Stich. Es drückte und bohrte, bis es den sauren Nebel durchdrungen hatte.

Mit Mühe richtete sie sich auf und ging ins Wohnzimmer. Ihre Haare klebten auf ihren Schultern und eine

Welle des Ekels jagte beim Gedanken an die Herkunft der Nässe einen neuen Krampf durch ihren Bauch.

Wrack!

»Schon irgendwelche Fortschritte?«, fragte Frank.

»Bis jetzt noch nichts Konkretes«, krächzte sie. Jedes Wort tat ihr in der Kehle weh.

»Ist alles in Ordnung bei dir? Du hörst dich krank an.«

»Kann sein, dass ich mir etwas eingefangen habe«, log Mila und ging zurück ins Bad. Sie hielt das Telefon zur Seite, bedeckte das Mikrofon und holte mit einem brutalen Räuspern den Belag von ihrer Stimme. Ein grauer Batzen klatschte in die Schüssel.

»Ich habe mit der Witwe gesprochen und den Geschäftspartner des Opfers befragt. Sieht so aus, als hätte das Opfer ein paar Affären gehabt«, fasste sie die Erkenntnisse des letzten Tages zusammen.

»Also ein Mord aus Eifersucht?«

»Das liegt nahe, es ist aber noch zu früh, um das zu sagen«, erklärte sie. »Es gibt noch ein paar andere Richtungen, in die ich ermittle.«

»Gut«, sagte Frank nach einer Pause. »Sag Bescheid, wenn wir dich von hier aus unterstützen können. Du kannst dir auch die Streifenbullen als Hilfe heranziehen. Denk dran, du bist von LKA. Keine falsche Scheu.«

»Ja, ich weiß. Ich war schon auf der Polizeistation und hab sie gebeten, Videomaterial für mich auszuwerten. Aber die machen mir nicht den motiviertesten Eindruck.«

»Dann mach ihnen mal ordentlich Druck. Ein verbaler Tritt ins Gemächt bringt die schon auf Trab. Die sollen besser zusehen, dass sie dir helfen«, grollte Frank und verabschiedete sich nach ein paar weiteren knappen Sätzen.

Franks Anruf verhieß nichts Gutes. Er hatte anscheinend Zweifel, ob sie ihre Aufgabe packte. Es waren die

Stille zwischen den Sätzen und der Ton seiner Fragen, die es verrieten. Die vorsichtige Betonung der einzelnen Silben, als könnte jedes zu hart gesprochene Wort das Gerüst zum Einsturz bringen.

Sie legte sich eine Hand auf den Bauch. Ihr Magen war ein Ballon, aus dem man die letzte Luft heraussaugte, leer und ausgezehrt. Trotzdem fühlte sie sich, als würde sie sich jeden Moment aufs Neue übergeben.

Mila kannte das Spiel. Am Ende würde es auf endloses Würgen und kleine Tropfen Magensäure hinauslaufen.

Eine kalte Dusche, Magentabletten und etwas zu essen. Und dann vielleicht ein kleiner Schluck.

Der Gedanke hatte sich ganz natürlich angefühlt. Keine Stimme hatte in ihrem Inneren aufbegehrt. Erst das kalte Wasser brachte ihr die notwendige Klarheit.

Du mieses Wrack.

Mit zitterndem Leib verließ sie die Dusche, trocknete sich ab und föhnte sich die Haare. Wie immer war der erste Augenbrauenstrich eine Katastrophe, wie immer brauchte sie die 4cl. Am Ende hatten alle Beschimpfungen nichts geholfen.

Mit Ekel in den Augen blickte sie in den Spiegel und zog den Strich mit Leichtigkeit. Ein wenig Gel ließ den Pony steifer werden. Wie ein schützender Vorhang legte er sich über die Feuernarbe.

Bevor sie das Zimmer verließ, spähte sie in den Flur. Die Erinnerung an den gestrigen Abend brachte Scham. Sie hatte Daniel auf dem Flur stehenlassen. Es hatte nur einen Gedanken gegeben, nur ein Gefühl. Durst.

Mit eiligen Schritten ging sie in den Speisesaal, spülte eine Tasse Kaffee herunter und machte sich mit zwei Croissants in der Hand auf den Weg zu ihrem Wagen.

Ein paar Minuten später parkte sie am Rand von Nebel.

Während sie das zweite Croissant herunterwürgte, betrachtete sie das Zeltlager aus dem Fahrzeug heraus.

Zwischen ein paar wackligen Konstruktionen aus Treibholz stand in der Mitte des Geländes ein großes, aus Planen errichtetes Zelt, etwas weiter hinten stand noch ein weiteres, deutlich kleiner.

Von einem Zeltlager konnte kaum die Rede sein.

Der Regen setzte genau in den Moment ein, als Mila den Wagen verließ. Sie lief in schnellen Schritten über den Acker und betrat das große Zelt. In der Mitte stand ein langer Tisch, an dem eine schwarzhaarige Frau saß.

»Hallo«, begrüßte sie die Frau. Sie musste ein paar Jahre jünger als Mila sein. »Wollen Sie sich auch engagieren?«

»Nicht direkt«, antwortete Mila und holte ihren Dienstausweis aus der Jackentasche. »Mila Fochs, Landeskriminalamt Schleswig-Holstein.«

Aus den Augenwinkeln bemerkte Mila eine Bewegung hinter einer der Planen. Ein paar Sekunden später kam ein Mann hervor, der Mila fast um zwei Köpfe überragte. Im Gegensatz zur jungen Frau sah seine Miene nicht nach Freude aus.

»Wir machen hier nichts Verbotenes«, blaffte er, während er auf sie zu marschierte. Er baute sich direkt vor Mila auf und sah bedrohlich auf sie herab. »Hat das LKA nichts Besseres zu tun, als Umweltschützer zu schikanieren?«

»Soweit ich weiß, ist das Besetzen fremden Eigentums immer noch verboten in Deutschland«, blaffte Mila zurück. Sie hielt seinen Blick, ohne auch nur einen Schritt zurückzuweichen.

Die Erschöpfung durch den Suff hatte auch ihr Gutes. In der Regel war Mila so müde und gereizt, dass sie sich durch nichts beeindrucken ließ. Auch nicht durch zwei Meter große Hünen.

»Wir sind vom Eigentümer geduldet«, sagte die Frau, sichtlich um Entspannung der Situation bemüht.

»Fragen Sie den Bürgermeister, wenn Sie es nicht glauben. Ihm gehört das kleine Stück Land hier«, motzte der Kerl. Er ging um den Tisch und stellte sich neben die Frau.

»Wir tun niemandem weh«, begann die Frau erneut. »Alles, was wir tun, ist auf die Zerstörung der Natur hinzuweisen.«

»Von mir aus«, knurrte Mila. Die Konfrontation hatte ihr die Galle aus der Leber in den Mund geholt. »Das ist auch nicht der Grund, weswegen ich hier bin.«

»Sondern?«, fragte der Mann. Er schien den gleichen Geschmack wie Mila in der Schnauze zu haben.

»Wie heißen Sie?«, fragte Mila.

Der Riese verschränkte die Arme vor seinem Körper.

»Mein Name ist Katharina Wilke, mein Freund heißt Felix Kochert«, sagte die junge Frau mit sanfter Stimme.

Felix' Augen weiteten sich. Es sah aus, als würde er jeden Moment losbrüllen. Doch auf einen Blick von Katharina hin verpuffte seine Wut zu einem Schnaufen.

»Wie lange sind Sie hier schon in dem Zeltlager?«

»Von Anfang an. Wir haben die Aktion selbst gestartet und uns hier im Frühling niedergelassen, nach und nach sind dann immer mehr Leute dazugekommen«, berichtete Katharina.

Der Stolz in Katharinas Stimme passte nicht zu Milas Eindruck von dem Lager. Alles in allem machte das Zelt einen trostlosen Eindruck. Ein paar Transparente, der große Tisch und lauter Stühle. Ansonsten schienen sich nur die beiden hier aufzuhalten.

»Wo waren Sie in der Nacht von Freitag auf Samstag?«

»Wir waren hier«, sagte Katharina, bevor Felix etwas sagen konnte. Sein Mund war bereits offen und seinem Gesichtsausdruck nach zu urteilen, wäre es wohl weitaus weniger freundlich gewesen.

Mila musterte die beiden. Optisch passten sie gut zusammen. Er, groß und breit, sie, klein und schlank. Zwischen ihnen hatte offenbar Katharina das Sagen. Vielleicht war sie aber auch nur der klügere Kopf und schaffte es manchmal, ihn zu bändigen.

Er wirkte, als wäre er durchaus in der Lage, jemandem Gewalt anzutun.

»Kann das noch irgendjemand außer Ihnen beiden bezeugen?«

»Nein, wir sind mittlerweile die Einzigen, die noch hier sind. Im Sommer war es hier wirklich voll, aber mittlerweile sind alle anderen abgefahren.« Katharinas Lippen pressten sich zu einem Ausdruck der Enttäuschung aufeinander.

»Die ganzen Schönwetteraktivisten halten die Kälte nicht aus«, ätzte Felix. Der verzerrte Ausdruck in seinem Gesicht sah eher nicht nach Enttäuschung aus. Es war Verachtung.

»Sie stört es nicht, bei dem Wetter in einem Zelt zu wohnen?«, fragte Mila.

»Wer den Planeten retten will, muss auch Opfer bringen«, sagte Felix mit deutlicher Wut in der Stimme.

Seine Augen fuhren hart auf sie hernieder. Sie konnte nicht genau sagen, ob seine Wut ihr galt, den Schönwetteraktivisten oder doch sich selbst.

»Was für Opfer wären das?«, fragte sie und dachte an die dunklen Flecken, die Ahlers Unterkörper übersät hatten.

»Was sollen die ganzen Fragen? Weswegen sind Sie hier?«, polterte Felix. Er ballte seine Fäuste, sodass die einzelnen Muskelstränge auf seinen kräftigen Unterarmen hervortraten. Trotz des miesen Wetters trug er nur ein T-Shirt über seiner Jeans. Der Regen und die Kälte schienen ihm nichts auszumachen.

»Sagt Ihnen der Name Henrik Ahlers etwas?«, fragte Mila. Ihre Augen sprangen zwischen Katharina und Felix hin und her.

»Und ob. Das miese Schwein hat bekommen, was er verdient«, spuckte Felix die Worte aus. Auf seiner Stirn wurde eine dicke Ader sichtbar.

»Haben Sie ihm gegeben, was er verdient?«, fragte Mila. Ihre Hand wanderte langsam aufwärts. Sie wusste, dass sie ihre Waffe in weniger als einer Sekunde ziehen konnte. Doch das war, bevor ihre Finger zitterten. Bevor sie die Grabeskälte in ihren Knochen spürte. Bevor sie die Welt nur durch einen Schleier ertrug. Und wenn einem ein Riese an die Kehle sprang, konnte eine Sekunde verdammt lang sein.

»Stellen Sie mir keine blöden Fragen«, sagte Felix und wandte den Blick ab.

»Für uns ist jedes Leben schützenswert«, erklärte Katharina mit ruhiger Stimme. Ihr Blick war auf Milas Hand gerichtet. »Wir demonstrieren und singen Lieder, aber Gewalt ist nicht unsere Sache.« Sie schüttelte den Kopf.

»Allem Anschein nach haben Sie dem Verstorbenen gegenüber starke Gefühle«, sagte Mila an Felix gewandt.

»Natürlich«, grollte Felix, warf eine seiner Pranken in die Luft und begann hinter dem Tisch auf und ab zu gehen. »Er war schließlich unser Hauptfeind.«

»Felix meint, dass wir konkret gegen seine Projekte demonstriert haben«, übersetzte Katharina. Sie warf Felix ein Lächeln zu, das ihn wieder zum Stehen kommen ließ. »Wussten Sie, dass er hier einen riesigen Windpark direkt vor der Insel bauen wollte?«

»Ich habe davon gehört«, sagte Mila und nickte knapp.

»Siehst du?«, sagte Felix und richtete eine Klaue auf Mila. »Genau das meine ich. Wer für den Staat arbeitet, ist von Natur aus blind.«

»Ich sehe immer noch ganz gut«, erwiderte Mila und musterte ihn. Der Typ war schwer einzuschätzen. Er schien jeden Moment kurz davor zu explodieren, dann wurde er auf ein Zeichen Katharinas hin wieder ruhig.

»Ja, aber die Probleme erkennen Sie nicht,« sagte er. »Sie wissen, dass hier ein riesiger Windpark gebaut werden soll. Aber es interessiert Sie nicht. Jedes Wort aus Ihrem Mund schäumt vor Gleichgültigkeit über.«

»Was genau stört Sie an dem Windpark? Ist Windenergie nicht einer der Wege, um den Klimawandel aufzuhalten?«, fragte Mila.

»Wenn ich das schon höre!« Felix warf die Arme mit einem Schnaufen in die Luft. Er drehte sich von Mila weg und klatschte mit den Handflächen gegen die Zeltplane.

»Sie müssen Felix verzeihen«, sprang Katharina dazwischen. »Es ist sprichwörtlich ein Kampf gegen Windmühlen. Das kann ganz schön kräftezehrend sein. Wir sind selbstverständlich für den Einsatz erneuerbarer Energien. Doch wenn dafür Biotope zerstört werden müssen, die häufig die letzten Rückzugsorte bedrohter Tierarten sind, dann ist das der falsche Weg.« In ihrem Gesicht machte sich Entschlossenheit breit. »Wir glauben, dass die Menschheit vor allem ihren Verbrauch drosseln muss. Warum muss jeder Mensch ein Auto fahren? Warum brauchen wir immer das neuste Telefon? Wir alle wissen doch ganz genau, dass für den Abbau seltener Erden Kinder sterben. Aber es ist den Menschen einfach egal. Hauptsache, immer das neuste Handy. Hauptsache, jeden Tag Fleisch auf dem Teller. Hauptsache, vor dem Sofa steht eine Riesenglotze. Hauptsache, überallhin mit dem Auto fahren.«

Auch ihr Gesicht veränderte sich beim Sprechen. Hinter der Ruhe lag noch etwas Anderes. Wut und Verachtung flossen in kleinen Dosen in die Bewegung der Lippen.

Felix war wieder hinter Katharina getreten. Was bei seiner Freundin nur im Ansatz zu erkennen war, fraß sich bei ihm ungehemmt in seine Züge.

Mila visualisierte in ihren Gedanken, wie sie ihn mit einem Schulterwurf auf den Boden schmettern würde. Er war ein Riesenkerl, doch sie könnte sein Gewicht gegen ihn verwenden, wenn es notwendig werden sollte. Sie musste wachsam bleiben.

»Es wäre so einfach, die Welt zu retten, wenn jeder Einzelne nur ein klein wenig Verzicht üben würde«, fuhr Katharina fort. »Stattdessen werden riesige Windparks gebaut, für die der ganze Meeresboden umgewühlt wird. Die Windräder sind außerdem auch nicht nur für die Meeresbewohner eine Gefahr. Ist Ihnen klar, dass die Kolosse auch für Vögel gefährlich sind? Wasser ist die Quelle allen Lebens und wenn wir hier im Meer das Gleichgewicht durcheinanderbringen, dann geht es bald dem ganzen Planeten schlecht, und dann auch uns«, schloss sie schließlich ihren Vortrag und ergriff Felix' Hand.

»Möchten Sie mit uns an den Strand gehen?«, fragte sie Mila. »Dann können wir Ihnen zeigen, warum es sich lohnt, gegen Wirtschaftsgangster und Energiekonzerne zu kämpfen.«

Mit Felix irgendwo hinzugehen, schien Mila keine gute Idee. Höchstens in ein Verhörzimmer.

»Dafür fehlt mir die Zeit«, lehnte sie ab. »Woher wussten Sie, dass Henrik Ahlers hier einen Windpark bauen wollte?«

»Wir sind zum Glück nicht die Einzigen, die sich für den Erhalt unseres Planeten engagieren. Da wir im ständigen Kontakt mit den Behörden und Entscheidungsträgern der Region stehen, hören wir so Einiges«, sagte sie mit dem Lächeln unantastbarer Rechtmäßigkeit.

»Wer genau hat Ihnen davon erzählt?«, hakte Mila nach.

Die Stille nach der Frage schien ihr nichts auszumachen. Schweigend faltete Katharina die Hände auf dem Tisch zusammen und blickte Mila aus offenen Zügen an. Anscheinend war sie sich darüber im Klaren, dass sie Mila gar nichts sagen musste.

Felix hatte sich weniger im Griff.

»Mit wem wir reden, geht Sie gar nichts an«, bellte er.

In der Stille wurde das Klopfen der Regentropfen auf der Plane lauter.

»Planen Sie, den Winter hier zu verbringen?«, wechselte Mila die Richtung des Gesprächs.

»Solange wir hier geduldet werden, bleiben wir. Nur weil der Oberverbrecher tot ist, heißt es nicht, dass die Windparks nicht gebaut werden«, sagte Felix und begann, wieder hinter Katharina auf und ab zu marschieren. »Wahrscheinlich wartet schon der nächste Verbrecher auf seine Chance, endlich auf dem großen Stuhl zu sitzen.«

Katharina blickte Felix mit einem Lächeln an, in dem Mila einen Hauch von Hitze zu sehen glaubte. Er blieb stehen und setzte sich neben Katharina an den Tisch.

Jede weitere Frage beantworteten Katharina in knappen Worten. Sie blieb höflich, aber zurückhaltend. Felix nickte hier und da oder schüttelte den Kopf. Es wirkte, als hätten sie genau diese Situation geübt.

Neunzehn

Auf dem Weg zu ihrem Wagen sah Mila die Pfütze nicht. Kaltes Wasser kroch in ihren Schuh. Sie fluchte, als sie die Tür zum Wagen öffnete und sich aus dem Regen rettete.

Während sie darauf wartete, dass die Socken über den Schlitzen der Wagenheizung trockneten, dachte sie über das Gespräch mit den beiden nach.

Katharina hatte einen ziemlich intelligenten Eindruck gemacht. Dass sie bei den beiden die Richtung bestimmte, daran bestand kein Zweifel.

Felix wirkte impulsiver. Vielleicht war er das Demonstrieren, das Hoffen und Mahnen leid gewesen. Vielleicht hatte er von Ahlers' Plänen erfahren und dann beschlossen ihn zu töten. Katharina schien ihn im Griff zu haben. Aber vielleicht konnte selbst sie ihn nicht beruhigen, wenn er erst einmal richtig tobte. Möglicherweise steuerte sie aber seine Gewalt in eine bestimmte Richtung.

Woher wussten sie überhaupt davon?

Blohm hatte gesagt, dass sie die Verhandlungen so geheim wie möglich gehalten hatten. Aber irgendjemand hatte die Informationen durchsickern lassen. Irgendjemand, der hier auf der Insel wichtig war.

Und genau bei dieser Frage hatte Katharina geschwiegen, als wüsste sie nur zu gut, wohin die Frage führen würde.

Das Klingeln ihres Telefons riss Mila aus den Gedanken.

»Fochs.«

»Hallo, Frau Fochs. Lea Theling hier. Mir ist noch etwas eingefallen. Ich weiß aber nicht, ob es wichtig ist.« Ihre Stimme klang erregt.

»Jeder noch so kleine Hinweis kann am Ende entscheidend sein«, spulte Mila das Band ab, während sie den Socken befühlte. Warm, aber immer noch klamm.

»Also«, stammelte Lea, »nachdem Herr Ahlers bei mir zur Massage war, bin ich in den Pausenraum gegangen.«

»Bitte sprechen Sie weiter«, sagte Mila in die folgende Stille und drehte die Heizung noch eine Stufe höher. Von ihrem nackten Fuß lief ein kalter Schauer durch ihren Körper.

»Man kann von dort den ganzen Parkplatz einsehen«, sagte Lea. Ihre Worte klangen, als schämte sie sich dafür, dass sie von ihren Beobachtungen berichtete. Wie ein Kind, das etwas gesehen hatte und zwischen dem Gefühl zu helfen und eine Petze zu sein hin- und hergerissen wurde.

»Und dort haben Sie Ahlers gesehen?«

»Ja, genau. Er sprach mit jemandem. Und es wirkte so, als wären sie beide ziemlich aufgebracht gewesen. Die haben beide mit den Armen gefuchtelt. Es sah so aus, als würden sie sich anschreien.«

»Haben Sie erkannt, mit wem er gesprochen hat?«

»Nein, ich kannte ihn nicht.«

Mila presste die Lippen aufeinander. Ahlers hatte sich also mit jemandem am Nachmittag vor seinem Tod auf offener Straße gestritten.

»Es war ein Mann? Können Sie ihn beschreiben?«, fragte sie.

»Mittleres Alter würde ich sagen«, sagte Lea und schickte das langgezogene M einer Denkpause hinterher. »Er war ziemlich korpulent und hatte eine Halbglatze, die noch nicht grau war. Vielleicht hat er auch eine Brille getragen, aber er war etwas zu weit weg, um das genau zu erkennen. Es tut mir schrecklich leid, dass ich Ihnen nichts Genaueres sagen kann. In dem Moment habe ich mir nichts weiter dabei gedacht. Ich konnte ja nicht wissen, dass Herr Ahlers am nächsten Tag tot sein würde.«

»Könnte es sich um einen anderen Patienten gehandelt haben?«, fragte Mila, ohne auf die Selbstvorwürfe einzugehen. Sie hatte keine Zeit für die Selbstzweifel einer Zeugin.

»Schon möglich. Aber ich habe ihn noch nie in der Klinik gesehen«, sagte Lea. »Es wirkte jedoch nicht so, als wären sie sich zufällig auf dem Parkplatz begegnet. Eher, als würden sie sich kennen.«

»Wann genau war das?«

»Die Massage war um 2 Uhr vorbei. Also vielleicht 5 Minuten später.«

»Haben Sie erkannt, was für ein Auto der andere Mann fuhr?«

Die Leitung blieb für ein paar Sekunden stumm. Nur Leas Atem war zu hören.

»Es könnte eine dunkle Limousine gewesen sein. Aber da bin ich mir nicht sicher. Ich habe für Autos nichts übrig.«

»Danke für den Anruf, Frau Theling«, sagte Mila und verabschiedete sich.

Während sie sich den Socken über den kalten Fuß zog, überlegte sie, ob der Mann auch Katharinas Tippgeber sein konnte.

Sie wendete den Wagen und bemerkte Felix.

Er stand vor dem Zelt und starrte in ihre Richtung. Hatte er sie trotz des strömenden Regens die ganze Zeit beobachtet?

Zwanzig

Hass aus einem Dutzend Augenpaaren schlug Mila entgegen. Unterdrückte Wut auf der Suche nach Entladung. Der kleine Raum war voll mit Polizisten, die wohl vom Festland gekommen sein mussten.

Für einen Moment fragte sie sich, ob Frank dafür gesorgt hatte, dass mehr Polizisten auf der Insel waren, um sie zu unterstützen – oder zu überwachen.

Doch ein Blick in die harten Gesichter verriet ihr, dass irgendetwas passiert sein musste. Nur ganz leise drangen Gespräche an ihr Ohr. Einzeln geflüsterte Sätze.

»Ja?«, fragte sie ein junger Kerl und musterte sie. Ihm schien nicht wirklich zu gefallen, was er sah. Vielleicht hatte er den grausamen Ausdruck aber auch schon vor ihrem Eintreffen im Gesicht gehabt.

»Kriminaloberkommissarin Fochs«, sagte Mila mit einem unangenehmen Pelz auf der Zunge. Sie hielt ihm ihren Dienstausweis ins Gesicht.

Der junge Polizist nickte, ohne dass sich seine Züge

entspannten.

»Was ist passiert?« Mila ahnte bereits in welche Richtung die Antwort gehen würde. Die eigentliche Frage war nicht was, sondern wer.

»Flaaken ist tot«, erklärte ein älterer Polizist und trat auf sie zu. Sie hatte ihn schon mal gesehen. Er leitete die Polizeistation in Husum.

»Sind die Umstände bereits bekannt?«, fragte Mila und suchte in den Gesichtern der Runde nach Antworten.

»Er wurde tot in seiner Wohnung gefunden. Ein Schuss in den Kopf. Der Erkennungsdienst ist gerade dabei, alles aufzunehmen«, sagte der Ältere.

Milas Züge verdunkelten sich. Der Tod eines Kollegen war für jeden Polizisten wie ein Tritt ins Genick.

»Wo ist Klaas?«

Der Polizist zeigte auf die Tür am Ende des Raumes.

Sie bahnte sich einen Weg durch die Menge und trat in den kleinen Büroraum.

»Herr Becker?«

Klaas saß an seinem Schreibtisch und starrte auf den Boden. Er schien sie nicht zu bemerken.

»Klaas«, versuchte sie es erneut. »Wann ist es passiert?«

Mit sichtlicher Mühe hob Klaas den Kopf. Seine Augen waren verquollen.

»Wahrscheinlich letzte Nacht,« berichtete er mechanisch. »Als er heute früh nicht zum Dienst gekommen ist, habe ich ihn mehrmals angerufen, er ist jedoch nicht rangegangen. Dann bin ich zu ihm gefahren.«

»Die Kollegen sagen, dass er durch einen Kopfschuss starb.«

Ein Nicken, der Blick ins Nichts.

»Gab es Anzeichen eines Kampfes?«

Diesmal schüttelte er den Kopf.

»Die Tür war offen. Vermutlich wurde er nachts überrascht. Oder jemand hatte den Schlüssel.«

Mila bemerkte, wie sich seine Fäuste ballten.

»Denken Sie an jemand Konkreten?«

»Wer immer es war, wird dafür bezahlen«, knurrte er. Seine Stimme gewann an Kraft. »Sie haben die Jungs da draußen gesehen. Zur Not graben wir die ganze Insel um. Wenn einer von uns erledigt wird…«

Sie erwiderte sein wütendes Starren mit einem kühlen Nicken.

»Hat die Videoauswertung schon etwas ergeben?«, wechselte Mila mit rauer Stimme das Thema.

»Welche Videoauswertung?«, fragte Klaas. Auf seiner Miene machte sich Unverständnis breit.

»Das Material der Überwachungskameras des Supermarkts, das ich hier abgegeben habe«, erklärte sie.

»Das war…«, setzte er an. »Damit hat sich Lars beschäftigt. Ich weiß nicht, ob er schon etwas herausgefunden hatte.«

Mila presste die Kiefer aufeinander. Der Tod des Kollegen war bitter, der Fall musste trotzdem gelöst werden.

»Ich brauche Zugriff auf den Computer«, sagte sie.

Seine Schultern zuckten kurz nach oben, die Augen antworteten mit Ahnungslosigkeit und Desinteresse. Er würde sich nicht damit beschäftigen.

Nachdem sie die erforderlichen Aufmunterungen und Hilfsangebote ausgesprochen hatte, kehrte sie in den Hauptraum zurück. Die Stimmung war immer noch gedrückt, aber man beachtete sie nicht mehr.

Sie ging an den Computer in der Ecke des Raumes und schaltete ihn ein. Wenige Augenblicke später hatte sie die Dateien gefunden. Lars hatte das Videomaterial gesichtet und ein weiteres Fahrzeug entdeckt, das zum angenommenen Tatzeitpunkt von den Kameras aufgezeichnet wurde. Er hatte sogar auf die Sekunde genau die Stelle notiert, an der er Ahlers' Fahrzeug und das andere in den Aufzeichnungen gesehen hatte. Kurz vor Mitternacht.

Mila war überrascht.

Als sie ihn das erste Mal gesehen hatte, war sie schnell zu der Überzeugung gelangt, dass er kein besonders zuverlässiger Kollege sei. Seine abwesende Art hatten sie daran zweifeln lassen, ob er überhaupt jemals arbeitete. Allem Anschein nach hatte sie sich getäuscht.

Sie spulte zu der Stelle vor und ließ das Video laufen.

Henrik Ahlers stieg aus seinem Wagen und überquerte den Parkplatz mit dem Rücken zur Kamera.

Zehn Minuten später fuhr ein Mercedes auf den Parkplatz. Die Farbe war auf dem Schwarz-Weiß-Bild nicht zu erkennen, aber er musste dunkel sein.

Eine dunkle Limousine, erinnerte sie sich an Leas Worte.

Der Fahrer verließ den Parkplatz in dieselbe Richtung wie Ahlers. Mehrmals ließ sie die Stelle des Videos laufen, doch es war nichts zu machen. Die Kameras hatten das Gesicht des Fahrers nicht erfasst. Aber immerhin das Kennzeichen.

Lars hatte bereits Namen und Adresse des Fahrzeughalters abgefragt. Michael Sperlich.

Mila tippte den Namen in die Kriminaldatenbank ein. Keine Treffer. Er war anscheinend noch nie in Konflikt mit dem Gesetz gekommen.

Die Internetrecherche war hingegen erfolgreicher. Ein Zeitungsartikel meldete, dass Michael Sperlich vor einem Jahr eine Initiative gegen Windräder ins Leben gerufen hatte, an der sich Anwohner, lokale Unternehmen und verschiedene Vereine beteiligten.

Die Website der Initiative sah aus wie aus den Anfängen des Internets. Ein Bild von Amrum und ein Text. Keine Bilder von Michael Sperlich.

War es möglich, dass er Ahlers vor der Klinik direkt konfrontiert hatte?

Vielleicht waren sie sich so sehr angegangen, dass er keinen anderen Weg mehr sah, als ihn umzubringen.

Er konnte Ahlers unter irgendeinem Vorwand nachts zum Parkplatz vor dem Supermarkt gelockt haben. Vielleicht war er mit ihm zum Strand gegangen und hatte ihn dort erledigt.

Einundzwanzig

Ein fetter Mann in schwarzer Lederjacke saß vor der Durchfahrt zum Hinterhof. Selbst auf die Entfernung konnte sie die dicken Wülste in seinem kahlen Nacken erkennen, wenn er den Kopf drehte. Er hatte es sich in einem Sessel bequem gemacht.

Ab und zu kamen Autos vorbeigefahren. Der Mann sprach mit den Fahrern und sie fuhren auf den Hof. Jede Stunde kam ein leicht bekleidetes Mädchen hinter einer dunklen Tür hervor, stellte ihm ein neues Getränk auf den kleinen Tisch neben dem Sessel und setzte sich für ein paar Minuten auf seinen Schoß, bevor es wieder verschwand.

Aus ihrem Versteck sah sie die dicken Finger, kurz und fleischig, wie sie über die Haut des Mädchens strichen, ihr die Schenkel entlangfuhren.

Seit dem frühen Morgen beobachtete sie das Treiben. Ein nicht enden wollender Strom gieriger Männer, die ihre Triebe befriedigen mussten.

Sie durfte sich nicht zu früh aus der Deckung wagen, durfte nicht dem Falschen das Messer an die Kehle setzen.

Zofia zufolge hatte Dara nur wenige Freier gehabt. Ein exklusiver Kreis. Reiche Männer auf der Jagd nach dem besonderen Vergnügen. Männer, die ein billiges Laufhaus nicht betreten würden. Doch sie hatte in dem Haus im Hinterhof begonnen.

Der Gedanke an ihre Schwester war Schmerz und Qual. Die Vorstellung, dass Männer sie für Geld berührten, mit ihr machten, was sie wollten, widerte sie an.

Ihre Fingen pressten sich ums Lenkrad.

Wieso hatte Dara ihr das nicht erzählt? Warum hatte sie gelogen?

Wahrscheinlich hatte sie sich verkauft, um ihr ein besseres Leben zu ermöglichen, um die Medikamente für Mutter zu bezahlen. Doch sie hätte es nicht tun dürfen. Sie hätten einen anderen Weg gefunden. Lieber wäre sie nicht zur Schule gegangen, als zu wissen, dass es nur deswegen möglich war.

Wieso hatte sie das getan?

Es war egal. Sie musste erst herausfinden, wieso Dara gestorben war. Irgendwer musste dafür verantwortlich sein.

Das Schreiben der Botschaft hatte keine Erklärung geliefert. Ein schlichter Satz, eine Mitteilung. Ein Stempel, eine Unterschrift. Dara ist tot.

Das Quietschen der Reifen holte sie aus den Gedanken zurück.

Eine dunkler Mercedes bremste abrupt vor der Durchfahrt und ein Mann sprang heraus. Er stürmte auf den fetten Kerl zu und fuchtelte in sichtlicher Erregung vor ihm mit dem Arm herum.

Sie öffnete das Fenster und die beiden Stimmen drangen herein. Erregt, gehetzt, aggressiv. Sie verstand den Ton, aber nicht den Inhalt.

Der fette Kerl hatte das grobe Gesicht eines brutalen Menschen, der sich am Schmerz anderer erfreute. Doch er hielt sich zurück. Er war nicht aggressiv. Im Gegenteil, er war unterwürfig, schüttelte nur den Kopf, während der andere ihn am Kragen packte.

Der Fettsack hob die Hände, versuchte, ihn zu beschwichtigen.

Er hatte Erfolg.

Der Mann ließ von ihm ab und marschierte zu seinem Wagen zurück. Mit quietschenden Reifen schoss er davon.

Während der Zuhälter sich die Jacke gerade strich, startete sie den Wagen.

Wer war der Mann?

Zweiundzwanzig

Ihre Vermutung wurde bestätigt. Der Klinikparkplatz wurde von zwei Kameras überwacht, die den Streit aufgezeichnet haben mussten.

Mit schweren Beinen schleppte sie sich zum Empfang der Klinik. Das Frühstück war schon wieder ein paar Stunden her. Sie brauchte Nahrung, doch sie hatte die Croissants nur mit Mühe drin behalten. Sie brauchte Flüssigkeit.

»Haben Sie einen Termin?«, fragte die Frau hinter dem Tresen, ohne zu ihr aufzusehen.

»Nein«, sagte Mila. »Ich…«

»Ohne Termin könne wir leider nichts für Sie tun«, unterbrach die Frau sie, bevor Mila ihr Anliegen vorbringen konnte.

Ihr Mund war ein Sandmeer.

»Ich muss mir das Videomaterial der Überwachungskameras ansehen, die den Parkplatz filmen«, krächzte sie.

Die Frau sah zu ihr auf. Die Empörung in jedem ihrer

Züge war kaum zu übersehen. Doch als sie Mila wiedererkannte, trat Nervosität an ihre Stelle.

Sie hatten sich am Tag zuvor gesehen. Vermutlich würde sie ihr Gesicht nicht so schnell wieder vergessen.

»Wollen Sie jetzt doch die Räume durchsuchen? Sie haben doch bereits mit Lea gesprochen«, stammelte sie.

»Das Videomaterial. Wo wird es gespeichert?« Ihr Gesicht gab den Kampf gegen die Schwerkraft auf.

»Im Technikraum«, kam die Antwort. Bedenken flogen in Falten über ihre Stirn. »Das muss ich mit dem Klinikchef absprechen, ob ich Sie dorthin führen darf«, sagte die Frau und griff nach dem Telefonhörer.

»Wir machen es so«, sagte Mila und lehnte sich so über den Tresen hinüber, dass die Frau jede der kleinen roten Adern im blassen Weiß ihrer Augen sehen musste. »Sie führen mich in den Technikraum und während ich mir die Aufzeichnungen ansehe, klären Sie das mit Ihrem Chef. Am Ende müssen Sie die Aufzeichnungen so oder so rausgeben. Alles andere wäre Behinderung polizeilicher Ermittlungen und würde Ihrer hübschen Klinik ganz schön viel Ärger einbringen. Und was glauben Sie, wer dann am Ende seinen Job verliert. Am Schluss trifft es immer die, die am Ende der Nahrungskette stehen.« Ihr Mund war ein Lächeln ohne jede Freundlichkeit.

Mit ihrem Blick leistete die Frau einen Moment Widerstand, dann ergab sie sich und senkte die Augen. Sie stand auf und führte Mila in einen kleinen Raum.

Über der Tastatur des Rechners lag eine dicke Staubschicht und Mila hustete, als sie die Tasten bediente.

Nach ein paar Minuten hatte sie sich durch die Ordner geklickt und das passende Video gefunden. Vergangener Freitag, 14 Uhr.

Ahlers lief breitbeinig auf den Parkplatz. Er ging auf

seinen Wagen zu, dann blieb er plötzlich stehen und blickte zur Seite. Ein Wagen kam auf ihn zugefahren. Im ersten Moment sah es so aus, als würde er ihn über den Haufen fahren. Doch knapp vor ihm bremste der dunkle Mercedes und ein Mann stieg aus. Er gestikulierte mit den Armen und trat dicht an Ahlers heran. Der reagierte seinerseits mit ausladender Gestik. Sie stritten sich ungefähr zwei Minuten, dann stieg der Mann wieder in sein Fahrzeug und preschte davon.

Mila spulte zurück und sah sich die Szene noch einmal an.

Lea hatte Recht gehabt. Man konnte zwar nicht verstehen, was sie sagten. Aber die Art und Weise, wie sie ihre Körper zueinander positionierten, die Bewegung ihrer Gliedmaßen und die Haltung ihrer Köpfe deuteten darauf hin, dass sie sich kannten. Es waren nur winzige Details, doch Mila hatte gelernt, darauf zu achten.

Sie vergrößerte das Fahrzeug des Mannes. Das Bild war stark verpixelt, aber noch klar genug, um das Kennzeichen zu lesen.

Ohne in ihre Notizen zu sehen, erkannte sie die Kombination aus Zahlen und Buchstaben. Das Auto von Michael Sperlich. Diesmal hatte die Kamera auch sein Gesicht aufgezeichnet. Sie zoomte an ihn heran und machte ein Foto mit ihrem Handy.

Ein dicker Mann mit Halbglatze.

Eine elektrische Ladung fuhr über ihre Haut. Wo vorher noch Hunger und Durst gewesen war, loderte nun Tatendrang. Es war das Hoch der Jagd, die Aufregung des Moments, in dem sich die einzelnen Puzzleteilen plötzlich zu einem Gesamtbild fügten.

Michael Sperlich engagierte sich gegen den Bau von Windrädern. Und irgendwie musste er herausgefunden haben, dass Ahlers einen ganzen Windpark vor der Inselküste bauen wollte. Wahrscheinlich hatte er Ahlers auf dem Parkplatz konfrontiert. Ein Wort hatte das andere gegeben und sie hatten sich im Streit getrennt. Die Sache wäre für Sperlich damit nicht vorbei gewesen. Und am Ende war Henrik Ahlers tot.

Dreiundzwanzig

Das Blut rauschte in Milas Ohren, als sie den Wagen am Rand von Norddorf parkte. Sie zögerte einen Augenblick, bevor sie die Tür aufdrückte. Vielleicht hätte sie Verstärkung rufen sollen.

Wenn Sperlich wirklich ein Mörder war, schreckte er sicher auch nicht vor einem Mord an einer Polizistin zurück. Oder einem Polizisten.

Sie dachte an Lars.

Hatte Sperling wissen können, dass sie ihm auf der Spur waren?

Aber woher? Jemand hätte ihm davon erzählen müssen. Und dafür kam neben Flaaken nur eine Person infrage.

Das Klingeln des Telefons riss sie aus ihren Gedanken.

»Fochs.«

»Hallo, Frau Fochs. Daniel Grove am Apparat«, meldete er sich. »Mir ist noch etwas aufgefallen, das für Ihre Ermittlungen relevant sein könnte.«

»Um was handelt es sich?«

»Es ist…«, setzte er an. »Nun, wie soll ich sagen. Können wir das persönlich besprechen? Sie haben sicher viel zu tun. Aber es ist mir etwas unangenehm, darüber zu reden. Können wir uns nicht vielleicht doch treffen?«

Mila kniff sich mit zwei Fingern in die Nasenwurzel und schloss die Augen.

»Also gut. Ich muss noch ein paar Dinge erledigen, aber in einer Stunde könnten wir uns sehen«, sagte sie nach einem Moment der Stille.

Es dauerte nur einen Atemzug, bis sie es bereute, sich darauf eingelassen zu haben. Doch Daniel hatte ihr bereits den Namen und die Adresse des Restaurants genannt.

Kaum war das Gespräch beendet, jagten Zweifel durch ihren Geist. Warum hatte sie ihm zugesagt?

Er war ein Zeuge, der Informationen in einem Fall hatte. Die Sache war ganz klar. Sie war eine Ermittlerin und würde jede noch so kleine Spur verfolgen. Sich mit Daniel zu treffen war ihr Job, es war ihre Pflicht.

Doch je mehr sie sich davon zu überzeugen versuchte, dass es nur eine Zeugenbefragung war, desto unsicherer wurde sie. Die Art und Weise wie er von dem Restaurant gesprochen hatte, wirkte eher, als hätte er sie auf ein Date eingeladen.

Das Schlimmste war aber nicht sein Versuch, sich mit ihr zu treffen. Viel mehr beunruhigte sie ihre Unsicherheit, ob sie sich darüber ärgerte oder freute.

Die Gedanken warfen einen Nebel über ihren Verstand, der undurchsichtiger als jedes Delirium war. Mit einem Kopfschütteln fegte sie den Dunst der Gefühle auseinander. Sie sah sich noch einmal das Foto auf ihrem Handy an, versuchte sich auf die Begegnung mit dem

Mann einzustellen, der wegen des Baus von Windrädern zum Mörder geworden war. Dann stieg sie aus.

Ein feiner Backsteinbau mit Reetdach. Keine dunkle Limousine vor der Tür. Sie sah auch keine Garage.

Das Klingeln der Tür schepperte in ihren Ohren.

Es hatte nur Daniels Anruf gebraucht, um den Rausch der Jagd zu ersticken. Weg war die Energie, zurück kam die Übelkeit. Sie läutete ein weiteres Mal und lehnte sich kraftlos gegen die Tür.

Stille.

Als sich die Tür mit einem Mal öffnete, wäre sie fast ins Haus gestürzt.

»Ja?«, fragte der Mann und sah sie mit sichtlicher Verwunderung im Gesicht an.

»Michael Sperlich?«, fragte Mila und musterte ihn mit einem Krampf im Gesicht.

Dunkle lange Haare, die den ganzen Kopf bedeckten. Etwas dicklich, aber nicht so korpulent, wie der Mann auf dem Foto.

Als er nickte, konnte Mila ein Schnaufen nicht unterdrücken.

»Kriminaloberkommissarin Mila Fochs, LKA Schleswig-Holstein.« Der Ausweis fühlte sich schwer in ihrer Hand an. »Haben Sie einen Moment Zeit? Ich würde Ihnen gerne ein paar Fragen stellen.«

Ohne ihr auf die Frage zu antworten, machte er auf der Schwelle kehrt und verschwand im Inneren des Hauses.

Da er die Tür offengelassen hatte, folgte Mila ihm mit einem unguten Gefühl im Bauch ins Wohnzimmer.

Er setzte sich aufs Sofa und machte keine Anstalten, die Chipstüten vom Sessel wegzuräumen und Mila einen Platz anzubieten. Stattdessen blickte er auf den großen Fernseher, auf dem gerade ein Motorradrennen lief. Er griff sich eine offene Tüte, langte hinein und stopfte sich ein paar Chips in den Mund.

»Ich würde gerne mit Ihnen über Henrik Ahlers reden«, begann Mila.

Der Lärm der Motorräder im Fernseher hämmerte unaufhörlich gegen ihr Trommelfell, doch wenigstens hielten die Gardinen das spärliche Licht des wolkenverhangenen Himmels so weit draußen, dass ihre Augen den Raum in Ruhe erfassen konnten.

Leere Bierflaschen leisteten den Chipstüten Gesellschaft, benutzte Teller und Besteck standen teils auf dem Boden. Das Innere der Wohnung passte genauso wenig zum äußeren Eindruck des schönen Hauses wie Michael Sperlich zu dem Bild auf ihrem Handy.

»Kannten Sie ihn?«, fragte sie.

»Wen?«, fragte er mit auf den Fernseher gerichteten Augen.

»Henrik Ahlers«, sagte Mila. Ihr Mund war so trocken wie ein Acker nach der Ernte.

»Natürlich«, sagte Michael und griff sich eine der Flaschen auf dem Tisch. Mit einem lauten Glucksen spülte er das Bier herunter.

»Waren Sie mit ihm befreundet?«, fragte sie und versuchte sich auf die Befragung zu konzentrieren.

»Nicht wirklich«, sagte Michael ohne jede Anteilnahme. »Ich habe ihn gelegentlich auf verschiedenen Veranstaltungen getroffen. Hier auf Amrum wusste jeder, wer er war.«

»Hatten Sie beide ein gutes Verhältnis?«

»Weder gut noch schlecht. Man kannte sich, aber mehr auch nicht.«

»Sie haben also niemals Streit mit ihm gehabt?«

Ihre Augen verbissen sich im Tisch. Sie mochte eigentlich kein Bier. Biertrinken war Zeitvertreib, klarer Alkohol war Medizin. Doch im Notfall ist selbst ein kleines Pflaster besser als eine offene Wunde.

»Nein, nicht dass ich mich erinnern kann.«

»Sie wissen, dass Henrik Ahlers tot am Strand gefunden wurde?«, fragte Mila, nachdem sie es endlich geschafft hatte, ihre Augen von den Pullen loszureißen.

»Ich habe davon in der Zeitung gelesen«, sagte er und drehte den Kopf zum ersten Mal in Milas Richtung. »Eine seltsame Geschichte. Dass so etwas hier auf Amrum passiert, ist schon eigenartig.«

Er schüttelte den Kopf. Sein Interesse hatte er damit anscheinend auch abgeworfen, denn er sah zurück zum Fernseher und verzog seinen Mund zu einem O, während er sich mit einer Hand an die Stirn griff.

Zwei Fahrer waren gestürzt und schlitterten über den Asphalt. Er grinste.

»Wann haben Sie Henrik Ahlers das letzte Mal gesehen?«, fragte Mila und rieb sich eine Schläfe. Die Situation war zu viel. Zu viel Dreck, zu viel Lärm, zu viel Durst. Alles, nur nicht genug Fortschritt in ihren Ermittlungen.

»Also das muss so…«, sagte er. Dann nahm er die Fernbedienung und drehte endlich den Ton etwas leiser. »Verdächtigen Sie mich, dass ich etwas mit seinem Tod zu tun habe?«

»Ich gehe derzeit einer Reihe von Spuren nach. Dazu gehören unter anderem seine letzten Kontakte«, erklärte Mila. Selbst in schwachen Momenten konnte sie sich zum Glück auf die Standardphrasen stützen.

Michaels Gesicht entspannte sich.

»Das letzte Mal habe ich ihn wohl beim Sommerfest vom Rathaus gesehen. Das ist ein paar Monate her.«

»Sonst hatten Sie keinen Kontakt miteinander?«, fragte

Mila.

Das ungute Gefühl in ihrem Bauch gewann mit jedem Atemzug an Festigkeit. Es war, als würde Luftfeuchtigkeit an einer Scheibe kondensieren. Nur, dass die Tropfen schwarz und bitter schmeckten.

»Nein, wir hatten nichts miteinander zu tun«, erwiderte Michael und schüttelte den Kopf.

»Laut meinen Unterlagen leiten Sie eine Bürgerinitiative gegen den Bau von Windrädern in der Region.«

Der Speichel floss in dicken Strömen über ihre Zunge. Sie musste mehrmals schlucken, damit er ihr beim Sprechen nicht aus dem Mund tropfte.

»Das ist richtig«, sagte er und drehte den Ton wieder etwas lauter. Allem Anschein nach gab es für ihn keine Notwendigkeit mehr, ihr seine volle Aufmerksamkeit zu widmen.

»Ihre Interessen standen also denen von Herrn Ahlers nicht entgegen?«, bohrte Mila nach, während sie sich eine Hand auf den Bauch legte.

»Ich weiß nicht von welchen Interessen Sie sprechen. Ich kämpfe dafür, dass unsere Insel nicht mit drehenden Metallrädern verunstaltet wird. Ich sehe nicht, was das mit dem Tod von Ahlers zu tun haben soll.«

Mit einem starken Keuchen drückte er sein Missfallen aus. Es schien jedoch nicht ihr oder ihren Fragen zu gelten, sondern einzig und allein den Vorgängen im Fernseher.

»Ahlers war gerade dabei die letzten Vorbereitungen zur Errichtung eines riesigen Windparks abzuschließen, der direkt vor der Küste gebaut werden sollte«, presste Mila zwischen ihren Zähnen hervor. Wenn sie ihren Mund zu weit öffnete, kämen vielleicht nicht nur Wörter hervor.

»Das wusste ich nicht«, sagte er und sah sie überrascht an.

»Sie wussten nicht, wer das Projekt leitet, gegen das Ihre Initiative kämpft?« Für einen kurzen Moment war die Übelkeit vergessen.

»Wir kämpfen nicht konkret gegen Ahlers«, sagte Michael und zuckte mit seinen Schultern. »Es gab immer mal wieder Ideen hier in der Nähe der Insel neue Anlagen zu errichten. Ich verfolge das nicht im Detail. Darum kümmert sich mein Bruder.«

»Ihr Bruder?«

»Ja, Sie kennen ihn sicher. Er ist der Bürgermeister in Nebel. Er kümmert sich um die ganzen Details. Wenn es wieder was zu tun gibt, dann sagt er mir Bescheid.«

Mila dachte an ihr Gespräch mit Felix und Katharina zurück. Sie hatten ihr Zeltlager auf dem Land des Bürgermeisters errichtet. Und hatten sie nicht gesagt, dass ihnen jemand aus dem Kreise der Entscheidungsträger Infos über Ahlers Pläne gegeben hatte? Sie hatten es zumindest angedeutet.

Falls hier ein Windpark gebaut werden würde, wären die Lokalpolitiker sicher ins Bild gesetzt worden.

»Gehört ihm auch das Stück Land, auf dem die Windkraftgegner ihr Zeltlager errichtet haben?«

»Ja. Viele Leute sind nicht sonderlich begeistert von dem Lager. Aber mein Bruder findet es eine gute Sache, dass sich die Leute für die Umwelt engagieren. Amrum ist ja auch ein schönes Fleckchen Erde, da müssen wir drauf aufpassen.«

Mila nickte. Das Stechen in ihrem Bauch wurde zum Krampf.

»Engagieren Sie sich auch beruflich für den Umweltschutz?«

Aus der Glotze dröhnten die Motorräder, während er den Kopf schüttelte und dann in eine der Chipstüten langte.

»Was genau machen Sie beruflich?«

»Ich unterstütze meinen Bruder. Die Politik spannt ihn ganz schön ein. Da kann er sich nicht um alles kümmern, was sonst so anfällt.«

Die einstudierte Replik des Langzeitarbeitslosen. Eine vage Erklärung in Gestik, Mimik und Ton einer Redewendung, deren Inhalt man zwar nicht versteht, die aber als Antwort auf die Situation akzeptabel erscheint.

»Wo waren Sie in der Nacht vom Freitag zum Samstag?«

»Ich war hier«, sagte er. »Da lief Sepang. Das wollte ich nicht verpassen.«

»Se…was?«

»Sepang«, sagte er, als müsste sie das Wort kennen. »MotoGP. Gucken Sie keine Motorradrennen? Sepang ist das Rennen in Malaysia. Die Rennen starten um 10 Uhr morgens Ortszeit. Aber bei uns ist es dann drei Uhr nachts. Das kann ganz schön anstrengend sein, die ganze Nacht deswegen aufzubleiben. Aber es lohnt sich.«

»Sie waren also die ganze Nacht hier?«

»Ja, vorher zeigen sie immer Berichte über die Orte der Rennen. Wussten Sie zum Beispiel, dass Malaysia eine rotierende Monarchie ist? Alle fünf Jahre wird einer der Sultane des Landes zum König gewählt. Verrückt, oder?«

Mila blickte ihn ohne jede Regung im Gesicht an.

»Ihr Fahrzeug wurde in der Nacht vor dem Supermarkt in Wittdün gesehen, unweit des Fundorts der Leiche.«

»Wie gesagt ich war die ganze Nacht hier.«

»Haben Sie Ihr Auto jemandem geliehen?«, fragte Mila und versuchte zu erkennen, ob ihre Fragen ihn irgendwie nervös machten. Doch seine Aufmerksamkeit galt dem Rennen.

»Mein Bruder nimmt gelegentlich mein Auto«, sagte er beiläufig. »Er hat seinen eigenen Schlüssel. Normalerweise ist er ja immer mit dem Fahrrad unterwegs. Aber wenn das Wetter schlecht ist, nimmt er sich mein Auto.«

»Es kann also sein, dass er damit in der Nacht zum Samstag unterwegs war?«, fragte Mila.

Michael schwieg einen Augenblick und starrte mit zusammengekniffenen Augen auf den Fernseher.

»Wahrscheinlich hat er jemanden getroffen. Mein Bruder kennt ziemlich viele Leute, nicht nur in Nebel. Häufig rufen ihn die Menschen auch direkt an, wenn sie Sorgen und Nöte haben. Dann fährt er auch schon mal abends vorbei. Am besten fragen Sie ihn einfach selbst. Wenn Sie wollen, kann ich ihn auch schnell anrufen«, schlug er vor und schob ein paar Tüten auf dem Tisch zur Seite, die sein Handy verdeckt hatten.

Ihre Augen streiften von den Chipskrümeln auf Michaels T-Shirt hin zu den Flecken auf seiner Hose. Ein ranziger Geruch kroch in ihre Nase. Ungewaschener Mann. Sie hatte es schon die ganze Zeit gerochen, jetzt wurde aus dem Geruch jedoch Gestank. Mit einem Mal fühlte es sich an, als würde ihr Magen ihren Hals hochkrauchen.

»Danke, das ist nicht nötig.« Mit knappen Worten dankte sie ihm für seine Mitarbeit und verließ das Haus. Sie gab sich Mühe, nicht eilig zu wirken.

Ihr Wagen war nicht mehr weit entfernt. Sie müsste nur ein paar hundert Meter fahren und könnte sich hinter ihr Fahrzeug stellen. Wenn sie ruhig und gleichmäßig atmete, schaffte sie es vielleicht. Nur keine Hektik.

Zwei Schritte vor der Wagentür ließ sich ihr Körper nicht mehr hinhalten. Auf den Krampf in ihrem Magen folgte eine Explosion aus ihren Eingeweiden. Der Schmerz krümmte sie zusammen, als sich Feuer, Pech und Schwefel durch ihre Speiseröhre brannten und dann als dunkler Brei die Welt mit einem fürchterlichen Geräusch begrüßten. Wieder und wieder würgte sie mit der Zunge in Richtung Boden, bis ihr nur noch ein paar Tropfen Magensäure in Mund und Nase liefen. Sie röchelte schwer.

Ihr erster Blick ging zurück zum Haus. Hinter der Gardine glaubte sie eine Bewegung zu erkennen.

Verdammtes Wrack.

Nach ein paar tiefen Atemzügen hatte sie sich wieder so weit unter Kontrolle, dass sie sich bewegen konnte. Sie wischte sich den Mund mit ihrem Ärmel ab und schleppte sich zum Auto.

Als sie ein paar Minuten später auf einem Parkplatz auf der anderen Seite der Stadt parkte, zitterte ihre Hand. Sie streckte die Finger in Richtung Handschuhfach, in Richtung Rettung.

Nein.

Statt die Klappe des Faches zu öffnen, zog sie ihr Handy aus der Tasche und sah auf den Screenshot.

Der beleibte Mann mit Halbglatze.

Eine kurze Internetrecherche förderte weitere Fotos zutage. Auf einigen Bildern sah man ihn mit anderen Anzugträgern, auf ein paar weiteren mit einer Frau und mehreren Kindern.

Bürgermeister Sperlich lädt zum Biikefeuer, Sperlich weiht Gemeindehaus ein, Sperlich verspricht schnelleres Internet.

Die kurze Vita auf der Seite des Rathauses war relativ nichtssagend. Nach ein paar Minuten hatte sie jedoch gefunden, was sie suchte.

Allem Anschein nach wurde der Bürgermeister nicht

nur von der Politik sehr in Anspruch genommen. Er betrieb auch mehrere Ferienpensionen und eine eigene Kurklinik. Während Michael Sperlich sich den ganzen Tag Chips und Bier vor dem Fernseher reinzog, verdiente der Bürgermeister am Tourismus der Insel. Vermutlich finanzierte er seinen Bruder, der dann im Gegenzug den Strohmann spielte. Wenn ein Windpark vor der Küste gebaut werden sollte, wäre es damit wohl vorbei. Kein Wunder, dass der Bürgermeister eine Gruppe Ökoaktivisten, die gegen Windräder kämpfte, auf seinem Land duldete.

Sie starte den Wagen und fuhr in hohem Tempo Richtung Süden.

Vierundzwanzig

Mila warf einen kurzen Blick auf ihr vibrierendes Handy. Der vierte Anruf von Daniel innerhalb der letzten zehn Minuten. Sie waren vor zwanzig Minuten zum Essen verabredet gewesen. Doch was immer er ihr auch sagen wollte, musste warten.

»Guten…«, begrüßte sie die junge Frau am Empfang.

»Mila Fochs, Landeskriminalamt Schleswig-Holstein. Ich muss den Bürgermeister sprechen«, blaffte sie die Empfangsdame an und klappte ihren Dienstausweis mit einer schnellen Bewegung ihres Handgelenks auf und wieder zu.

»Der Herr Bürgermeister ist gerade in einer Besprechung«, stammelte die Frau. »Sie können aber gerne Platz nehmen. Danach wird er Sie sicherlich empfangen.« Ihre Augen flogen nur zaghaft über Mila hinweg. Es war, als hätte sie Angst wirklich zu sehen, wer oder was da genau vor ihr stand.

Ohne die Frau aus den Augen zu lassen, steckte Mila

ihren Dienstausweis in die Innentasche ihrer Jacke. Dann schlenderte sie zu der Stuhlgruppe gegenüber dem Empfang und beobachtete die Tür.

Es dauerte fast eine halbe Stunde, dann ging die Tür endlich auf. Der Bürgermeister schob seinen massigen Körper hinter zwei Anzugträgern in den Vorraum. Schulterklopfen und aufgerissene Münder, die im Ton des Geldes und der Selbstgefälligkeit lachten. Wahrscheinlich hatten sie gerade dicke Geschäfte gemacht.

Zum Glück hatte sie sich bereits übergeben.

Ein paar schmierig gedrückte Hände später verließen die beiden Männer den Vorraum und der Bürgermeister sah zu Mila. Noch während sich die Empfangsdame mit einem erregten Ausdruck im Gesicht erhob, um ihm Meldung machen, beruhigte er sie mit einer kurzen Handbewegung, ohne Mila aus den Augen zu lassen.

»Thorsten Sperlich, was kann ich für Sie tun?«, fragte er mit einem breiten Lächeln, nachdem Mila sich in den Stuhl vor seinem Schreibtisch gepflanzt hatte.

»Ich habe ein paar Fragen zur Situation auf Amrum«, begann sie.

»Natürlich. Wenn Ihnen das bei Ihren Ermittlungen hilft, stehe ich zu Ihrer Verfügung, Frau Fochs.« Er betonte ihren Namen mit ausgewiesener Höflichkeit und nickte mit aller Großzügigkeit, die sein üppiges Gesicht hergab.

»Wie lange sind Sie schon Bürgermeister von Nebel?«, fragte Mila ohne jede Veränderung in ihrer Stimme. Dass er ihren Namen kannte, überraschte sie nicht.

»Ich darf den Bürgerinnen und Bürgern seit beinahe 15 Jahren dienen.« Ein zufriedener Ausdruck lag auf seinem Gesicht.

Mehrere Atemzüge lang studierte sie seine Miene mit

einem harten Blick.

»Wovon lebt die Insel?«, fragte sie nach der Pause.

Für den Bruchteil einer Sekunde erfasste ein Zucken seine Augenbrauen. Er kniff die Augen leicht zusammen, als versuche er das Motiv hinter ihrer Frage klarer zu erkennen.

»Hauptsächlich vom Tourismus. Wir haben viele Badegäste und auch Leute, die zur Kur kommen. Im Winter ist es hier hingegen ziemlich ruhig.«

Nachdem er ihr geantwortet hatte, löste sie ihren Blick von seinen Augen und studierte in aller Ruhe die Wand hinter ihm. Auf der linken Seite Fotos mit Prominenten, eine Karte von Amrum, Urkunden und Wappen von Partnerstädten. Auf der rechten Seite Fotos von seiner Frau und seinen Kindern. Politiker, Geschäftsmann und Familienmensch.

»Warum kommen die Leute gerade nach Amrum?«

»Sind Sie das erste Mal auf Amrum?«, fragte er. Sein Schmunzeln machte seine Augen zu kleinen Knöpfen.

»Nein, ich war als Kind mit meinen Eltern ein paar Mal hier.«

»Dann wissen Sie ja, wie schön die Insel ist«, sagte Thorsten zufrieden. »Besonders im Sommer. Die Leute schätzen das. Außerdem sind wir keine exklusive Gemeinschaft, wie es beispielsweise auf einigen der Nachbarinseln der Fall ist, vor allem auf Sylt. Amrum bietet Ruhe, Natur und eine entspannte Atmosphäre. Genau das Richtige, um sich vom Alltagsstress zu erholen. Wir haben viele Gäste, die seit Jahren wiederkommen. Manche lassen sich sogar dauerhaft hier nieder.«

Sätze wie aus einer Reisebroschüre.

Es war immer das Gleiche mit dieser Art von Menschen. Anwälte, Politiker, Geschäftsleute. Lügen war ihr

Geschäft. Weswegen es in der Regel nicht leicht war, sie durch ein Gespräch zu überführen. Aber früher oder später verriet sich jeder auf irgendeine Art und Weise.

«Betreiben Sie eine Ferienwohnung hier auf Amrum?«, fragte Mila.

»Mir gehören verschiedene Immobilien auf der Insel, von denen ich gelegentlich auch einige an Gäste vermiete«, erklärte der Bürgermeister, ohne irgendein Anzeichen von Nervosität. Sein Schmunzeln war größer geworden, die Knöpfe seiner Augen hingegen kleiner.

»Was für Geschäfte betreiben Sie sonst noch?«

Seine Augenbrauen bewegten sich aufeinander zu und pressten die Haut in ihrer Mitte zu einer dicken Wulst. Er starrte sie einen Moment direkt an.

»Ihr Treiben auf der Insel ist nicht unbemerkt geblieben, Frau Fochs«, sagte er. Mit einem Mal fielen seine Wangen schwer hinab, das Schmunzeln war verschwunden.

Mila sah ihn einfach nur an. Er würde jetzt zum Gegenangriff übergehen. Sollte er sein Pulver ruhig verschießen.

»Es gab Beschwerden über Ihren Umgang mit dem Personal der Reha-Klinik Wittsand. Wissen Ihre Vorgesetzten, dass Sie unbeteiligte Personen einschüchtern, um an Informationen zu kommen?« Sein fetter Zeigefinger klopfte die Marschmusik zu seiner Attacke, während er die Worte im Raum stehen ließ. »Ich bin jederzeit zur Zusammenarbeit mit den Ermittlungsbehörden bereit«, fuhr er fort. »Schließlich stehen wir auf derselben Seite. Ich muss aber auch zugeben, dass ich mir Sorgen mache.«

»Was bereitet Ihnen Sorgen?«

»Sie«, erklärte er, während er die Ellenboden auf dem Tisch abstellte und dann die Hände vor seinem Gesicht faltete. »Der Tod von Henrik Ahlers hat einigen Wirbel hier auf der Insel verursacht. Die Leute sind deswegen besorgt. Und dass jetzt jemand vom Festland hier rumschnüffelt, gefällt auch nicht jedem.«

»Ihnen zum Beispiel?«

Er schüttelte den Kopf.

»Mir ist klar, dass die Polizei genau wie viele andere Behörden unterbesetzt ist. Ich bin sogar froh, dass das LKA die lokalen Einheiten unterstützt. Wenn ein möglicher Mord nicht untersucht würde, bräche unsere Ordnung schneller zusammen, als Sie sich vorstellen können.« Seine Wangen wackelten, während seine Augen an ihrer Kleidung abwärtsglitten. »Die Art und Weise wie Sie ermitteln, macht mir hingegen große Sorgen. Doch nicht nur das. Bedenken Sie, dass Amrum eine kleine Insel ist. Man kennt sich hier. Und da die Urlaubssaison vorbei ist, fällt es schnell auf, wenn sich eine Kriminaloberkommissarin bei helllichtem Tage auf der Straße übergibt.«

Die Worte hingen wie eine dunkle Wolke über Milas Kopf. In aller Ruhe holte sie einen Kaugummi aus ihrer Jackentasche und steckte ihn sich in den Mund.

»Ich frage mich, ob Sie der Aufgabe gewachsen sind«, sagte er mit lauter werdender Stimme. »Wenn ich Sie so ansehe, komme ich nicht umhin, festzustellen, dass Sie ganz schön mitgenommen aussehen.«

Während seine Augen nach einer Reaktion gierten, holte sie den Kaugummi von der linken Seite ihres Mundes nach rechts.

Was sollte er ihr sagen, das sie nicht schon über sich wusste?

»Natürlich geht mich Ihr Privatleben nichts an«, fuhr er fort. Der winzige Mund zwischen den fetten Backen gab seinem Gesicht einen verbissenen Ausdruck. »Aber

Sie haben ganz offensichtlich mit etwas Anderem zu kämpfen als mit der Lösung des Falls. Ich weiß nicht, womit Sie ihren Alltag bewältigen. Vielleicht ist es Alkohol, vielleicht sind es Pillen. Es ist mir ehrlich gesagt auch egal.«

Aus Erfahrung wusste sie, dass sie sich nicht verteidigen durfte. Jedes defensive Verhalten wäre ein Geständnis, wäre neue Munition. Das Schweigen hingegen reizte ihn.

»Richtig ist, dass der Todesfall von Ahlers geklärt werden muss. Sowas kann sich sehr nachteilig auf den Tourismus auswirken.« Mit einer lang gedehnten Pause kündigte er den Todesstoß an.

»Doch jemanden damit zu betrauen, der am Rande eines Nervenzusammenbruchs steht und körperlich am Ende ist, ist ein Spiel mit dem Feuer. In diese Situation jemanden in Ihrer Lage zu schicken, ist, als würde man einen Hausbrand mit Benzin löschen wollen. Mit jedem neuen Tropfen schlagen die Flammen höher und fressen sich durch das Gebälk, bis nur noch ein abgebranntes Gerippe übrigbleibt.«

Mila hörte auf zu kauen. Sie hatte geglaubt, seine Worte würden ihr nichts antun können. Doch selbst der Kaugummi konnte den bitteren Aschegeschmack in ihrem Mund jetzt nicht mehr überdecken.

Thorsten Sperlich hatte seine Hausaufgaben gemacht. Er kannte ihre Schwäche und war sich nicht zu schade, sie gegen sie einzusetzen. Doch genau das war sein Fehler. Ein Raubtier greift nur aus zwei Gründen an. Auf der Jagd und wenn es um sein Überleben kämpft.

»Ich danke Ihnen für Ihre Anteilnahme, Herr Sperlich«, sagte Mila ruhig. »Wenn es Ihnen nichts ausmacht, würde ich die Unterhaltung gerne schnell hinter mich bringen. Die letzten Tage waren sehr erschöpfend.«

Ein nachsichtiges Nicken, ein unterdrücktes Schmunzeln, er hatte gewonnen.

»Seit wann engagiert sich Ihr Bruder bereits gegen den Bau von Windrädern?«, fragte Mila, während er sich aus dem Stuhl hochwuchtete.

Das Zucken seines Kopfes verriet seine Überraschung. Er hatte anscheinend damit gerechnet, dass Mila wie ein geprügelter Hund das Weite suchte, um sich die Wunden zu lecken. Ein weiterer Sieg für Thorsten Sperlich, Bürgermeister und Geschäftsmann. Ohne Mühe hatte er die Polizistin abserviert. Nie wieder würde sie es wagen, ihn mit ihren dummen Fragen zu belästigen.

Mila blies den Kaugummi auf, holte sich die Blase mit der Zunge in den Mund und ließ sie dann mit einem Knallen hinter ihren Zähnen platzen.

»Mein Bruder«, sagte er und plumpste zurück in seinen Stuhl. »Mein Bruder war schon immer an der Umwelt interessiert.«

»Ihr Bruder ist ein interessanter Mensch«, setzte Mila zum Gegenschlag an. »Jemand, der sich hauptsächlich für Motorradrennen interessiert, wirkt auf den ersten Blick nicht unbedingt wie ein Umweltfreund.«

Thorstens Augen verengten sich, er sagte jedoch nichts.

»Wenn ich ihn richtig verstanden habe, kümmert er sich um alles, was in Ihren Ferienwohnungen getan werden muss.«

»Wir unterstützen uns gegenseitig. Dafür ist Familie schließlich da.«

»Kümmert er sich ausschließlich um die Ferienwohnungen?«

Mit den Augen bohrte Thorsten Löcher in Milas Schädel.

»Worauf wollen Sie hinaus?«

»Sie haben mir meine Frage nicht beantwortet«, sagte sie. Ihre Stimme war ein Presslufthammer.

»Um welche Frage genau ging es?«, fragte Thorsten. Ein feiner Rotton erleuchtete seine Wangen.

»Was für Geschäfte betreiben Sie sonst noch?

Schweigen.

»Ihnen muss klar sein, dass ich das mit einem Anruf herausfinden kann.«

»Dann tun Sie das doch«, sagte er mit geübter Gelassenheit, doch ein Tropfen an seiner Schläfe verriet ihn.

»Das wird nicht nötig sein«, sagte Mila und legte den Kopf zur Seite. »Ich weiß bereits, dass Sie sowohl in Wittdün als auch in Norddorf eine Kurklinik betreiben.«

Für einen Augenblick wuchs das Rot seiner Wangen zu einem lodernden Feuer.

»Was glauben Sie, wie sich das Geschäft entwickelt, wenn hier ein riesiger Windpark steht?«

»An spekulativen Überlegungen beteilige ich mich nicht«, erwiderte er mit schmalen Lippen.

Mila nickte.

»Wie wäre es mit folgender Überlegung? Die Windräder stehen, die Feriengäste bleiben weg und zur Kur fahren die Leute lieber in die Alpen.« Sie kaute ein paar Mal auf dem Kaugummi, dann sprach sie weiter.

»Und damit es dazu nicht kommt, haben Sie alles in Ihrer Macht Stehende getan, um den Bau der Anlage zu verhindern.«

»Und deswegen soll ich Henrik Ahlers umgebracht haben?« Ein belustigtes Schnaufen brachte sein Gesicht in Wallung.

»Ich folge nur den Spuren. Und bis jetzt führt jede einzelne zu Ihnen.«

»Was für Spuren?«

Sie bedachte ihn mit einem langen Blick.

»Über Ihren Bruder eine Bürgerinitiative zu gründen war ziemlich schlau«, sagte sie nach der Pause.

»In unserer Demokratie ist es das Recht jedes Einzelnen, sich für oder gegen Entwicklungen stark zu machen. Viele Bewohner wären sicherlich unglücklich, wenn ihnen der Ausblick aufs Meer durch die Windräder verdorben würde«, entgegnete Thorsten.

»Ihr Bruder macht nicht den Eindruck, als würde ihn der Gedanke besonders stören. Als ich mit ihm sprach, wusste er nicht einmal, dass Ahlers einen Windpark plante.«

»Mein Bruder verfolgt die aktuellen Entwicklungen in Wirtschaft und Politik nicht. Das bedeutet nicht, dass er sich nicht ganz grundsätzlich gegen den Bau der Windräder engagieren kann.«

»Sicher«, gewährte sie ihm den Einwand. »Der Bau von Windrädern ist kein Thema, das nur Politiker und Hoteliers interessiert. Es gibt viele Menschen in unserem Land, die aus den verschiedensten Gründen eine Meinung dazu haben. Beispielsweise Ökoaktivisten.« Sie ließ die Stille zwischen ihnen beiden anschwellen, bis sie den ganzen Raum einnahm. »Die Ökoaktivisten auf Ihr Land zu holen, war ein Fehler. Ihnen musste klar sein, dass das irgendwann auffliegt. Ein Bürgermeister, der eine Protestbewegung instrumentalisiert, um seine eigenen Geschäftsinteressen durchzusetzen. Das riecht förmlich nach Skandal.«

»Damit habe ich nichts zu tun«, erklärte er und zog sich die Enden der Hemdsärmel ein wenig aus dem Sakko.

»Das Zeltlager wurde auf Ihrem Land errichtet.«

»Reiner Zufall.«

»Sie haben der Gruppe also nicht Ihr Land angeboten?«

»Nein. Sie haben sich einfach ein freies Stück Land gesucht und ihr Lager aufgebaut.«

»Warum haben Sie das Lager nicht räumen lassen?«

»Wie stellen Sie sich das vor? Ein Polizeigroßaufgebot, Helme, Schlagstöcke und Wasserwerfer? Wir sind hier nicht im Hambacher Forst«, sagte er und schüttelte den Kopf. »Ich bin nicht froh darüber, dass die Aktivisten sich auf meinem Land niedergelassen haben. Aber als Bürgermeister muss ich auch das Gesamtbild im Blick haben.«

»Und das wäre?«

Sein Gesicht sah plötzlich müde aus.

»Ein Zeltlager mit Aktivisten ist im schlimmsten Fall ein Ärgernis, im besten Fall ein Kuriosum. Etwas, das der Insel ein wenig Aufregung bringt. Das Lager zu räumen wäre ein Skandal. Was glauben Sie, wie sich das auf den Tourismus auswirken würde, wenn hier Leute in Handschellen abgeführt würden? Wir haben viele Familien zu Gast, die sich nach Ruhe und Entspannung sehnen. Außerdem haben solche Aktionen in der Regel eine kurze Lebensdauer. Jetzt wo das Wetter wieder schlechter wird, ist das Lager so gut wie leer. Aber am besten sehen Sie sich dort einmal selbst um.«

»Das habe ich bereits«, sagte Mila und erhob sich. »Und irgendjemand hat den Leuten dort gesteckt, dass Henrik Ahlers hier Windräder bauen wollte.« In aller Ruhe lehnte sie sich nach vorne und stützte die Arme auf den Tisch. »Was war es? Eine Nachricht auf Facebook? Eine E-Mail?«

Thorsten antwortete nicht. Doch die Zuckungen seiner

Lippen ließen vermuten, dass er jede Menge Antworten parat hatte.

»Sobald ich den richterlichen Beschluss habe, kommt es eh raus.«

»Nichts kommt raus«, knurrte er.

»Wie gut kannten Sie Henrik Ahlers?«, fragte Mila. Der Satz war ein Pistolenschuss.

»Als Bürgermeister bin ich mit allen einflussreichen…«

»Wann haben Sie ihn das letzte Mal gesehen?«

»Da muss ich meine Sekretärin…«

»Erkennen Sie den Mann?«, fiel Mila ihm ins Wort und hielt ihm das Bild auf ihrem Handy ins Gesicht. »Es gibt Zeugen, die gesehen haben, wie Sie und Ahlers sich am Tag seines Todes auf dem Parkplatz der Reha-Klinik Wittdün gestritten haben.«

»Ja, wir haben uns gestritten«, gab Thorsten nach mehreren stillen Sekunden zu, in denen sie den Kampf mit den Augen führten.

»Worum ging es in Ihrem Streit? Ging es um die Windräder?«

Sein Nicken kam nur langsam.

»Es stimmt, dass der Bau der Windräder meine Geschäfte gefährden würde. Doch das war nicht der einzige Grund, warum ich gegen die Windräder bin. Mir geht es um das Leben auf der Insel. Mein Bruder und ich sind hier auf Amrum aufgewachsen. Es wäre einfach nicht dasselbe, wenn wir hier einen riesigen Park vor der Tür hätten«, sagte er und drehte den Kopf in Richtung Fenster. Hinter den Gläsern war das Meer zu sehen.

»Und das haben Sie versucht Ahlers deutlich zu machen?«

»Nicht nur das«, sagte er und drehte den Kopf wieder langsam zu Mila. »Ich habe ihm erklärt, dass es bessere

Standorte für einen Windpark gäbe. Weiter draußen im Meer. Dafür hätte er sogar auf Fördermittel der EU zurückgreifen können. Doch davon wollte er nichts wissen. Er war wie besessen von dem Gedanken, hier diese Dinger zu errichten. Dabei lebt er doch selbst hier. Aber es war ihm egal. Er konnte sich schließlich überall eine neue Villa kaufen.« Das Geräusch seines Atems war deutlich zu hören. Jedes Wort war ein Schritt auf einen steilen Berg.

»War das Ihre letzte Unterhaltung?«

»Ja.«

»Das Auto Ihres Bruders wurde zum Tatzeitpunkt auf demselben Parkplatz gesehen, an dem auch das Auto des Opfers stand. Davon gibt es Videoaufzeichnungen«, sagte sie.

»Das hat mit dem Mord nichts zu tun«, sagte er und neigte den Kopf, sodass er unter seinen Brauen finster zu ihr aufblickte.

»Wo waren Sie in der Nacht vom Freitag zum Samstag?«

»Das geht Sie nichts an!« Die Worte rollten wie eine Lawine über seine Zunge.

Wie zwei Raubtiere vor dem Angriff lauerten sie aufeinander. Sobald sich einer regte, würden sie sich aufeinander stürzen.

»Wo waren Sie in der Nacht vom Freitag auf den Samstag?«, wiederholte sie die Frage.

»Ich war daheim.«

»Sind Sie sich absolut sicher?«

»Ja.«

»Ihre Frau und ihre Kinder werden das bestätigen?« In ihrer Stimme lag die Ladung des Gewitters vor dem ersten Blitz.

Ein Beben wuchs auf seinen Lippen, doch er schwieg.

»Das Auto Ihres Bruders wurde zweifelsfrei identifiziert. Laut seiner Aussage sind Sie die einzige Person, die neben ihm noch einen Schlüssel hat und den Wagen gelegentlich nutzt.« Jedes Wort war wie ein Hagelkorn.

Aus seinem Atmen wurde schweres Schnaufen.

»Wo waren Sie in der Nacht vom Freitag auf den Samstag?!«

»Es wäre besser, wenn Sie jetzt gehen«, zischte Thorsten.

»Wenn Sie mir nicht antworten, wird Sie der Staatsanwalt vorladen. Das wird dann nicht nur die lokale Presse interessieren«, versicherte sie ihm.

»Raus aus meinem Büro! Ich habe mir Ihre unverschämten Fragen lang genug gefallen lassen.«

Mit aller Ruhe löste Mila sich vom Tisch und musterte ihn mehrere Sekunden.

Der runde Kopf hob und senkte sich auf seinen massigen Schultern in schneller Folge.

»Wir werden die Unterhaltung fortsetzen«, sagte sie, ließ eine weitere Blase ihres Kaugummis platzen und verließ dann den Raum in schnellen Schritten.

Fünfundzwanzig

Es hatte nicht lange gedauert, bis sie begriffen hatte, dass er Polizist war. Erst hatte sie gedacht, dass er vielleicht ein Informant sei, doch er ging mit einer Selbstverständlichkeit beim LKA ein und aus, die keinen Zweifel ließ.

Je länger sie ihn beobachtete, desto mehr gewann sie den Eindruck, dass er Angst hatte. Er war wie ein Tier auf der Flucht, wie ein Wolf, den man von seinem Rudel getrennt und in die Enge getrieben hatte. Sie konnte es an seinem Gang sehen, an der Art, wie seine Züge Halt verloren, wenn er allein im Auto saß. Wie seine Augen beim Zug an einer Zigarette leicht aufgerissen ins Leere starrten.

Irgendetwas saß ihm im Nacken, oder irgendwer.

In den zwei Tagen, die sie ihn schon verfolgte, hatte sie ihn häufig im Gespräch mit dem Abschaum der Stadt gesehen. Nächtliche Treffen auf Baustellen und in entlegenen Industriegebieten.

Er verbrachte nur wenig Zeit zu Hause.

Sein Haus befand sich in einer Einfamilienhaussiedlung im Süden der Stadt. Charakterlose Neubauten in Reih und Glied, um-

zäunte kleine Vorgärten, die Fassaden weiß und sauber.

Durch die hellen Fenster hatte sie ihn mit seiner Frau streiten sehen.

Die Fassade bröckelte.

Er war aus der Tür gestürmt und davongerast. Nach ein paar Stunden war er aus irgendeiner Spelunke zu seinem Fahrzeug gewankt.

Er brauchte eine Stütze. Eine Frau, die ihn bewunderte, die dafür sorgte, dass er sich wieder wie ein Mann fühlte. Er war schwach.

Sie würde ihm helfen.

Sechsundzwanzig

Die Dunkelheit war nicht mehr weit entfernt.

Mila parkte ihren Wagen an einer Kreuzung, von der aus sie den Vorplatz des Rathauses überblicken konnte, ohne selbst sofort gesehen zu werden. Amrum war eine kleine Insel, was bedeutete, dass es auch wenig Verkehr gab. Hier würde sie sich nicht in der Blechkolonne der Fahrzeuge verstecken können.

Sie nahm das weiße Stück Papier in die Hand, das in einer Klarsichtfolie auf ihrem Beifahrersitz lag.

Der Zettel war zerknittert, als hätte ihn jemand achtlos in die Jackentasche gestopft. Eine handgeschriebene Notiz, die sie nach dem Gespräch mit Thorsten Sperlich in ihrem Hotelzimmer gefunden hatte. Jemand musste sie unter dem Türschlitz durchgeschoben haben.

Folgen Sie dem Bürgermeister heute Nacht.

An der Rezeption hatte man ihr nicht sagen können, wer den Zettel in ihrem Zimmer platziert hatte. Auch die Aufzeichnungen der Überwachungskameras lieferten keinen Hinweis. Wer immer es war, hatte genau darauf geachtet, nicht gesehen zu werden.

Eigentlich konnten nur zwei Personen wissen, dass sie den Bürgermeister im Visier hatte. Seine Sekretärin und sein Bruder. Es war zwar Lea gewesen, die sie mit ihrem Hinweis auf die Spur gebracht hatte, doch sie hatte nicht einmal gewusst, dass es der Bürgermeister gewesen war, mit dem sich Ahlers kurz vor seinem Tod gestritten hatte.

Aber warum sollten Michael Sperlich oder die Sekretärin ihr diesen Zettel schreiben? Vielleicht wusste einer der beiden etwas und die knappe Nachricht war der einzige Weg, sie zu informieren, ohne dass der Bürgermeister es merkte.

Die andere Möglichkeit war, dass irgendjemand jeden ihrer Schritte verfolgte. Jemand, der wusste, was mit Henrik Ahlers passiert war.

Mila warf einen Blick in den Rückspiegel. Zwei Jugendliche liefen in einiger Entfernung die Straße herunter. Sie sah zurück zum Rathaus.

Nach ungefähr zwei Stunden verließen die Sekretärin und ein paar Schritte hinter ihr der Bürgermeister das Gebäude. Während der Bürgermeister sein Fahrrad abschloss, kam seine Empfangsdame direkt auf Milas Wagen zu.

Mit einem Fluch auf den Lippen klappte sie ihren Sitz nach hinten und ließ sich in die Lehne sinken. Wenn die Sekretärin mit dem Zettel nichts zu tun hatte und sie jetzt sehen sollte, war die Überwachung vorbei, bevor sie begonnen hatte.

Die junge Frau passierte die Kreuzung, ohne Milas Wagen einen Blick zu schenken. Als Mila ihren Sitz wieder in Position brachte, war der Bürgermeister verschwunden.

Sie startete ihren Wagen und fuhr die Straße hinab. Zwei Kreuzungen weiter sah sie ihn. Mit deutlichem Abstand folgte sie ihm bis zu seinem Haus. Er wohnte direkt neben seinem Bruder.

Müdigkeit fraß sich in Milas Glieder. Sie klammerte sich mit den Händen ans Lenkrad und richtete den Blick auf den zweistöckigen Backsteinbau, den der Bürgermeister mit seiner Familie bewohnte.

Ihr Körper sehnte sich nach Ruhe, wollte sich der Schwerkraft hingeben und zu Boden sinken. Sie klatschte sich mehrmals auf die Wangen und für einen kurzen Augenblick rauschte der Schmerz durch jeden Winkel ihres Geistes und drückte die Müdigkeit zurück. Doch die Erschöpfung war übermächtig.

Wie die Ketten eines Ankers sanken ihre Hände am Lenkrad hinab und krachten in ihren Schoß.

Ein Zucken fuhr durch ihren Körper und rettete sie vor dem Einschlafen. Sie klappte den Sichtschutz herunter und sah mit leerem Blick in den kleinen Spiegel. Die Dunkelheit lag wie schwerer Nebel in den Tälern ihrer Wangen und bestätigte den Verdacht. Es war, als falle ihr Körper mit jedem Tag weiter in sich zusammen.

Nach dem Tod ihrer Eltern hatte es ungefähr ein Jahr gedauert, bis sie sich genug an den Schmerz gewöhnt hatte, um wieder andere Gefühle wahrzunehmen. Es war schwer gewesen, doch sie hatte geglaubt, dass sie ihr Leben wieder unter Kontrolle bringen würde. Damals wusste sie noch nicht, dass das eisige Feuer der Erinnerungen langsam, aber sicher ihre Seele schmelzen würde. Mit jedem neuen Tag löste sie sich weiter auf.

Eine Weile war es gut gegangen. Mehrere Jahre hatte sie so funktioniert, hatte Schule und Studium abgeschlossen, war Kriminalkommissarin geworden. Doch mit dem

Vergehen jeder Sekunde rieb sich ihre Haut auf dem harten Grund des Lebens ein Stückchen weiter ab. Immer wieder hatte sie sich gesagt, dass es nur eine Phase sei. Eine schwierige Etappe, die sie nur durchstehen musste. Nur nicht aufgeben, nur nicht stehenbleiben. Wer sich nicht bewegt, rutscht weiter ab.

Der Verfall kam schleichend. Zu Beginn ließen sich die Anzeichen noch überdecken, ignorieren. Ein bisschen Schminke half, gebügelte Kleidung wirkte Wunder. Doch irgendwann war es nicht mehr zu kaschieren gewesen. Sie hatte sich ihr Gesicht auf dem Boden abgeschrammt, hatte die Zähne bis zum Schmelz gerieben, bis nur noch Zahnfleisch übrig war.

Doch auch das Zahnfleisch hielt nicht ewig. Was kam danach?

Abscheu, Angst, Verzweiflung brodelten in ihren Eingeweiden.

Am liebsten hätte sie sich in den hintersten Winkel ihrer Seele vor sich selbst verkrochen. Gleichwohl wusste sie, dass es in den finsteren Verliesen ihrer Psyche keine Ruheorte gab, keine friedlichen Oasen. Der Verfall suppte durch jede Ritze und verätze alles, womit er in Berührung kam.

Bitterkeit und Hass starrten sie aus dem kleinen Spiegel an.

Wenigstens war an Schlaf nicht mehr zu denken. Sie hatte sich für einen Augenblick selbst gesehen, ohne den Schleier, den jeder Mensch über sein wahres Ich legt. Die selbsterdachte Erzählung war verstummt. Jener schmeichelnde Blick aufs Ich, mit dem die eigene Unzulänglichkeit erträglich wird. Eine Antwort auf jenes Flüstern aus den hinteren Winkeln der Seele, das die Wahrheit kannte. Eine Wahrheit, die jeder Mensch in sich trug, kein anderer aber jemals erfahren durfte.

Widerlich und ekelhaft und ohne jeden Wert.

Sie sah zurück zum Haus.

In der unteren Etage brannten Lichter, gelegentlich konnte sie einen Kopf durch die Fenster sehen. Wahrscheinlich saß die Familie gerade am Abendtisch. Die Kinder berichteten dem stolzen Vater von ihrem Schulalltag, von kleinen Streitereien, von riesigen Erfolgen. Der Vater hörte zu, lobte und tadelte, erklärte den Kindern die Welt. Vermutlich vergaß er dabei zu erwähnen, dass er ein Mörder war. Dass er für seine Geschäfte, für Geld und Macht ein Menschenleben beenden würde, beendet hatte.

Was musste es für ein Gefühl sein, wenn die schützende Hand, die starke Schulter, Papa, wenn dieser Mensch voll Liebe und Fürsorge sein wahres Ich zeigte? Wenn der Schleier fiel und sich die Bestie in ihrer wirklichen Gestalt zeigte.

Von so etwas würde sich kein Kind erholen.

Man lernte, damit zu leben. Man fand Mittel und Wege, um das heisere Krächzen tief im Inneren zu übertönen. Aber ganz gleich, was man auch versuchte, die Stimme würde niemals schweigen. Immer wieder würde sie raunen, würde frische Scheite in das Feuer des Zweifels werfen.

Bin auch ich ein Mörder? Habe ich es in mir?

Bei jedem Streit, jedem kleinen Anfall von Wut würde sie sich melden, würde der Angst neue Nahrung geben. Wann würde es passieren, wann würde die Kontrolle schwinden, die Papierwand der Beherrschung reißen?

Ein Verbrechen verband niemals nur Opfer und Täter. Jeder Mensch im Umkreis würde darunter leiden. Flüchtige Bekannte, entfernte Verwandte, jeder Mensch, der einen Täter persönlich kannte, würde die Folgen spüren.

Meist war es nur ein dunkler Fleck, ein winziger Punkt, der das Licht der Seele verdunkelte. Doch manchmal wuchs der Fleck zum Schatten, zur Dunkelheit, die jedes Licht schluckte.

Milas Denken wandelte auf finsteren Pfaden und Angst kroch langsam auf sie zu. Es war ein schwerer Brei aus Erinnerung, Gedanke und Vermutung, der aus den Kratern ihres Geistes floss.

Noch eine Stunde bis Mitternacht.

Erst war es wie der Schatten einer Wolke an einem strahlenden Sommertag. Eine kleine Trübung des Lichts. Doch je länger sie auf das Haus in der Dunkelheit starrte, desto beklemmender wurde es.

Beim Blick auf Thorstens Haus waren ihr wieder seine Worte eingefallen. Er hatte von Feuer und Flammen gesprochen, hatte von verbrannten Gerippen geredet. Wie die Musik zu einem Film waren es Worte zu ihren Erinnerungen. Manchmal reichte nur ein einziger Ton und die Szenen begannen von vorne.

Mit hektischen Bewegungen fuhr sie sich über die Arme, als leckten heiße Zungen an ihrem Fleisch. Ihr Atem ging schnell, doch sie bekam keine Luft. Gestank verbrannten Menschenhaares, der Rauch, es war zu heiß, sie konnte nur noch husten. Sie rannte, versuchte vor dem Feuer zu entkommen. Doch in jeder Richtung loderte eine Wand aus Flammen.

Ein Auge starrte sie aus den Flammen an. Angst, Panik und Entsetzen. Da erkannte sie die Spiegelung, den kleinen Rahmen in den Flammen. Sie streckte die Hände danach aus und griff an die Sonnenblende, hielt sich fest und rang nach Atem.

Ihr Herz brauchte länger als ihr Verstand, um wieder

in der Wirklichkeit anzukommen. Es gab kein Feuer.

Die Tasse wackelte in ihrer Hand, der Kaffee schmeckte schal. Eine heiße Flüssigkeit ohne jeden Biss. Nicht genug Kraft, um die Schatten zu verjagen.

Ihre Augen wanderten zur Tasche, aus der sie die Thermoskanne geholt hatte. Sie kämpfte mit dem Hunger in ihren Blick. Sie starrte zum Haus, strengte sich an, doch immer wieder stahl sich ihr Blick zur dunklen Tasche.

Plötzlich bemerkte sie, dass ihre Hand dem Blick gefolgt war. Sie zog die Finger zurück.

Die Uhr zeigte Mitternacht.

Es war spät, es war ok, es war nicht schlimm. Sie hatte lange durchgehalten, länger als an jedem anderen Tag. Sie hatte es verdient, es musste sein.

Mit einem schnellen Griff holte sie die transparente Flasche heraus und stellte sie zwischen ihre Beine. Ein kurzer Blick in jede Richtung.

Die Straßen waren leer. Die kleine Insel schlief.

Mit zitternden Fingern füllte sie den Alkohol in den Becher. Es war nicht viel, gerade genug, um die Angst zu dämpfen.

Als sie auf den Boden des Bechers blickte, brüllte die Angst ein wenig leiser.

Die untere Etage des Hauses war mittlerweile dunkel, nur links oben brannte Licht in einem Fenster. Arbeit bis spät in die Nacht. Engagierter Politiker und ehrgeiziger Geschäftsmann.

Was, wenn sie sich irrte?

Thorsten musste zum Tatzeitpunkt in der Nähe des Tatorts gewesen sein. Entweder er oder sein Bruder. Die räumliche Nähe reichte jedoch nicht. Ganz Amrum lag in der Nähe des Tatorts. Sie musste herausfinden, was er dort getrieben hatte.

Eine Vibration in ihrer Tasche ließ sie zusammenfahren. Sie hatte seit mehreren Stunden nicht mehr auf ihr Handy gesehen.

Frank hatte versucht sie zu erreichen. Ein Anruf um acht Uhr abends und eine Reihe von Nachrichten, die sie in immer deutlicheren Worten aufforderten, sich endlich und verdammt noch mal bei ihm zu melden.

Auch Daniel hatte es noch einmal probiert. Nach dem Gespräch mit Thorsten hatte sie ganz vergessen, dass er mit ihr hatte reden wollen. Selbst als sie kurz in der Herberge war, um sich für die Nacht im Fahrzeug vorzubereiten, hatte sie nicht daran gedacht.

Anscheinend hatte er Informationen zu ihrem Fall. Jedenfalls behauptete er das. Gleichwohl war es möglich, dass er sich nur mit ihr treffen wollte, um sie wieder wegen irgendwelcher Fotos zu nerven.

Daniel Grove.

Wer war dieser Mann?

Ein Modefotograf, der auch Häuser fotografierte und anscheinend unbedingt sie vor die Linse bekommen wollte.

Ganz zufällig hatte er sich in derselben Unterkunft wie sie eingemietet und war ihr am nächsten Tag bei Sonja Ahlers begegnet.

Auch ohne noch einmal in den Spiegel zu sehen, wusste sie, dass er log. Ein Gesicht wie ein Unfall, hässlich. Jeden Morgen brauchte sie aufs Neue ihre ganze Kraft, um sich vor ihrer Reflexion nicht aus Hass und Ekel zu übergeben.

Warum wollte er gerade sie fotografieren?

Vielleicht hatte er einen kranken Fetisch. Vielleicht war er jemand, der sich am Elend, an der Hässlichkeit aufgeilte.

Die fortschreitende Zersetzung ihres Fleisches legte einen warmen Pelz über Milas Zunge. Sie brauchte eine weitere Tasse, um die Verwesung fortzuspülen.

Die Fotos auf Daniels Website überraschten sie. Er hatte nicht gelogen.

Was genau sie erwartet hatte, konnte sie nicht sagen. Vielleicht Männer im Rollstuhl oder Frauen, denen man ein Bein amputiert hatte. Die Art von Fotografie, die nicht kaschiert, sondern den Makel in den Fokus nimmt. Geschmackvolle Bilder, aus denen Würde sprechen sollte.

Doch es waren die typischen Modebilder. Wunderschöne Frauen mitten auf der Straße in New York, an exotischen Stränden, perfektes Lächeln, makellose Haut, das übersatte Licht eines Fotostudios. Jedes Bild war Fruchtbarkeit und Lebenslust, und farbenreiche Ödnis. Austauschbare Schönheit, genormt, bestellt und abgelichtet. Es war, wie er gesagt hatte. Zuckerwatte, die sich ein paar Sekunden nach dem ersten Bissen in die bunte Wolke in Nichts auflöste.

Er hatte davon gesprochen, dass es hinter ihrer Schönheit eine Tiefe gab, in der sich etwas Anderes versteckte. Doch dort gab es nichts, was man fotografieren konnte. Ihr Äußeres war nur die stumpfe Hülle, der ausgefranste Mantel um den Schmerz, um Ekel, Hass und Wut, und Angst. Ihre Haut war der Ballon, in dessen Innerem der Tod heiß brodelt.

Auch Daniel musste es gesehen haben. Jeder Mensch konnte es lesen. Sie sah es in den Augen der anderen, wenn sie den Blick abwandten.

Schleichender Selbstmord auf zwei Beinen.

In seinen Augen hatte sie es hingegen nicht sehen können. Da war keine Scham, keine Trauer im Angesicht der

Katastrophe eines fremden Lebens.

War es das, was ihn so faszinierte?

Er war ein Mann, sie eine Frau. Nicht mehr als paar Jahre trennten sie. Wahrscheinlich war er Ende dreißig. Fast genau einen Kopf größer, sportlich, aktiv, jemand, der sein Leben genoss.

Nein, sein Interesse musste einen anderen Grund haben. Vielleicht war es Katastrophengeilheit. Der Wunsch in den Abgrund zu blicken, sich die Pistole an die Schläfe zu halten, nur um sich lebendig zu fühlen.

Mit der Geschicklichkeit eines LKW-Fahrers auf gerader Strecke schenkte sich Mila einen weiteren Becher ein.

Wie lange war es her, dass sie sich mit einem Mann getroffen hatte? Monate, Jahre? Sie wusste es nicht mehr. Ein warmes Gefühl breitete sich von ihrem Bauch aus durch ihren Körper. Sie sank ein wenig tiefer in den Sitz und blickte in den Nebel, der sich wie eine weiche Decke über sie legte.

Daniel.

Er hatte diesen Blick gehabt, als er sie angesehen hatte. In seinen Augen stand nicht die Angst, die andere bei ihrem Anblick packte. Die Furcht vor dem, was sein könnte.

Normalerweise wandten sich die Leute instinktiv von ihr ab. Es war wie bei einem Obdachlosen in einer vollen Bahn. Nicht der Gestank, die dreckige Haut oder die verfaulten Zähne widerten die Menschen an. Es war die Gewissheit, dass nur eine falsche Entscheidung zu viel, ein weiterer ungünstiger Umstand die Masse von der Straße trennte.

Mit der Unterwürfigkeit eines schwachen Hundes wandten die Menschen den Blick ab. Wenn man das Elend nicht direkt ansah, ging es vielleicht an einem vorüber.

Daniel hatte hingesehen. Auf eine Art, die ihr gefiel. Wie er dabei gelächelt hatte, wie seine Lippen sich öffneten, bevor das erste Wort über seine Zunge rollte. Wie seine Stimme ein wenig weicher, tiefer geworden war, als er sie nach den Aufnahmen fragte.

Ein lautes Grollen ließ sie zusammenfahren. Blitze zuckten durch die dunklen Wolken über ihrem Kopf. Daniels Stimme echote durch den Nebel in ihrem Geist.

Dem Blick zur Uhr war nicht zu glauben. Sie massierte ihre Augen und scheuchte Ahnungen und Wünsche zurück in ihr Verlies. Dann sah sie wieder hin.

Die ersten Stunden war die Zeit wie zäher Leim dahingekrochen. Jetzt rannte sie wie ein Wasserfall. Zwei Augenschläge waren eine Stunde. Der Blick in den Spiegel eine Ewigkeit. Die Uhr zeigte halb zwei.

War sie eingeschlafen?

Aus dem Augenwinkel bemerkte sie eine Veränderung. Sie sah zum Haus und brauchte einen Augenblick, bis sie begriff.

Das Licht war verloschen.

Sie hatte stundenlang im Wagen gewartet und nichts war passiert. Sie hätte nur hinsehen müssen. Ihre Gedanken waren ein Floß in einem wilden Strom aus Bildern und Gefühlen gewesen. Sie hatte sich mitreißen lassen, hatte sich nicht richtig konzentriert.

Es war schon wieder passiert. Der Verlust der Beweismittel war kein kleiner Fehler, der jedem hätte passieren können. Vielleicht war der Bürgermeister nur ins Bett gegangen. Vielleicht war er auf dem Weg zu seinem nächsten Opfer.

Sie hatte sich nicht Griff.

Wrack! Wrack! Wrack!

Mit einem Schlag auf ihre Oberschenkel fiel jeder Grund für Zurückhaltung. Sie schraubte den Deckel ab und setzte sich die Flasche an den Mund. Sie hatte versagt.

Die Aussicht durch die kalte Nacht zu laufen, missfiel ihr. Sie nahm einen tiefen Schluck gegen die Kälte, steckte die Flasche in ihre Jackentasche und legte die Hand an den Türgriff.

Mit einem Mal wurde der Himmel für den Bruchteil einer Sekunde so hell, als wäre die Sonne explodiert. Dann wurde es schlagartig wieder dunkel und Regen prasselte aufs Autodach. Von Sekunde zu Sekunde legte der Rhythmus zu. Ein Trommelfeuer dicker Tropfen.

Noch während sie überlegte, wie sie am besten die Zeit totschlug, bis der Regen endlich aufhörte, fuhr Michaels Wagen aus der Einfahrt.

Im Kopf zählte sie bis fünfzig, dann ließ sie den Wagen an und fuhr los.

Ungefähr zehn Minuten später stellte sie ihren Wagen unweit des Supermarktparkplatzes ab. Der Regen hatte aufgehört. Doch die Straßen waren nass gewesen, zu schmal, ihr Griff am Lenkrad wacklig. Sie war froh, keinen anderen Fahrzeugen begegnet zu sein.

In sicherem Abstand war sie Thorsten gefolgt. Ihre erste Vermutung hatte sich als falsch herausgestellt. Denn anstatt zum Strand zu gehen, war er in einem Kreis durch die Straßen gelaufen. Zwischen den schlafenden Häusern hatte er eine Runde gedreht, sich dabei immer wieder umgesehen und war dann, ohne sie zu bemerken, wieder zum Parkplatz zurückgekehrt.

Jetzt eilte er über die Steinplatten des Parkplatzes und ging schräg über eine Wiese zu einem weißen Haus, in dessen oberer Etage noch Licht brannte.

Die Tür wurde geöffnet und er verschwand im Haus.

Mila hatte nicht erkennen können, wer ihn empfangen hatte. Doch es wirkte, als wäre er trotz der späten Stunde erwartet worden.

Der Blick durchs Fenster brachte Mila nicht weiter. Sie konnte nur undeutliches Gemurmel hören. Männerstimmen, die lauter wurden, dumpfe Schläge, immer wieder knallte es. Ein Schrei, kurze Stille, dann ein weiterer Schrei.

Das Adrenalin schoss ihr durch den Körper.

Die Schreie wurden lauter. Doch sie hörte sie nur, weil sie an den Fenstern lauschte. Was immer auch in der Wohnung vorging, niemand außer ihr würde es mitbekommen.

Der Abstand zwischen den Schlägen wurde kürzer, die Schreie spitzer.

Es war keine schwere Entscheidung. Ein Menschenleben war in Gefahr. Sie hämmerte gegen die Tür, schlug gegen die Fenster und klingelte Sturm, bis die Schreie verstummten.

Ihr Atem dröhnte in der plötzlichen Stille.

»Aufmachen, Polizei!« Sie schlug ihre Faust gegen die Tür.

Auf einmal hörte sie ein Geräusch hinter der Tür. Mit einem Schritt zurück holte sie die Waffe aus dem Holster und richtete sie auf die Tür.

Ein junger Mann blickte sie aus weit aufgerissenen Augen an. Er war nur in Unterhose bekleidet, kräftig, muskulös gebaut.

»Wo ist der Bürgermeister?!«

»Ich…«, setzte er an. Seine Stimme klang zart und weich.

Bevor er sich erklären konnte, rammte Mila ihm ihre

Schulter in die Seite und stürmte an ihm vorbei. Mit brennender Lunge erreichte sie den ersten Stock und preschte in das Zimmer. In antrainiertem Reflex suchte sie jede der Ecken mit der Waffe im Anschlag nach möglichen Angreifern ab.

Die Bewegung hatte ihr Zeit gegeben, zu verarbeiten, was sie schon aus dem Augenwinkel gesehen hatte. Und trotzdem gelang es ihr nicht, die Bilder zu einer stimmigen Erzählung zusammenzusetzen.

Thorsten lag, fett und nackt, auf dem Bett und starrte sie entsetzt an.

»Was…?«, vertonten seine Lippen die Verwirrung in seinem Gesicht. »Was machen Sie hier?«

Kaum hatte er die Frage ausgesprochen, verzerrte sich sein Gesicht zu einem bösen Krampf.

»Haben Sie mich verfolgt?!«

Ihre Augen flogen über ihn hinweg, versuchten zu erkennen, ohne anzuschauen.

Der Ekel packte sie, als sie seinen Schritt mit ihrem Blick streifte. Doch sie zwang sich hinzusehen.

Unter seiner massiven Wampe war nicht viel zu sehen, doch sie konnte die Blutergüsse deutlich erkennen. Um seinen Schritt herum wuchsen dunkle Flecken. Sie waren frisch, kaum ein paar Minuten alt. Die Haut noch rot vom Angriff.

Eine Bewegung in den Augenwinkeln ließ Mila zur Seite springen. Sie riss die Waffe Richtung Tür.

Der junge Mann stand in der Tür und starrte mit offenem Mund zu ihr hinüber.

Aus Thorstens Richtung flogen ihr giftige Flüche entgegen, doch sie hörte nichts. Das Fiepen war zu laut. Es drang durch jede Faser ihres Körpers, wurde immer schriller. Wie ein ultrahoher Ton Glas zum Bersten bringt, drohte das Geräusch, ihren Schädel zu spalten.

Irgendetwas sah sie nicht.

Wer war der junge Mann in der Tür, die sanften Züge auf dem muskulösen Körper? Wieso lag der Bürgermeister nackt auf seinem Bett?

»Wer sind Sie?«, fragte Mila den Mann.

Die Buchstaben fielen ineinander, ihre Lippen waren plötzlich schwer und müde, die Zunge träge.

Sie versuchte zu schlucken, doch ihre Zunge war altes Sediment. Trockenes Gestein, das sich kaum noch an den Ozean erinnerte, aus dem es einst hervorgegangen war.

»Du musst ihr gar nichts sagen«, herrschte Thorsten ihn an. »Mach mich los!«

Ein paar Sekunden später richtete Thorsten sich auf, zog sich mit hektischen Bewegungen an und baute sich vor Mila auf. Er starrte ihr in die Augen, jeder Muskel seiner Miene kampfbereit.

»Was tun Sie hier?«, fragte er in gedämpftem Ton. Mit der Kleidung hatte er die Kontrolle über seine Stimme zurückerlangt.

Mila ging einen Schritt nach hinten. Sie hielt sich an ihrer Pistole fest, presste die Finger um den Griff. Seine Ruhe machte ihn nicht weniger gefährlicher. Im Gegenteil. Er war ganz sicher niemand, der im Affekt

tötete. Ein Mann mit Plan, und mit einem Komplizen.

»Treten Sie zurück!« Sie schwenkte die Waffe in Thorstens Richtung.

Der Raum war zur Falle geworden. Sie musste raus ins Freie.

Auf seinen Lippen zeichnete sich eine harte Antwort ab. Doch er war zu klug, um jetzt zu explodieren. Mit aller Ruhe ging er einen Schritt nach hinten, ohne sie derweil aus den Augen zu lassen.

Ihr Geist raste durch den Nebel. Sie musste aus der Wohnung raus. Doch vorher musste sie verstehen, was hier vorging.

»Haben Sie Ahlers das Gleiche angetan?«, fragte Mila den jungen Mann. Sie hörte die Panik in ihrer Stimme.

»Der Mann, den man am Strand gefunden hat?« Er legte seine Arme um den Oberkörper, als würde er frieren.

»Sind Sie wahnsinnig?!«, mischte sich Thorsten ein. »Sie verfolgen mich mitten in der Nacht, dringen ohne jede Befugnis in eine fremde Wohnung ein und phantasieren sich hier irgendetwas zusammen.«

»Sie sind nicht der einzige mit Hämatomen im Schritt.«

Ein roter Ton kroch über Thorstens Gesicht. Er warf seinem Begleiter einen Blick zu, den dieser mit einer empörten Bewegung seines Kopfes beantwortete.

Die Unterhaltung hatte keine Sekunde gedauert. Zwei Augenpaare, die sich trafen, Gefühl und Wissen tauschten. Und Mila hatte zugehört. Auch mit verschwommenem Blick hatte sie verstanden.

»War Ahlers Teil von…«, suchte sie nach dem richtigen Wort. »Hat er auch… War er Teil Ihrer Affäre?«, fragte sie schließlich.

Wut und Hass brachen nun mit aller Macht über Thorstens Züge. Aus bedrohlich roter Fratze starrte er sie an.

»Wovon reden Sie, verdammt nochmal?!«

»Ahlers hatte jede Menge Hämatome in seiner Leistengegend«, sagte Mila und deutete mit ihrer Waffe auf seinen Schritt.

»Das hat nichts zu bedeuten«, bellte Thorsten.

Ein starkes Stechen kroch ihr vom Nacken in den Schädel.

»Mir ist scheißegal, mit wem Sie Ihre Freizeit verbringen!«

Sie sah zu dem jungen Mann, der sich neben Thorsten stellte und trotz seiner Muskeln beinahe zerbrechlich und zart neben dem Fleischberg wirkte. »Mich interessiert nur der Fall. War Ahlers Teil von Ihrem Liebesspiel?«

Der junge Mann schüttelte den Kopf.

»Nein«, sagte Thorsten schließlich. »Was immer Sie glauben, hier gesehen zu haben, es hat nichts mit Ahlers Tod zu tun.«

»Wo waren Sie in der Nacht zum Samstag?«, wiederholte Mila ihre Frage vom Nachmittag. »Die Aufzeichnungen zeigen ganz klar, dass Sie kurz vor dem Todeszeitpunkt des Opfers auf dem Parkplatz vorne beim Supermarkt waren.«

Thorsten schnaufte und keuchte, als ringe er mit der Wahrheit.

»Wenn Sie ein Alibi haben, Herr Sperlich, dann machen Sie endlich Ihr Maul auf!«

Die Waffe wurde langsam schwer in ihrer Hand.

Für einen kurzen Augenblick glotzen seine Zähne, gelb und scharf, aus dem kleinen Mund hervor. Doch dann wurden seine Züge schlaff, das Fleisch hing ohne Saft an den Backenknochen herunter.

»Ich war hier.« Seine Augen gingen zum Boden.

Auf Milas Blick hin nickte der junge Mann.

»Wären Sie bereit, das schriftlich zu bestätigen?«, fragte sie ihn.

Er sah zu Thorsten, der sich mit einer Hand übers Gesicht wischte und sich zur Wand drehte.

Der Mann nickte erneut.

»Sie haben Ihre Antwort«, sagte Thorsten. »Verschwinden Sie!«

Mila musterte die beiden einen Augenblick, dann ging sie aus dem Raum, dicht gefolgt von Thorsten. Die Stufen knarzten bedrohlich, während sie die Treppe hinunterstieg.

Kurz vor der Tür packte er sie am Arm und zog sie zu sich ran.

»Wenn du irgendwem hiervon erzählst, mache ich dich fertig! Glaub nicht, dass ich nicht bemerke, wie voll du bist. Kleine Nutten wie dich fresse ich zum Frühstück.«

Sein Atem stank nach altem Abfall. Ein säuerlicher Verwesungsgeruch.

Er rieb seine fetten Finger aneinander, als würde er ein Insekt zerquetschen.

»Ich weiß, dass sie dich in Kiel schon absägen wollten. Wenn ich erzähle, dass du völlig besoffen in eine fremde Wohnung eingebrochen bist, mit gezogener Waffe unbescholtene Bürger bedroht hast, ohne Haftbefehl oder Durchsuchungsbeschluss, dann war es das für dich.«

Mila hielt den Atem an.

»Wenn du den Mund hältst…«, sagte er und ließ sie los.

Einen Augenblick später stand sie wieder allein in kalter Dunkelheit. Die Tür war lautlos hinter ihr zugefallen, die Lichter verloschen.

Zurück am Wagen steckte sie mit zitternden Händen ihre Waffe ins Holster. Als sie nach mehreren Versuchen endlich das Schloss mit dem Schlüssel traf, versank sie im Fahrersitz.

Mit beiden Armen versuchte sie sich am Lenkrad festzuhalten. Doch das Schlottern war zu stark. Ein unkontrolliertes Zittern erfasste ihren Körper und schüttelte sie unaufhörlich.

Mit einem kurzen Ruck warf sie ihren Oberkörper auf den Beifahrersitz und fummelte mit panischen Bewegungen an dem Handschuhfach herum.

Es war ihre Reserve, eine kleine Flasche für absolute Notfälle, nur, wenn es gar nicht anders ging. Nur einen kleinen Schluck.

Ein Sturzbach ergoss sich in ihre Kehle, dann war die Flasche leer.

Das Zittern hatte aufgehört.

Einige Minuten später fuhr sie im Schritttempo Richtung Norden.

Siebenundzwanzig

Ein lautes Geräusch riss Mila aus traumlosem Schlaf. Sie blickte auf die Flasche in ihrem Schoß und rieb sich beide Schläfen. Der Schmerz in ihrem Schädel war ein lauter, dumpf pulsierender Schrei.

Das Bild des jungen Mannes in seinen Unterhosen schoss ihr durchs Bewusstsein. Angst in seinem Blick, die Waffe in ihrer Hand, auf ihn gerichtet.

Laut Uhr war es nur ein paar Stunden her, doch die Ereignisse der letzten Nacht hatten bereits den Mantel der Unwirklichkeit übergeworfen und wurden nur vom Licht der Scham diffus bestrahlt.

Das Gefühl war ein alter Bekannter. Alles in ihr wünschte sich, dass die Bilder einem Traum entsprangen, dass es so nicht gewesen war, so nicht gewesen sein konnte.

Mit kleinen Lücken und verzerrten Formen versuchte ihr Unterbewusstsein der Erinnerung jede Glaubwürdigkeit zu nehmen. Doch es waren keine Traumgestalten. Sie war in die Wohnung eingedrungen, hatte ihm die Waffe mitten ins Gesicht gehalten.

In geringem Abstand rauschte ein Auto mit lautem Hupen an ihrem Wagen vorbei. Durch den Dunst in ihrem Schädel erinnerte sie sich noch, wie sie den Wagen gestartet hatte. Schlangenlinien, verschwommene Fahrbahn, zwei weiße Linien, die immer näher zueinander liefen.

Jetzt stand sie irgendwo halb am Straßenrand.

Plötzlich brüllte das Telefon nach ihr.

Ein Blick aufs Display bestätigte ihren Verdacht.

»Mila, verdammt noch mal«, dröhnte Franks Stimme aus dem Lautsprecher des Telefons. »Ich habe die ganze Zeit versucht, dich zu erreichen. Wo zur Hölle warst du?!«

»Ich habe verschiedene Zeugen befragt und bin mehreren Spuren nachgegangen«, erwiderte Mila, die Stimme ein trockenes Kratzen.

Die Leitung war still, während sie nach der Thermoskanne suchte. Selbst kalter Kaffee wäre in diesem Moment besser als nichts.

»Ich habe einen Anruf vom Staatsanwalt bekommen«, begann Frank mit dem Donnern des weit entfernten Sturms, der langsam näherkam. Mit jedem Wort rutschte seine Stimme eine Oktave tiefer.

Mila sparte sich jegliche Nachfrage und schnaufte nur. Sie hatte die Thermoskanne unter dem Beifahrersitz entdeckt. Ihr Schädel hämmerte, als sie sich vornüberbeugte und verzweifelt nach der Flasche fingerte.

»Hat irgendwas von brutalen Methoden erzählt. Kannst du mir mal bitte erklären, was er damit meint?« Die Silben krachten mit der Gewalt eines Bergsturzes auf sie hinab.

»Ich weiß nicht, wovon du sprichst.« Sie hatte die Kanne erwischt und kämpfte mit dem Deckel. Sie hatte gerade genug Kraft, um die Thermoskanne festzuhalten.

»Verdammter Mist!«, brüllte Frank. »Wenn du nicht ehrlich zu mir bist, kann ich dir nicht helfen. Was war da mit dem Bürgermeister los?«

»Mit dem Bürgermeister?«, fragte sie und mit einem Mal sah sie ihn wieder. Sein fetter, weißer Bauch, ans Bett gekettet.

»Ich habe ihm ein paar Fragen gestellt«, krächzte sie, als der Deckel sich löste.

»Ein paar Fragen?! Laut Staatsanwalt hast du ihn in seinem Büro verhört und damit gedroht, seine Laufbahn als Politiker einzustampfen.«

Mit gebanntem Blick kippte sie die Kanne in Richtung Becher. Eine ganze Tasse kalter Flüssigkeit. Sie feuerte das Telefon auf den Beifahrersitz und führte sich den Becher mit beiden Händen an den Mund.

Franks Stimme rief nach ihr.

Als der Becher leer war, griff sie sich wieder das Handy.

»Du weißt selbst, dass man manchmal etwas Druck ausüben muss, um die Leute zum Reden zu bekommen.« Ihre Stimme klang wieder nach Mensch.

»Natürlich weiß ich das! Aber wenn du irgendwelche Politiker vernehmen willst, musst du was in der Hand haben. Sonst drehen sie dir ruckzuck den Hals um. Und dann bist du nicht allein dran.«

Thorsten hatte ihr gedroht, doch Frank schien von den Ereignissen der letzten Nacht nichts zu wissen. Vermutlich hatte der Bürgermeister direkt nach ihrem Auftauchen im Rathaus herumtelefoniert, um ihr das Leben zur Hölle zu machen. Von ihrem nächtlichen Treffen hatte er anscheinend noch niemandem erzählt. Und dabei würde es wohl bleiben.

Sein Liebesleben würde ihm das Bein stellen. Wahrscheinlich hätten die meisten Insulaner nicht mal ein Problem damit, dass sich ein Politiker mit Männern traf. Doch ein verheirateter Familienvater, der heimlich eine Affäre zu einem Mann hat, das würde man ihm nicht verzeihen. Wer Frau und Kind betrügt, würde auch im Amt nicht ehrlich sein. Niemand würde es aussprechen, doch genug Leute würden es denken.

Der Gedanke beruhigte sie. Doch die Ereignisse der letzten Nacht hatten sie auch kein Stück weitergebracht. Sie musste endlich eine Spur finden.

»Was genau wolltest du von dem Bürgermeister?«

»Er war in der Nacht vor dem Leichenfund in der Nähe des Tatorts.«

»Hat er ein Motiv für den Mord?«

»Ihm gehören mehrere Kliniken und Ferienwohnungen«, sagte sie. »So wie es aussieht, hatte das Opfer vor, vor der Insel einen Windpark zu errichten. Wenn hier alles voller Windräder steht, dann war's das mit den Gästen. Ende Gelände.«

Die Scham für die letzte Nacht hatte noch nicht an Kraft verloren. Sie hatte gute Gründe gehabt, um Thorsten zu verfolgen. Trotzdem hatte sie eine Grenze überschritten.

»Das liegt nahe«, sagte Frank und für einen kurzen Moment klang er fast schon entspannt. Die Ruhe währte jedoch nur kurz. »Aber du kannst verdammt nochmal nicht einfach so in sein Büro marschieren und ihm einen Mord vorwerfen! So arbeiten wir nicht. Und das weißt du ganz genau.«

Jede Antwort auf den Vorwurf wäre ein Eimer Wasser auf die Fluten. Sie schwieg.

»Laut Staatsanwalt, war das nicht die einzige Nummer von dir! Er hat irgendwas von verschreckten Krankenschwestern oder so gefaselt, die du bedroht haben sollst.«

»Ich fasse niemanden mit Samthandschuhen an, nur weil sich irgendein Anzugträger in die Hosen macht«, knurrte Mila zurück.

Franks Schnaufen war deutlich durch das Telefon zu hören.

»Kommst du voran?«, fragte er sie nach einer Weile.

»Der Fall nimmt Fahrt auf«, log sie. »Sonst hätte man dich wohl nicht angerufen. Irgendjemand wird nervös.«

»Dann sieh zu, dass du bald Ergebnisse lieferst«, grunzte Frank. »Und reiß dich zusammen. Ich will gar nicht genau wissen, was passiert ist. Aber wenn ich noch so ein Ding höre, dann bist du weg! Dann rufe ich persönlich bei den Streifenbullen in Nebel an und sorge dafür, dass sie dich zur Fähre bringen. Hast du mich verstanden?«

Mila murrte ein kurzes M.

»Scheiße, Mila! Ich meine es ernst. Die Nummer ist deine letzte Chance. Wenn mich nochmal irgendein verkackter Staatsanwalt oder sonst wer mit Beschwerden anruft, dann überlegst du dir am besten, welche Fähigkeiten du sonst noch gegen Geld anbieten könntest!«

»Was zum Teufel meinst du damit?!«, explodierte Mila. Es war genau die Art von Andeutung, auf die sie ihren Kollegen am liebsten mit einem Tritt zwischen die Beine geantwortet hätte.

»Du weißt genau, was ich meine! Dir steht das Wasser bereits bis Oberkante Unterlippe. Wenn du in drei Tagen nicht lieferst, dann ziehe ich dich ab!«

Bevor sie antworten konnte, war das Gespräch beendet. Ihre Fäuste explodierten auf dem Lenkrad, bis ihre Arme keine Kraft mehr hatten.

Zehn Minuten später parkte sie den Wagen vor der

Herberge und schlich sich in ihr Zimmer.

Drei verdammte Tage. Wie sollte sie den Fall bis dahin lösen?

Diesmal gab es keine Verzögerung, kein Warten, kein Hinausschieben. Sie nahm sich eine Flasche und schluckte, bis sie wieder Luft holen musste. Dann setzte sie die Flasche erneut auf ihren Mund und trank, während die Welt langsam dunkler wurde.

Als sie wieder erwachte, war es bereits später Nachmittag. Nicht mehr lange und die Sonne würde untergehen.

Ihr Schlaf auf dem Sofa war unruhig gewesen. Verschwommene Bilder nackter, dicker Männer, wulstige Finger an ihrem Hals und ein lautes Hämmern. Als würde jemand einen riesigen Bolzen mit einem Vorschlaghammer in die Erde rammen. Sie hatte nach der Quelle des Lärms gesucht. Doch die Ursache des Geräuschs war ihr im Traum verborgen geblieben.

Es fiel ihr schwer, sich aufzurichten. Sie hatte die ganze verdammte Flasche geleert.

Drei Tage…

Ein hartes Pochen ließ sie zusammenfahren. Für einen kurzen Augenblick fragte sie sich, ob sie immer noch träumte. Doch der Geschmack des Elends ihrer Existenz war zu stark für einen Traum.

Das Pochen kehrte lauter zurück.

»Ich komme«, krächzte sie und schleppte sich zur Tür.

»Frau Fochs, geht es Ihnen gut?«, fragte Daniel. Es war das erste Mal, dass sie Entsetzen in seinen Augen sah, als er sie musterte.

Sie rieb sich ihr Gesicht und blickte ihn aus hohlen Augen an.

»Ich habe über eine Stunde auf Sie gewartet und hatte schon befürchtet, dass Ihnen etwas passiert sei.«

Er sprach zu schnell, zu laut.

»Bei der Ermittlung haben sich neue Umstände ergeben, die meine Aufmerksamkeit erfordert haben«, erklärte sie müde.

Sein Nicken wurde durch sichtlichen Zweifel gebremst.

»Wenn Sie jetzt Zeit haben, dann könnten wir gemeinsam essen gehen. Es ist vielleicht noch etwas früh fürs Abendbrot, aber ich könnte eine warme Mahlzeit vertragen.«

Der Gedanke an Essen war wie ein Finger in den Hals. Ein widerliches Gefühl versuchte ihre Speiseröhre nach oben zu kriechen.

Starker Speichelfluss und Übelkeit. Sie erkannte die Anzeichen gerade noch rechtzeitig und torkelte ins Bad.

Weder der Schmerz des Würgens noch der Geschmack der Magensäure waren das Schlimmste. Es war der Kontrollverlust, die Unfähigkeit, den Körper zu beherrschen. Wieder und wieder zogen sich die Bauchmuskeln zusammen, selbst als ihr Magen bereits vollkommen leer war und nur noch Säure nach oben kam. Es gab keine Möglichkeit das Würgen zu beenden.

Aber irgendwann hörte es immer auf.

Erschöpft ließ sie sich auf die Fliesen fallen und wischte sich den Mund ab.

»Worum genau ging es noch mal?«, fragte sie Daniel, der in der Badezimmertür stand und sie stumm ansah.

Daniel nahm ein Handtuch von der Wand, kniete sich neben Mila nieder und reichte es ihr.

»Es geht um Sonja Ahlers.«

Achtundzwanzig

Das Meer verschlang gerade die Sonne, als sie vor der Glasvilla parkte.

Die Stufen zur Haustür kamen ihr höher vor als beim letzten Mal. Zum Glück hatte Daniel darauf bestanden, dass sie gemeinsam eine warme Mahlzeit aßen.

Nachdem sie sich seine Beobachtungen von ihm hatte erzählen lassen und eine eiskalte Dusche später, war sie direkt zum Haus der Witwe aufgebrochen.

»Frau Fochs«, sagte Sonja mit sichtlicher Überraschung, als sie die Tür öffnete.

»Guten Abend, Frau Ahlers. Ich würde Ihnen gerne noch ein paar Fragen stellen.«

»Gerade passt es nicht«, sagte Sonja und zog die Tür ein Stück zu. »Kommen Sie am besten morgen Vormittag vorbei, gegen 10.« Die Worte kamen langsam aus ihrem Mund, als bräuchte sie Zeit, um ihre Gedanken beim Sprechen zu ordnen.

»Wenn es Ihnen nichts ausmacht, würde ich die Dinge

gerne jetzt klären«, formulierte Mila ihr Anliegen. Doch ihr Ton machte klar, dass es keine Bitte war.

»Ich habe gerade Besuch.« Sonja warf einen Blick nach hinten. Irgendjemand sprach im Inneren des Hauses, doch sie antwortete nicht und sah wieder zu Mila.

Schon als Sonja die Tür aufgemacht hatte, war es ihr aufgefallen. Ein Augenlid hing ein wenig tiefer als das andere, das ganze Gesicht wirkte ein wenig schief.

Es war ein wohlig warmer Rausch. Sonja war weder auf dem Weg ins Delirium, noch machte sie den Eindruck, als hätte sie den Kummer über den Tod ihres Mannes mit Fusel runtergespült, als gäbe es keine andere Möglichkeit, um den Schmerz zu betäuben.

Perfekt geschminkt, nur der Lippenstift ein wenig verschmiert, die Kleidung figurbetont, exklusiv. Sie feierte.

»Was wir zu bereden haben, betrifft auch Herrn Blohm. Er kann also ruhig mit dabei sein.«

»Woher wissen Sie…?«, fragte Sonja, dann blickte sie zu den beiden Wagen in der Einfahrt. »Kommen Sie rein.«

»Frau Fochs«, sagte Sven. Er stand nur ein paar Schritte hinter der Tür. »Hat sich bereits etwas Neues ergeben?«

»Das könnte man wohl so sagen«, sagte Mila und ging an ihm vorbei in den offenen Salon.

Auf dem Couchtisch standen eine auf Eis gestellte Sektflasche und zwei Gläser.

»Haben Sie den Täter gefunden?« Er trat hinter ihr in den Raum. Sonja folgte dicht hinter ihm.

»Nein, noch nicht. Ich muss Ihnen noch ein paar Fragen stellen.«

Er hatte Lippenstift an seinem Hemdkragen. Als er ihren Blick bemerkte, rieb er die rote Stelle mit dem Daumen, doch die Farbe verschmierte nur.

»Worum geht es?«

»Wie lange geht das schon?«

Milas Blick war glasig. Sie hatte sich zu voller Größe aufgerichtet, doch ihre Beine standen nicht so fest, wie der Ausdruck ihres Gesichtes es vermitteln sollte.

»Was meinen Sie?« Er wechselte einen kurzen Blick mit Sonja.

Auf seinem Gesicht war keine Erregung zu erkennen. Ganz im Gegensatz zu Sonja. Ihre Wangen glühten in einem tiefen rot.

»Sie wissen, wovon ich rede«, sagte Mila und holte die Flasche aus dem Kühler.

»Ich habe wirklich keine Ahnung, wovon sie sprechen. Wenn Sie uns etwas fragen wollen, dann tun sie das. Ansonsten müssen wir sie bitten zu gehen«, sagte Sven. Eine kleine Furche hatte sich zwischen seinen Augenbrauen aufgetan.

»Seit wann haben Sie beide eine Affäre miteinander?«, fragte sie ihn, während sie den Inhalt der Flasche langsam auf den Boden rieseln ließ.

»Was zum…?!«, kreischte Sonja, doch Sven brachte sie mit einer Bewegung seiner Hand zum Schweigen.

»Hat der Fotograf Ihnen davon erzählt?«, fragte er, ohne auf die Pfütze zu Milas Füßen zu achten.

»Ich habe Ihre Handydaten abfragen lassen. Sie führen regelmäßig längere Gespräche miteinander«, log Mila und warf die Flasche aufs Sofa.

Sonjas Augen weiteten sich und für einen Augenblick stand ihr Mund weit offen.

»Das hat nichts zu heißen«, brummte Sven, dann warf er einen strengen Blick zu Sonja.

»Worum ging es in Ihren Gesprächen?«

»Das geht Sie nichts an«, sagte Sven, während Sonja

zum Sofa stolperte. Sie stellte die Flasche zurück auf den Tisch und versuchte, die Flüssigkeit auf dem Polster mit ihrer Hand zu entfernen.

»Es ist kein Verbrechen, miteinander zu telefonieren.« Er ließ Mila nicht aus den Augen.

»Nein, aber laut der Funkzellenabfrage, haben Sie nicht nur regelmäßig telefoniert. In den letzten sechs Monaten haben Sie sich immer wieder ganz in der Nähe voneinander aufgehalten, sowohl auf Amrum als auch in Hamburg und anderen Orten in Reichweite. Häufiger auch über Nacht.«

Es gab keinerlei Beweise für ihre Behauptungen. Doch nach Daniels Bericht war es mehr als wahrscheinlich, dass sie sich nicht erst seit Ahlers' Tod trafen.

Gestern war er bei Sonnenaufgang zum Haus gefahren und hatte noch einmal Fotos von allen Seiten des Hauses gemacht. Als er den Innenbereich fotografieren wollte, hatte er Sonja im Schlafanzug auf der Treppe getroffen, in Begleitung von Sven.

»Wir treffen uns seit ungefähr einem Jahr«, gab Sven zu. Seine Stimme war ruhig und kontrolliert. »Doch wenn Sie jetzt glauben, dass wir irgendetwas mit Henriks Tod zu tun hatten, liegen Sie falsch.« Seine Miene nahm einen dunklen Ausdruck an.

»Wusste Ihr Mann davon?«, fragte sie an Sonja gerichtet, die ihre Bemühungen um das Sofa mit einem verzweifelten Fallenlassen ihrer Hände aufgegeben hatte. Vermutlich wusste sie nicht einmal, wo die Lappen in ihrem Haus waren.

Als sie nicht reagierte, trat Sven neben sie, legte ihr eine Hand auf die Schulter und flüsterte ihr etwas ins Ohr.

»Ich glaube nicht«, sagte Sonja nach einer kurzen Pause, in der sie sich ihre Haare mit beiden Händen nach hinten glattgestrichen hatte. »Er hatte doch eh nur einen Kopf für seine Geschäfte und die jungen Mädchen.« Bitterkeit und Schmerz quollen aus den Worten.

»Wir hatten vor es ihm zu sagen«, sagte Sven. Er ließ sich aufs Sofa neben Sonja sinken und legte einen Arm um sie.

»Warum wollten Sie das Haus verkaufen?«, fragte Mila.

»Ich will das hier alles einfach nur hinter mir lassen.«

Sven nickte und zog sie näher an sich heran.

»Was glauben Sie, wie Ihr Mann auf die Nachricht reagiert hätte, wenn Sie ihm vor seinem Tod von Ihrer Beziehung erzählt hätten?«, fragte Mila. Ihre Augen waren schmale Schlitze.

»Er wäre sicher ziemlich wütend gewesen«, antwortete Sven an Sonjas Stelle. Er starrte Mila finster an.

»Er hat anderen Menschen nie etwas gegönnt«, flüsterte Sonja in die darauffolgende Stille. »Er hat sich zwar nicht mehr für mich interessiert, doch in der Öffentlichkeit sollte ich weiterhin die liebe Ehefrau spielen. Für ihn war ich die hübsche Puppe, die er auf Veranstaltungen mitnehmen konnte, die sonst aber bitte in ihrem Puppenhäuschen versauern sollte.«

»Jetzt, wo er tot ist, können Sie den Käfig endlich verlassen«, stellte Mila fest.

Sonjas Augen spritzen Säure auf Mila.

»Henrik hat mich in einer Tour betrogen«, giftete sie. »Die ganzen jungen Dinger. Als würde ich das nicht merken. Wie würden Sie sich fühlen, wenn Sie merkten, dass Ihr Mann langsam, aber sicher das Interesse an Ihnen verliert. Das Alter geht an niemandem spurlos vorbei.«

Kaum hatte sie die Worte ausgesprochen, veränderte sich ihr Gesichtsausdruck. Es war, als wäre ihre Miene mit offenem Mund in der Zeit eingefroren. Nur die Augen bewegten sich noch. Sie musterte Mila mehrere Sekunden lang.

Dann senkte sie den Blick mit dem beschämten Ausdruck eines Menschen, der sich bei jemandem im Rollstuhl über die Höhe der Treppenstufen in seinem Haus beschwerte und mit einem Mal die Wirkung der eigenen Worte auf das Gegenüber erkannte.

Milas Gesicht regte sich nicht. Eine langsam alternde Schönheit wie Sonja glaubte vielleicht, dass es bei Mila kein Interesse zu verlieren gab. Sie hingegen wusste ohne jeden Zweifel, dass es stimmte.

»Sind Sie die Alleinerbin?«

»Henrik hat kein Testament erstellt«, sagte Sven.

»Wahrscheinlich hat er gedacht, dass er ewig leben würde«, erklärte Sonja und schnaufte. »Da wir keine Kinder haben und er auch keine anderen Verwandten hat…« Sie zuckte mit den Schultern.

Mila musterte Sonja, die immer wieder nachsah, ob Mila sie noch betrachtete und dann schnell den Blick senkte.

»Anstatt hier haltlose Anschuldigungen aufzustellen, sollten Sie sich besser genauer auf der Insel umgucken«, sagte Sven mit lauter Stimme. »Haben Sie schon mit den Kurklinikbesitzern gesprochen? Wenn jemand ein Motiv hat, dann doch die.«

»Eifersucht, Angst vor Entdeckung und ein sattes Erbe sind auch ziemlich gute Motive«, konterte Mila. Ihr Blick bohrte sich weiterhin in Sonja, die auf dem Sofa hin und her rutschte.

»Mag sein. Es stimmt aber nicht!« Er sprang vom Sofa auf. »Wir wollten Henrik alles in Ruhe erzählen. Das wäre wahrscheinlich das Ende unserer Geschäfte gewesen. Aber das wäre es mir wert gewesen. Geld ist eben nicht alles. Und wir haben beide auch genug.«

»Nach Henriks Tod ganz bestimmt«, sagte Mila kalt.

»Glauben Sie wirklich Sonja hat ihren Mann des Geldes wegen umgebracht?! Was fällt Ihnen eigentlich ein. Sie kommen hier an, machen haltlose Vorwürfe. Vermutlich haben Sie bisher nicht einmal den kleinsten Ansatz in dem Fall.« Er redete sich mit jedem Wort weiter in Rage. »Als ich Sie das erste Mal gesehen habe, habe ich schon befürchtet, dass das nichts wird. Sie sehen aus, als würden Sie sich mit letzter Kraft noch auf den Beinen halten. Die Polizei stellt heute anscheinend so gut wie jeden ein.« Die Furche zwischen seinen Brauen wurde zu einem Graben.

»Woher wussten Sie, dass Ihr Mann tot ist?«, fragte Mila unbeeindruckt.

Sonja runzelte die Stirn.

»Die Polizei hat es mir erzählt«, sagte sie mit einem verwirrten Ausdruck im Gesicht.

»Wann?«

»Ich verstehe nicht…«

»Wann haben Sie von dem Tod Ihres Mannes erfahren?!«, fiel Mila ihr ins Wort.

Für einen Moment blinzelte Sonja schnell mit den Lidern.

»Die Polizei war irgendwann am Abend hier. Die genaue Stunde weiß ich nicht mehr. Warum fragen Sie nicht ihre Kollegen?«

»Sie haben den Fotografen bereits am Morgen angerufen. Sie wussten also schon, dass ihr Mann tot war, bevor die Polizei hier war.«

Milas Blick war kalt und hart.

»Ich… Nein…«, stammelte Sonja und warf einen hilfesuchenden Blick zu Sven.

»Machen Sie deswegen hier so einen Aufriss?« Er

schüttelte den Kopf mit einem wütenden Ausdruck auf dem Gesicht. »Henrik hat mir selbst erzählt, dass er das Haus verkaufen wollte. Haben Sie etwa vergessen, an welchem Projekt er und ich gearbeitet haben?«

»Wir hatten den Hausverkauf schon seit einer Weile geplant«, sagte Sonja. »Wenn die Windräder hier stehen, dann verliert das Gebäude an Wert.«

Sven schnaufte laut.

»Ungeheuerlich!«, sagte er und zeigte auf die Tür. »Die Unterhaltung ist jetzt vorbei.«

»Die Unterhaltung...«, sagte Mila, als ein plötzlicher Knall ihre Worte in Fetzen riss. Ihr Körper zuckte zusammen, beinahe verloren ihre Füße den letzten Halt.

Durch die Glaswand sah sie die lodernden Flammen in der Dunkelheit. Sonjas Schreie waren spitz und schrill.

»Bleiben Sie hier drin und rufen sie Polizei und Feuerwehr!«, brüllte sie zu Sven, während sie zur Tür rannte.

Der Gestank von Öl, Säure und Chemie ätzte sich in ihre Nase. Eines der beiden Autos in der Einfahrt stand in Flammen, das andere war kurz davor Feuer zu fangen.

Für einen Augenblick fror ihr Körper ein, wurde zu ewigem Eis, zur Kälte, die das Feuer nicht verletzen konnte. Dann bemerkte sie eine Bewegung aus den Augenwinkeln.

Jemand floh in die Dünen.

Ein kurzer Blick zurück zum Haus, dann riss sie sich aus ihrer Starre und rannte dem Schatten hinterher..

Neunundzwanzig

An der Tanksäule sprach sie ihn an. Ob er ihr beim Tanken helfen könne. Eine junge Frau, naiv und schön, mit der Technik überfordert.

Aus der Nähe konnte sie den Verfall genau erkennen.

Er konnte noch keine Vierzig sein. Doch er befand sich bereits mitten in der Zersetzung. Die Falten und die ungesunden Schatten auf seiner Haut erzählten überdeutlich von seinen nächtlichen Ausflügen, von der Katastrophe seines Lebens. Seine Augen sangen von der Angst.

Es dauerte einen Moment, bis er sich aus seinen Gedanken riss. Er half ihr gern, schien dankbar für die Ablenkung. Seine Blicke waren flüchtig, doch die Weitung seiner Lider verriet Begierde.

Der Schlüssel fiel ihr runter, sie bückte sich vor ihm. Sie war so ungeschickt.

Sein Lächeln legte sein Gesicht in Falten, als sie wieder hochkam.

»Was machen Sie in Kiel?«, fragte er.

»Studieren in Austauschprogramm«, sagte sie und senkte den

Blick. »Gestern angekommen.«

Seine Augen ließen sie nicht los. Er wollte wissen, wie sie die Stadt fand, wo sie herkam, was sie studierte.

Ihre Finger spielten mit einer Strähne ihrer Haare, während sie nach den richtigen Worten suchte.

»Ich niemanden hier kennen«, sagte sie und schaute zu ihm auf.

Ein kurzes Zögern, dann biss er an. Er sah die Axt über seinem Schädel nicht.

Ihr Nicken war schüchtern, sie lächelte. Ein Essen am selben Abend.

Dreißig

Ihre Beine waren schwer. Als sammelte sich jeder Schluck der letzten Jahre in den Fasern ihrer Glieder. Sie schnaufte zwischen Flüchen und trieb sich weiter.

Ohne anzuhalten, löste sie die Waffe aus dem Holster und entsicherte die Pistole.

»Stehenbleiben, Polizei!«, schrie sie mit aller Kraft, doch der Schatten reagierte nicht.

Die Welt verschwamm vor ihren Augen, dann flossen Flammen in die Dunkelheit. Es war das Feuer ihrer Kindheit. Sie schüttelte den Kopf, verscheuchte die Erinnerung und jagte weiter.

Der Brandteufel hatte etwas Vorsprung, doch Mila blieb dran. Sie hatte all die Jahre nach ihm gesucht. Diesmal würde sie den Feuerdämon nicht entkommen lassen.

Er rannte weiter und gewann an Vorsprung.

Ein Stechen traf Mila in die Seite, sie rang nach Atem. Sie schnaufte, schimpfte, doch der krumme Schatten lief immer schneller, bis er plötzlich stürzte.

Lautes, tiefes Fluchen.

Mit der Pistole im Anschlag rannte sie näher. Sie musste nur den Abzug drücken. Endlich würde er seine gerechte Strafe bekommen.

»Polizei, keine Bewegung!«

Der Hahn krümmte sich. Nur ein bisschen weiter, dann wäre er endlich tot.

Der Schemen drehte den Kopf nach ihr, sprang wieder auf die Beine und rannte los. Es war zu dunkel, um das Gesicht zu erkennen.

Ein tiefer Atemzug, dann war die Lunge leer. Sie würde ihn nicht töten, nur ein Streifschuss, um ihn zu stoppen.

Das Zittern kehrte mit voller Wucht zurück. Mila spannte jeden Muskel an, ihr Körper bebte.

Nur eine Kugel, schieß, bestrafe ihn.

Aus weit aufgerissenen Augen starrte Mila auf das Flammenmeer, das Wellen flüssigen Feuers in ihre Richtung spuckte.

Mit einem lauten Schrei sank sie auf die Knie und griff sich in die Haare. Sie versuchte ihre Stirn zu schützen. Doch ihre Haut brannte.

»Mama!« Der Qualm brannte in ihrer Brust. »Papa, wo bist du?«, brüllte sie in die Lohen. Sie hustete, bekam kaum noch Luft, doch sie musste weitersuchen.

Wo waren sie?

Das laute Heulen der Sirenen stieß sie zurück ins Hier und Jetzt. Sie kniete im feuchten Sand, die Pistole in der Hand. Der Schatten war verschwunden.

Die Feuerwehr war bereits vor Ort und löschte die beiden Autos, als sie zum Haus zurückkehrte.

Klaas stand bei Sven und Sonja. Als er sie aus den Dünen kommen sah, löste er sich von dem Liebespaar und ging auf sie zu.

»Haben Sie jemanden gesehen?«, fragte er. Die Wörter klangen wie eine alte Kassette, die seit Jahrzehnten nicht mehr gespielt worden war.

»Ja«, sagte sie und wischte sich mit einer Hand über den Nacken. Sie betrachtete die nassen Finger, dann versteckte sie das Zittern vor seinem Blick.

Die Aufregung der Jagd, das Adrenalin.

Doch die Enge in ihrer Brust flüsterte die Wahrheit. Angst kochte noch durch ihren Körper.

Er starrte an ihr vorbei in die Dunkelheit.

Sie musterte ihn und suchte den Grund für den verzerrten Ausdruck in seinem Gesicht. Wusste er, was zwischen den Dünen passiert war?

Dann fiel es ihr wieder ein. Er tat seine Arbeit, funktionierte, seine Gedanken galten anderen Dingen. Sie kannte das Gefühl.

»Ich konnte das Gesicht nicht erkennen«, sagte sie und versuchte ihre Atmung unter Kontrolle zu bekommen. »Ich glaube, es war ein Mann. Er ist mir in den Dünen entkommen.«

»Geht es Ihnen gut?«, fragte Klaas. »Sie sehen ganz schön fertig aus.« Auf seinen Zügen lag kein Ausdruck einer Wertung. Es war nur eine Feststellung gewesen. Er tat seine Pflicht.

»Ich muss mich nur etwas ausruhen«, sagte sie und stützte sich mit den Händen auf den Knien ab.

»Ich brauche Ihre Aussage schriftlich.« Die Ringe seiner Augen schienen unbedingt den Hals erreichen zu wollen. »Ruhen Sie sich aus und dann können Sie sie mir morgen bringen.«

Sie nickte und warf einen Blick zu Sven und Sonja.

»Gibt es schon was Neues bezüglich Lars?«, fragte sie mit leiser Stimme. Sie versuchte die Frage wie ein weiches

Tuch auf ihn zu legen. Es gelang ihr nicht.

Für einen Moment schoss ihr sein ganzer Hass entgegen. Dann verlor sich die Gewalt in seinen Augen und er blickte auf den Boden.

»Wir haben einen Abschiedsbrief gefunden«, sagte er mit schwacher Stimme und schüttelte den Kopf. »Einfach so eine Kugel in den Kopf. Warum tut man sowas? Man sagt ja immer, dass es Anzeichen gibt. Aber ich habe nie etwas bemerkt. Er war ein sehr ruhiger Mensch, hat nicht viel gelacht, aber ich dachte immer, dass das einfach seine Art sei.«

»Passt die Schusswunde zum Suizid?«, fragte Mila im Ton konzentrierter Polizeiroutine.

Ein kurzes Nicken.

»Hätte ich etwas merken müssen?« Seine Augen suchten einen Rettungsanker, versuchten sich an ihr festzuklammern.

»Man kann anderen Menschen nie wirklich helfen«, sagte sie und schlang sich beide Arme um den Oberkörper. »Man kann nur versuchen, für sie da zu sein, sie ermutigen, sich selbst zu helfen. Und man kann nicht in andere Leute hineinblicken. Wenn seine Seele starke Qualen litt, hätte ihn nur professionelle Hilfe retten können. Es klingt hart. Aber wer sich umbringen will, findet einen Weg.«

Die Worte waren altes Metall, rostig, scharf und dreckig. Sie waren Schrott, doch es gab nichts Anderes, dass sie hätte sagen können.

Die Hässlichkeit des Freitods ließ sich nicht beschönigen. Jeder einzelne Buchstabe tat ihr in der Kehle weh. Sie erkannte den Schmerz in Klaas' Augen, die Hilflosigkeit, doch da war auch Dankbarkeit.

Er würde lange brauchen, um sich von dem Verlust zu

erholen. Das Schuldgefühl würde ihn niemals verlassen. Würde ihn in tiefer Nacht aus dem Schlaf reißen, einen Teil seines Herzens für immer verdunkeln. Doch mit der Zeit würde der Teil kleiner werden. Und vielleicht würde der Rest dafür umso heller strahlen.

Sie schenkte ihm einen langen, tiefen Blick. Ich sehe dich, du bist nicht allein, war die Botschaft. Dann ging sie zu Sven und Sonja.

»Haben Sie eine Ahnung, wer das getan haben könnte?«

»Nein«, sagte Sven mit sorgenvoller Miene.

»War es Ihr Fahrzeug, das angezündet wurde?«

Er nickte.

»Ich hoffe, dass Ihnen nun endlich klar wird, dass wir nichts mit dem Tod von Henrik zu tun hatten«, sagte er.

Mila wischte sich den Sand von ihren nassen Knien. Kälte trat an die Stelle von Angst und Adrenalin. Sie warf ihm einen müden Blick zu, sagte aber nichts.

»Es ist doch offensichtlich. Henriks Tod hat etwas mit unserem Projekt zu tun. Und jetzt, wo Henrik aus dem Weg ist, bin ich als nächster dran. Wahrscheinlich hat der Täter gehofft, dass das Projekt mit Henrik stirbt.«

Während Sven sich erregte, musterte ihn Sonja und warf dann einen flüchtigen Blick zu Mila.

»Das kann alles kein Zufall sein«, sagte Sven in immer schneller werdender Geschwindigkeit. »Mein Auto war ganz sicher nur der erste Versuch, mich einzuschüchtern. Wir brauchen Polizeischutz.«

»Dafür fehlt der Polizei hier das Personal«, erwiderte Mila und sah zurück zu Klaas, der sich gerade mit einem der Feuerwehrmänner unterhielt. »Haben Sie Verwandte in der Gegend?«

Sonja schüttelte den Kopf.

»Wir gehen nach Hamburg«, beschloss Sven und sah auf seine Armbanduhr. »Morgen früh nehmen wir die erste Fähre.«

Ein Lächeln huschte über Sonjas Gesicht. Es war ein flüchtiger Schatten, nur eine winzige Bewegung der Lippen.

»Ist so etwas in der Art schon einmal vorgekommen, Frau Ahlers?«

»Nein«, sagte Sonja. Ihre Stimme war leise.

»Auch keine Sachbeschädigungen? Diebstähle, Einbrüche, sowas in der Art? Sie hatten erwähnt, dass der Reichtum Ihres Mannes für viel Neid hier auf der Insel sorgte.«

»Damit meinte ich die neidischen Blicke und das Gerede«, erklärte Sonja und schüttelte den Kopf. »Bisher habe ich hier nie Probleme gehabt.«

Eine halbe Stunde nachdem sie ihre Befragung beendet und ihre eigene Aussage zu Protokoll gegeben hatte, betrat Mila das Zimmer des Hotels.

Sie stand im Badezimmer und starrte ihr Spiegelbild an. Ihr Gesicht war dreckig, der Strich verschmiert. Wie lange sah sie schon so aus?

Die Stunden der letzten Tage flossen ineinander, doch es war, als würde die Zeit immer wieder die Richtung wechseln, in die sie sich bewegte. Der nackte Bürgermeister, das Erwachen im Fahrzeug, das Gespräch mit Daniel, und dann das Feuer. Verschwommene Bilder, Erinnerungen an Gesagtes und dann die Angst. Während die Erschöpfung durch ihren Körper kroch, spürte sie ein heißes Brennen in ihrer Brust. Sie wusste, dass es sie nicht schlafen lassen würde.

Ihre Reaktion war schnell gewesen, als das Auto in Flammen aufgegangen war. Doch als sie vor dem Feuer stand, hatte sie die Angst gepackt. Lähmende Panik beim

Schein der Flammen, Furcht vor der Hitze. Hitze, die nun in ihrem Körper brannte.

Sie biss die Zähne aufeinander, grunzte, knurrte und schrie die Reflexion mit aufgerissenen Augen an. Ihre Faust raste durch die Luft

Der Spiegel wollte nicht zerspringen. Nur ein langer Riss zog sich durch die glatte Oberfläche.

Mit blutender Hand schleppte sie sich zu ihrer Tasche und holte die letzte Flasche heraus.

Der Schuss hätte ihn direkt erwischt. Doch sie war zu schwach gewesen.

Schluck für Schluck verklang der Schmerz in ihrer Hand. Ihr Geist fing hingegen an zu brennen.

Er war direkt vor ihr gewesen. Sie hatte ihn fast greifen können. Er hätte es ihr sagen können.

Ihre Lider wurden schwer, ihr Körper müde.

Warum?

Das Harz kroch aus dem Holz hervor, zischte, fauchte, blubberte und platzte, wehrte sich mit aller Kraft gegen die Hitze. Der Brand wuchs immer höher, ließ die Balken krachen und knacken. Sofa, Stühle, jedes Möbel schmolz in den Flammen.

Warum?

Schwarzer Rauch sammelte sich an der Zimmerdecke. Sie versuchte zu atmen, doch die finsteren Wolken waren ohne Sauerstoff.

Sie rannte in die Küche, dort lagen ihre Leiber. Mila schüttelte ihre Körper, doch sie rührten sich nicht. Sie starrte ihrem Vater in die Augen, schrie und flehte.

Warum?

Kleine Blasen blubberten auf seiner Haut, dann platzten sie und sein Gesicht verbrannte. Das Fett in ihren Körpern briet das Fleisch.

Mit aller Kraft zog und zerrte sie, wollte sie ins Freie schleppen. »Mama, Papa!«

Doch sie war zu schwach. Sie konnte sie nicht retten.

Warum hatten sie sterben müssen?

Einunddreißig

»Fochs«, krächzte Mila ins Telefon.

Der Anruf hatte sie aus dunklen Träumen gerettet. Doch auch über der Wirklichkeit lagen tiefe Schatten.

»Becker hier«, meldete sich Klaas. »Sie kommen am besten ins Rathaus.«

»Was ist passiert?«, fragte sie und versuchte, die Lautstärke des Geräts mit ihren Fingern runterzuregeln. Seine Stimme tat ihr im ganzen Schädel weh.

»Jemand hat einen Drohbrief hinterlegt, den Sie sich angucken sollten. Es sieht so aus, als hätte er etwas mit Ihrem Fall zu tun.«

»Ich bin unterwegs.«

Sie taumelte ins Bad.

Der Spiegel verlachte sie. Ein verschwommenes, schiefes Grinsen. Sie rieb sich die Augen, während ihr Oberkörper leicht vor und zurück wankte, als würde sie auf langen Stelzen stehen.

Ein Riss ging durch ihr Spiegelbild. Der Schmerz in

ich-rer Hand brachte einen Moment kurzer Klarheit und Erinnerung. Die Wunde war nicht tief, trotzdem schmerzte sie.

Mit einer Hand klammerte sie sich ans Waschbecken. Die Welt drehte sich zu schnell, der Raum war zu klein, die Brust zu eng.

Es gab nur einen Weg, der sie vom Wrack zum Menschen werden ließe. Sie atmete einmal tief ein und wieder aus, beugte sich über das Toilettenbecken und rammte sich den Zeigefinger in den Schlund.

Die Säure stank, graue Happen, schwarze Flüssigkeit. Die Kotze fiel auf den Boden, troff an ihrem Kinn hinab. Ihr ganzer Körper krampfte, ihre Eingeweide brannten.

Nur ein kleiner Schluck. Gerade genug, um klarzukommen, um zu funktionieren.

Ein Schreien gegen die Gedanken, gegen Sog und Durst. Dann stieß sie sich den Finger wieder in den Hals.

Ihr Hals tat weh, als sie röchelnd in die Dusche trat.

Eiswasser, Kälte, Klarheit.

Eine Viertelstunde später traf sie am Rathaus ein. Klaas wartete bereits vor dem Gebäude.

»Da sind Sie ja«, sagte er und glotzte sie mit offenem Mund an. Er starrte auf ihre Haare, die noch nass auf ihrer Stirn klebten.

»Wo…?«, versuchte Mila ihn zu fragen, doch ihre Stimme versagte. Die Säure hatte ihren Hals verätzt. Mit einer Bewegung ihrer Hand wies sie ihn an vorzugehen. Sie musste erstmal Wasser trinken.

»Wo haben Sie den Drohbrief gefunden?«, fragte sie, als sie im Büro des Bürgermeisters erschien.

»Meine Sekretärin hat ihn heute Morgen im Briefkasten gefunden«, brummte Thorsten aus seinem Sessel.

Seine Augen schienen für einen Augenblick den Halt

im Schädel zu verlieren, während er Mila ansah. »Was ist mit Ihnen los?«, fuhr er sie an. »Sie sehen aus, als ob sie überfahren wurden.«

Seine Stimme hämmerte in ihrem Schädel alles kurz und klein.

»Haben Sie jemanden gesehen oder hat Sie jemand verfolgt«, fragte Mila die Sekretärin und versuchte, sich nur auf die Frau zu konzentrieren.

Die Existenz der anderen war zu viel. Der Schweiß in Thorstens Visage, Klaas' schweres Atmen. Ihre Körper, der Raum, den sie einnahmen.

Laut, fettig, widerlich.

»Nein, es war alles wie immer«, sagte die Frau. Ihr Gesicht zeigte Betroffenheit, die stumme Anteilnahme ob der Unheilbarkeit einer Kranken.

»Ist Ihnen irgendetwas Ungewöhnliches aufgefallen?«, fragte Mila.

Der Blick der Sekretärin wanderte kurz zwischen Milas Braue und der anderen Seite hin und her.

»Erst als ich den Brief aufgemacht habe. Er sah ja von außen auch ganz normal aus«, sagte sie.

Mila drehte sich wieder zu Thorsten und Klaas, blieb dabei aber mit den Augen im Spiegel an einer der Wände hängen.

Die Blöße schlug ihr mit voller Wucht in den Magen und der Raum begann sich unter ihren Füßen in immer schneller werdendem Tempo zu drehen.

Mit Entsetzen starrte sie auf ihre Stirn. Sie hatte die Kälte der Dusche ertragen, hatte es geschafft sich anzuziehen und sich in Speisesaal der Herberge mit Kaffee vollgetankt. Nur eine Sache hatte sie vergessen.

Wo sonst ein dunkler Strich das Fehlen zu maskieren suchte, glänzte jetzt die Narbenhaut. Glatte, hässliche

Nacktheit.

Mit aller Macht biss sie die Zähne aufeinander, schluckte den Speichel runter, der in ihren Mund strömte.

»Wir haben umgehend die Polizei informiert«, sagte der Bürgermeister. Die Frage nach dem Grund für ihr spätes Erscheinen schwang in jedem Wort mit.

Zug für Zug konzentrierte sie sich auf ihren Atem. Ein und aus.

»Als ich den Brief gelesen habe, war sofort klar, dass es etwas mit Ihrem Fall zu tun haben muss«, sagte Klaas.

Nur noch einmal ein und aus, dann war sie wieder bereit, sich der Welt zu stellen. Sie drehte sich langsam um, vermied dabei ihr Spiegelbild und ging zu Thorstens Schreibtisch.

Der Brief war wie in einem schlechten Film mit ausgeschnittenen Buchstaben geschrieben worden. Wer auch immer dahinter steckte, hatte sich nicht besonders viel Mühe gegeben. Zum Teil waren neben den Buchstaben noch Anzeigen und Ausschnitte von Bildern zu erkennen. Es dürfte nicht schwer sein, herauszufinden, welche Zeitungen dafür benutzt wurden.

Feinde des Meeres! Wir erklären euch den Krieg. Jedes Windrad, das gebaut wird, bedeutet Tod. Jedes vertriebene Tier heißt Rache. Stoppt den Bau der Windräder oder ihr werdet den Zorn der Natur erfahren. Eure Maschinenmonster werden brennen, eure Körper vernichtet. Henrik Ahlers war erst der Anfang. Tod den Zerstörern.

»Kinder der Wellen«, las Mila die Worte unter dem Text vor. »Ziemlich dilettantisch«, stellte sie fest. »Eure Maschinenmonster werden brennen. Damit ist wohl Blohms Fahrzeug gemeint.«

»Da stecken eindeutig die Ökos aus dem Lager hinter«, sagte Klaas und wandte sich an den Bürgermeister. »Ich habe von Anfang an gesagt, dass wir sie ausräuchern müssen. Es war klar, dass früher oder später eine Katastrophe passiert. Erst haben sie Ahlers kaltgemacht, dann das Auto angezündet. Als nächstes explodiert das Rathaus«, schimpfte er.

»Es sieht so aus, als hätten Sie Recht gehabt«, erwiderte Thorsten und warf einen düsteren Blick zu Mila. »Sie wissen, wo Sie nun ermitteln müssen. Hoffentlich verfolgen Sie die Spur mit derselben Härte, mit der Sie hier auf der Insel den Leuten auf die Füße treten.«

»Ich verfolge jede Spur mit der gleichen Aufmerksamkeit. Falls die Leute aus dem Zeltlager dahinterstecken, kann ich Ihnen versprechen, dass ich mir ihre Verbindungen zu den Leuten der Insel mit der größten Genauigkeit ansehen werde«, knurrte Mila zurück und funkelte ihn an.

Thorsten sah so aus, als hätte er eine passende Antwort auf den Lippen, doch er blieb stumm und drehte den Kopf zum Fenster.

»Wird der Briefkasten videoüberwacht?«, fragte Mila die Sekretärin.

»Es gibt eine Kamera, die den Eingang bewacht. Der Briefkasten ist darauf nicht zu sehen«, erwiderte die Frau.

»Vielleicht haben wir trotzdem Glück.« Sie gab ihr mit einem Nicken zu verstehen, dass sie das Material sehen wollte.

Als sie den kleinen Raum im obersten Stockwerk betraten, stellte Mila erleichtert fest, dass nur Klaas ihnen gefolgt war. Sie dankte der Sekretärin und spulte die Aufnahme zum Einbruch der Dunkelheit des letzten Tages zurück.

Die Zeitmarke stand auf drei Uhr nachts, als ein Schemen durch das Bild lief. Er war kurz zu sehen, wie er auf die Stelle des Briefkastens außerhalb der Kamera zulief, verschwand für ein paar Sekunden außer Sichtweite und lief dann mit schnellen Schritten über die Straße vor dem Rathaus.

»Das Gesicht ist nicht zu erkennen«, stellte Mila fest. »Aber von der ungefähren Größe her, könnte es derselbe Mann sein, den ich auch gestern in den Dünen verfolgt habe.«

»Es muss einer von diesen Ökos aus dem Lager gewesen sein.«

»Das Lager ist so gut wie leer. Als ich das letzte Mal dort war, waren nur noch zwei Leute da, ein Pärchen.«

»Wir sollten dort sofort hinfahren«, sagte Klaas. Er stand neben ihr und stützte sich mit einem Arm auf die Tischplatte, um den Bildschirm zu betrachten. Die andere Hand hatte er auf die Waffe an seiner Hüfte gelegt. Sein Finger glitt auf dem Griff der Pistole hin und her.

Für einen Augenblick verfolgte sie die Bewegung des Fingers, dann starrte sie ihm ins Gesicht.

Er blickte unverwandt auf den Monitor, auf dessen Bildschirm sich die Bewegung des Schattens in einer Dauerschleife wiederholte.

Selbst von der Seite konnte sie den Mord in seinen Augen brennen sehen. Er brauchte ein Ventil, ein Ziel, einen Sündenbock. Jemanden, an dem er den ganzen Schmerz über den Tod von Lars, den Hass, die Wut auf sich selbst auslassen konnte. Er brauchte etwas, um sich aus seiner Ohnmacht zu befreien.

»Nein«, bestimmte Mila und sah zurück zum Monitor. Sie würde nicht gleichzeitig einen Mörder jagen und nebenbei noch auf einen psychisch labilen Polizisten mit Waffe aufpassen können. »Ich werde dorthin fahren und die Personen befragen. Sie leiten derweil eine Funknetzabfrage ein. Wenn der Täter so denkt, wie er schreibt, dann hatte er vielleicht sein Handy dabei.«

Eine rote Welle rollte über sein Gesicht. Dann brach Gewalt aus seinen Zügen, während er bedrohlich auf Mila herabstarrte.

Sie beantwortete seinen Blick mit Kälte. Sie war zu müde, zu kaputt, um sich um seine Wut zu scheren.

»Wenn Sie dabei sind, dann starten Sie gleich eine Abfrage für den gestrigen Abend. Wenn es sich um denselben Täter handelt, wird sein Telefon auch bei Ahlers' Haus eingewählt gewesen sein«, fuhr sie fort, ohne ihm Gelegenheit zum Widerspruch zu geben, und stand auf. Kurz vor der Tür drehte sie sich noch einmal zu Klaas um. »Sichern Sie die Videoaufzeichnungen und melden Sie sich, sobald Sie die Informationen haben.« Mit schnellen Schritten ließ sie ihn in dem kleinen Raum zurück. Sie war jetzt in Bewegung, durfte keine Zeit verlieren. Wenn Sie sich auf eine Diskussion mit ihm einließe, würde das gesamte Gewicht der letzten Nacht, der ganzen letzten Tage mit aller Härte auf sie niederkrachen. Das wäre ihr Ende. Sie musste den verdammten Fall endlich lösen.

Im Auto kippte sie sich einen Kaffee rein und kramte den Notfallstift aus den Handschuhfach. Sie war gerade dabei den Rückspiegel auf ihr Gesicht auszurichten, als ihr Telefon klingelte.

»Fochs.«

»Hallo Mila, die Ergebnisse der toxikologischen Untersuchung liegen jetzt vor«, meldete sich Anja.

Es dauerte einen Moment, bis Mila sich erinnerte. Im Nebel der letzten Tage hatte sie fast vergessen, dass Ahlers nicht nur ziemlich übel im Genitalbereich malträtiert worden war, sondern dass es auch eine ungewöhnliche Einstichstelle an seiner Fußsohle gegeben hatte.

»Hat sich der Verdacht auf Gift bestätigt oder waren es doch Drogen?«, fragte sie, richtete den Spiegel wieder nach hinten aus und legte den Augenbrauenstift zurück ins Handschuhfach.

»Ist alles in Ordnung, Mila?«, fragte Anja zurück. »Du hörst dich an, als hättest du selbst etwas Gift getrunken.«

Mila versuchte ein Räuspern zu unterdrücken. Das Bild war gar nicht so weit hergeholt. Sie vergiftete sich jeden Tag, jeden Morgen ein kleines bisschen, jeden Abend etwas mehr. Langsamer Tod in kleinen Schlucken.

»Hier ist es in den letzten Tagen drunter und drüber gegangen. Das hat mich etwas mitgenommen.« Es war nicht mal gelogen.

»Ist irgendetwas Schlimmes passiert?«

»Nein«, sagte sie nach einer Pause. »Mach dir keine Sorgen. Ich erzähle dir alles, wenn ich wieder da bin.« Sie durfte jetzt nicht an Schwung verlieren. »Also, was hat die toxikologische Untersuchung ergeben? War es Gift?«

»Ja und Nein«, antwortete Anja.

»Das bedeutet?«

»Die Jungs vom Labor haben Reste des Gifts des Petermännchens nachweisen können«, erklärte Anja und schickte ein Schnaufen hinterher.

»Ist das Petermännchen nicht ein Speisefisch?« Sie erinnerte sich daran, es in ihrer Kindheit einmal gegessen zu haben. Es hatte widerlich geschmeckt.

»Ja, eigentlich schon«, bestätigte Anja. Durch das Telefon war das Rascheln der Aktenblätter zu hören. »Das kleine Männchen hat aber ein paar giftige Stacheln. Unter anderem eine an seiner Rückenflosse.«

»Und wie kommt das Gift in Ahlers Fuß? Willst du mir sagen, er wurde von einem Fisch angegriffen?« Ihre Energie war augenblicklich weg.

»Nein«, sagte Anja. «Das Viech gräbt sich gerne in den Meeresboden ein, besonders im Sommer. Da kommt es regelmäßig zu Vergiftungen bei Badegästen. Aber jetzt, wo die Winter immer wärmer werden, dehnt sich die Zeit vielleicht auch langsam aus, die es in Küstennähe verbringt.«

»Also könnte das Opfer auch zufällig auf das Petermännchen getreten und deswegen gestorben sein?«

Wenn alles nur ein Unfall war, gab es auch keinen Mord zu lösen. Sie bezweifelte, dass Frank sich nach dem Anruf des Staatsanwalts damit zufriedengeben würde. Er würde es natürlich akzeptieren, doch für ihre Karriere wäre es das Ende.

»Genau da liegt das Problem«, grummelte Anja. «Das Gift ist normalerweise nicht tödlich. Um genau zu sein, handelt es sich dabei um ein Giftcocktail, der aus großmolekularen Proteinen besteht, Serotonin und Trachinin…«

»Anja«, unterbrach Mila die Gerichtsmedizinerin und presste Daumen und Zeigefinger auf ihre Nasenwurzel. »Ein bisschen einfacher bitte.«

»Ok, pass auf. Das Gift ist ziemlich gemein und ruft starke Schmerzen hervor, die Monate anhalten können«, sagte Anja nach einem leisen Murren. »Doch man stirbt daran nur, wenn man allergisch reagiert.«

»Was bedeutet das jetzt für den Fall? Wurde er ermordet oder nicht?« Sie zwinkerte angestrengt mit den Augen. Von Sekunde zu Sekunde wuchs die Müdigkeit.

»Bei einem anaphylaktischen Schock durch den Giftcocktail würde es zu einem Herzstillstand kommen«, erklärte Anja.

»Ich verstehe nicht ganz. Du meintest doch, dass der Tod durch Herzversagen eingetreten sei«, sagte Mila und dachte an ihr erstes Gespräch in der Gerichtsmedizin zurück. »Das würde doch genau zusammenpassen.«

»Richtig, aber wenn der Herzstillstand infolge eines anaphylaktischen Schocks eingetreten wäre, könnte man das nachweisen. Man würde eine Anreicherung degranulierter Mastzellen vorfinden und stark erhöhte Histaminwerte. Aber das war hier nicht der Fall.«

Der Kopfschmerz meldete sich mit neuer Kraft zurück und drückte alle Gedanken aus ihrem Hirn. Anjas Worte waren sperrig, zu groß für Milas malträtierten Geist. Sie hatte das Gefühl, immer tiefer in den Sitz ihres Wagens zu sinken. Die Tiefe rief sie, dunkel und ruhig. Doch wenn sie erst einmal versank, würde sie vielleicht nie wieder an die Oberfläche kommen.

»Hallo, Mila«, rief Anja, »bist du noch dran?«

»Ja«, sagte Mila und massierte sich die Schläfe. »Wenn das Opfer nicht an dem Gift gestorben ist, woran dann?«

»Das lässt sich nicht mit Sicherheit sagen«, sagte Anja. »Aber das Gift wäre eine gute Wahl, um von der eigentlichen Todesursache abzulenken.«

»Die eigentliche Todesursache?«, fragte Mila und langte nach der Wasserflasche auf dem Beifahrersitz. Sie klemmte sich das Telefon zwischen Schulter und Ohr, schraubte die Flasche auf und versuchte mit zitternden Fingern, einen Schluck zu trinken.

Das Zittern war ein alter Bekannter. Sie konnte damit leben. Nur jetzt, für diesen einen Moment sollte es still sein.

Das Wasser lief ihr über Kinn und Pullover.

»Du weißt ja, wie das bei uns ist. In der Gerichtsmedizin fehlt uns die Zeit, jeden Toten wirklich genau anzugucken«, erklärte Anja. »Wenn ich jemanden umbringen wollte, dann würde ich das Gift des Petermännchens zusammen mit einer anderen Substanz spritzen. Beispielsweise Kaliumchlorid. Das führt zum Herzstillstand und ist im Körper nicht nachweisbar. Und dann würde ich hoffen, dass sich bei einer eventuellen forensischen Untersuchung niemand die Mühe machte, nach Spuren eines anaphylaktischen Schocks zu suchen. Alles in allem ein guter Plan, der in den meisten Fällen wohl aufgegangen wäre.«

»Also war es Mord, aber nachweisen lässt es sich nur indirekt«, stellte Mila fest.

»Ja, tut mir leid, dass ich dir da keine genauere Hilfe geben kann.«

»Trotzdem danke«, sagte Mila. »Gut, dass du genauer hingesehen hast.«

»Die Sache kam mir einfach zu seltsam vor«, sagte Anja. »Und außerdem weiß ich, dass Frank dir im Nacken sitzt. Ich hatte gehofft, dass ich dir eine direkte Spur zum Täter liefern kann.«

»Du hast mir trotzdem geholfen«, sagte Mila und verabschiedete sich. Sie starrte durch die Windschutzscheibe auf das Rathaus.

Jedes vertriebene Tier heißt Rache, holte sie sich die Nachricht des Drohbriefs ins Bewusstsein zurück. *Ihr werdet den Zorn der Natur erfahren.*

Zweiunddreißig

Ein Luftstoß drückte ihr die Kehle zu. Sie versuchte zu atmen, doch der Wind presste so hart in ihre Atemwege, dass sie das Gefühl hatte zu ersticken.

Sie rannte zum großen Zelt in der Mitte des Lagers. Doch hier war niemand. Nur Wind und Regen hämmerten und zerrten kalt und nass an dem Zelt. Ihr blieb keine andere Wahl, sie musste zurück in den Regen, das ganze Lager absuchen.

Mit Flüchen auf den Lippen ging sie zwischen den Planen und Holzkonstruktionen hin und her, als der Wind einzelne Wörter an ihr Ohr trug.

Auf ihr Lauschen folgte Stille, dann wieder ein paar einzelne Fetzen. Sie drehte sich, bis sie die Richtung fand. Sie folgte den Geräuschen und kam vor einem Zelt zu stehen. Hinter der Plane stritten sich zwei Leute.

Mit einer Hand an der Waffe riss sie die Eingangsplane hoch.

Katharina starrte sie mit großen Augen und offenem

Mund an, ein kleiner Schrei hatte sich aus ihrer Kehle gelöst.

»Sie haben mich erschreckt, Frau Fochs«, sagte sie, als sie sich wieder gefasst hatte.

Mila betrat das Zelt und sah, das Felix hinter Katharina auf dem Boden lag. Er richtete sich auf, sah Mila ohne Fokus in den Augen an und sank dann wieder zu Boden.

»Was ist passiert?«, fragte Mila und blickte auf sein blaues Auge und die aufgeplatzte Lippe.

»Das geht Sie gar nichts an«, lallte er. »Was wollen Sie hier?«

»Ich will wissen, wo Sie gestern Abend waren.« Ihre Stimme war der Biss des Wolfes in die Kehle des Rehs.

»Wir waren hier. Wo sonst?«, brummte Felix und versuchte, sich mit einem Arm hochzustützen.

»Und das blaue Auge?«, fragte Mila. Sie löste die kleine Schnalle, die ihre Pistole im Holster hielt.

»Das geht Sie nichts an! Ich bin gegen einen Baum gelaufen. Raus aus meinem Zelt!« Er versuchte aufzustehen.

Mila hatte bereits den Griff der Pistole umklammert, als Katharina eine Hand auf Felix' Brust legte.

»Bleib liegen!«, fuhr sie ihn an. Er sackte fast im selben Augenblick wieder zusammen.

»Ich erzähle Ihnen, was passiert ist«, sagte sie. »Ich kümmere mich nur kurz um Felix, dann gehe ich mit Ihnen ins große Zelt.«

»Du sagst ihr gar nichts!«, murmelte Felix.

»Leg dich wieder hin, ich regele das«, blaffte Katharina in an.

Mila lies die beiden nicht aus den Augen, während Katharina seine Wunden versorgte. Felix schien sich fürs Erste beruhigt zu haben.

»Es tut mir leid, dass Felix Sie so angefahren hat. Er ist

eigentlich ein netter Kerl«, sagte Katharina, als sie nach einem Sprint durch den Regen unter dem großen Zelt standen.

»Nett genug, um Autos anzuzünden?«, japste Mila.

»Wovon sprechen Sie?«, fragte Katharina.

»Gestern Abend wurde das Auto von Henrik Ahlers Geschäftspartner angezündet. Und heute Morgen ging ein Drohbrief beim Bürgermeister ein«, sagte Mila, nachdem sie Katharina ein paar Sekunden stumm gemustert hatte, bis sich ihr Atem wieder beruhigt hatte.

»Davon weiß ich nichts«, sagte Katharina und starrte in die Wand aus Regen vor dem Zelt. »Felix war gestern den ganzen Abend bei mir. Er wird manchmal wütend.« Ihre Stimme hatte den Ton einer Rechtfertigung im Selbstgespräch. »Aber er würde wirklich niemandem etwas tun. Er liebt alle Lebewesen, selbst die Menschen. Auch wenn es manchmal nicht den Anschein hat.«

»Auch vermeintlich gute Menschen können Böses tun. Besonders wenn sie glauben, dass sie für die richtige Sache kämpfen. Schutz von Natur und Umwelt«, entgegnete Mila und deutete auf die Banner und Plakate, die an den Zeltplanen hingen.

»Nein«, widersprach Katharina und sah mit gedankenvollem Blick auf den Boden. »So ist er nicht. Sie irren sich.«

»Wo hat er sich das blaue Auge hergeholt?«, fragte Mila und blickte sich in dem Zelt um. Erst jetzt fiel ihr auf, dass die Transparente zum Teil auf dem Boden lagen, einige zerrissen, Tische und Stühle umgeworfen. Irgendjemand hatte hier gewütet. »Was ist hier passiert?«

Katharina kniff die Lippen zusammen und ließ die Augen für einen Moment in den Sturm wandern. Dann zeigte sie auf einen der Tische, der noch aufrecht stand, und ging mit Mila hinüber.

»Wir hatten heute früh ziemlichen Streit mit jemandem aus unserer Gruppe«, berichtete sie, während sie einen Topf mit Wasser auf einen kleinen Gaskocher stellte.

»Ich dachte, Sie wären die einzigen aus Ihrer Gruppe, die noch hier sind.«

»Wir sind die einzigen, die noch im Zeltlager sind«, korrigierte Katharina und holte zwei Tassen aus einer Kiste hervor, in die sie jeweils einen Teebeutel legte. »Es gibt aber auch ein paar Leute, die hier schon auf der Insel gelebt haben, als wir hergekommen sind.«

»Und mit einer dieser Personen ist Felix aneinandergeraten?«

»Ja«, sagte Katharina. Ein Schatten zog von ihren Brauen abwärts. »Als Lukas heute Morgen ins Lager kam, wusste ich sofort, dass etwas nicht stimmte.«

»Lukas?«, fragte Mila. Ihre Stimme war ein wenig nach oben gegangen.

»Ich wollte Sie auch schon anrufen«, sagte Katharina und nickte. »Aber ich musste mich erst einmal um Felix kümmern.«

Das Wasser begann zu brodeln und sie füllte beide Tassen auf.

»Was genau ist passiert?«, fragte Mila. Sie wollte alles so hören, wie es Katharina aus dem Geist sprang. Erst dann würde sie genauer nachfragen.

»Im Rückblick ist alles ziemlich offensichtlich, aber damals haben wir das nicht erkannt«, sagte sie und ließ die Teebeutel in den Tassen auf und ab tanzen. »Wir waren gerade dabei, das erste Zelt zu errichten. Damals war noch Sommer und wir hatten ganz viel vor.« Die Enttäuschung sprach aus ihrer Miene, während sie den Teebeuteln mit dem Blick folgte. »Wir waren begeistert, dass jemand von der Insel uns helfen wollte. Das ist immer total wichtig, dass man die lokale Bevölkerung einbindet, wenn man etwas verändern will. Ansonsten wirkt es nur, als würden ein paar Weltverbesserer anderen Leuten erklären wollen, was sie nicht alles falsch machen.«

Mila nickte, als Katharina zu ihr sah.

»Wir hatten gehofft, dass wir mit der Zeit ein paar Leute von unserem Anliegen überzeugen können. Aber dass wir schon Hilfe bekommen, bevor das erste Zelt steht, damit hatten wir nicht gerechnet. Es war schon toll. Aber wenn ich so darüber nachdenke, war er eigentlich immer unzufrieden mit unseren Plänen.«

»Und weswegen haben sich Felix und dieser Lukas geschlagen?« Mit einem dankbaren Nicken nahm sie Katharina eine Tasse ab.

»Lukas wollte, dass wir die Situation ausnutzen und aktiv werden.«

»Sie meinen den Tod von Henrik Ahlers?«. Sie kniff die Augen zusammen und blies über die Oberfläche des Getränks. Heißer Pfefferminztee, die Hitze fühlte sich gut an der Unterseite ihrer Nase an.

Katharina nickte.

»Er war der Meinung, dass es nun genug Medienecho geben würde und man die Angst nutzen könnte, um radikal gegen die Windräder zu kämpfen«, sagte sie und schüttelte ganz leicht den Kopf.

»Was genau hatte er im Sinn?«

Der Tee war noch so heiß, dass er auf der empfindlichen Haut ihres Gaumens brannte. Doch die Hitze schenkte ihr neue Kraft. Die Wärme strahlte langsam in jede Richtung.

»So weit sind wir nicht gekommen. Felix hat ihm erklärt, dass er sich andere Leute suchen solle, wenn er Gewalt im Sinn habe. Ich habe Ihnen ja gesagt, dass Felix ein friedlicher Mensch ist. Er poltert und motzt von Zeit zu Zeit, doch er würde seine Gefühle niemals mit Gewalt durchsetzen.«

»Wie hat Lukas darauf reagiert?«

»Er ist ziemlich wütend geworfen. Er hat uns Feiglinge genannt und begonnen, hier zu randalieren.« Sie deutete auf die Transparente und die umgeworfenen Tische. »Dann hat ein Wort das andere gegeben und die Fäuste sind geflogen. Ich bin wirklich froh, dass Felix nichts Schlimmeres passiert ist«, sagte Katharina mit sorgenvollem Blick. »Lukas macht mir ganz schön Angst. Ich glaube, ihm geht es nicht wirklich um die Umwelt. Er sucht nur irgendeinen Feind, gegen den er kämpfen kann, damit er sich seinen eigenen Problemen nicht stellen muss.«

»Was für Probleme sind das?«, fragte Mila.

Katharina zuckte mit der Schulter.

»Wissen Sie, wo ich ihn finden kann?«

»Nein, ich weiß nur, dass er in Wittdün wohnt«, sagte Katharina und zog ihr Telefon aus der Hosentasche. »Ich kann Ihnen aber seine Nummer geben.«

Mit jeder weiteren Zahl, die Mila in ihr Handy tippte, wurde die Menge der angezeigten Kontakte immer kleiner. Bereits vor der letzten Zahl war nur noch ein Kontakt übrig. Nur zur Sicherheit gab sie auch die letzte Ziffer ein.

»Lukas Petersen«, sagte Mila mit leiser Stimme.

»Sie kennen ihn bereits?«

»Wir hatten schon einmal das Vergnügen«, sagte Mila und stellte die Tasse auf den Tisch. »Danke für den Tee.«

Dreiunddreißig

Er sprach nicht viel von seiner Arbeit. Erzählte ab und zu von diesem Fall, der ihn beschäftigte.

»Eine Prostituierte ist verbrannt«, hatte er gesagt, als spräche er über Abfall, den man ins Feuer wirft.

Es hatte sie alle Kraft gekostet, ihm nicht die Haut vom Gesicht zu kratzen.

Ihre Hände glitten über seine Brust, während sie sich an ihn schmiegte.

»Arbeit bei Polizei gefährlich, Linus«, sagte sie und sah ihn an. Ihre Augen waren Bewunderung.

»Ja, aber irgendjemand muss dafür sorgen, dass die Verbrecher nicht davonkommen.«

Seine Augen betrogen den Ton seiner Stimme. Es war das Flackern einer Kerze im Wind. Ein kurzer starker Stoß genügte und sie würde verlöschen.

»Was passiert mit junge Frau?«

Ein Krampf packte seine Augenbrauen.

»Der Fall ist abgeschlossen«, knurrte er und drückte sie von sich

weg. Er stand auf und zog sich an.

»Du hast Mörder gefunden?«, antwortete sie auf seine Wut mit Fröhlichkeit und ging ihm hinterher. Sie holte ihn im Flur des Hotelzimmers ein.

»Du bester Polizist«, sagte sie mit Bewunderung und legte ihm ihre Arme wie eine Spinne um den Körper.

»Nein«, sagte er. Das heisere Kratzen seiner Stimme wurde fester.

»Fall zu Ende ohne Mörder?«, fragte sie, während er sich langsam umdrehte.

»Es gab keinen Mord«, erklärte er und schnaufte. Er mied ihren Blick, sah über ihren Kopf hinweg. »Es war ein Unfall.«

»Unfall? Du hast erzählt, dass Frau vor Feuer tot.«

»Ich habe mich geirrt«, sagte er und schnaufte. Sein Gesicht war ein Schlachtfeld, verzerrt zur Fratze.

»Du lügen«, sagte sie. Ihre Stimme war kalt wie eine Messerklinge.

»Was?!« Er starrte sie aus blutunterlaufenen Augen an. Seine Pupillen waren große schwarze Löcher.

»Was wirklich passiert?«, fragte sie. »Fall dich sehr beschäftigt hat. Und jetzt einfach so vorbei. Irgendwas nicht stimmen.« Sie schüttelte den Kopf

»Warum willst du das wissen?« Seine Stimme hatte einen grausamen Unterton angenommen. In seinen Augen lagen Angst und Wut, und etwas Wahnsinn.

»Schreckliches Schicksal von Frau«, wurde sie wieder zur jungen Frau, die einen Beschützer brauchte. »Kann jede passieren. Böse Männer zwingen Frau zu Sex, töten sie.«

Seine Züge entspannten sich, doch ein Spur des Irrsinns blieb in seinen Augen.

»Es war ein Unfall«, sagte er und legte ihr einen Arm auf die Schulter. »Du musst keine Angst haben. Dir wird nichts passieren. Ich passe auf dich auf.«

»War wirklich Unfall?«

»Ja«, sagte er mit müdem Blick. »Der Fall ist abgeschlossen.« Seine Augen wanderten ins Nichts. Wie bei einem Tier, das zum Sterben in eine Höhle kraucht.

Vierunddreißig

»Wir haben einen Treffer«, japste Klaas. Seine Stimme überschlug sich fast. »Nur ein einziges Telefon war zu der Zeit des Briefeinwurfs beim Rathaus. Dieselbe Nummer wurde auch bei Frau Ahlers' Haus erfasst.«

»Lukas Petersen«, sagte Mila. Ihre Stimme war ein Graupelschauer.

»Sie wissen bereits Bescheid?«

Mila brummte zur Bestätigung und legte eine Hand auf die Heizungsschlitze in ihrem Wagen.

»Er hat anscheinend Hilfe im Zeltlager gesucht und dann alles kurz- und kleingeschlagen, als sie seine Ideen nicht gut fanden«, fasste sie ihr Gespräch mit Katharina zusammen. »Haben Sie eine Adresse?«

»Er wohnt in einem Bungalow in Wittdün. Aber im Augenblick hält er sich anscheinend in Nebel auf.«

»Er wird bei seiner Freundin sein«, sagte Mila und startete den Wagen.

»Warten Sie, bis ich vor Ort bin«, sagte Klaas. »Petersen ist uns kein Unbekannter.«

»Er ist schon häufiger mit dem Gesetz in Konflikt geraten?«

»Die klassische Karriere«, schnaufte Klaas. »Vom Waisenkind zum Kriminellen. In letzter Zeit ist er nicht auffällig geworden, aber er hat mehrere Einträge wegen Sachbeschädigung, Diebstahl, Raub und Körperverletzung. Eine davon schwer.«

Auf dem Weg nach Nebel rief sie Lea an.

»Geh ran, verdammt«, fluchte Mila, während sie es nochmal probierte. Kein Erfolg.

Sie beschleunigte den Wagen.

Wenn Lukas gerade eskalierte, dann war Lea auch in Gefahr. Wahrscheinlich war er direkt nach der Konfrontation zu ihr gefahren. Wenn er bis dahin nicht wieder runtergekommen war, würde Lea seinen Frust abbekommen haben müssen.

Ein paar Minuten später stand sie vor einem zweistöckigen Backsteinbau. Klaas marschierte bereits vor dem Gebäude auf und ab.

»Ihre Wohnung ist im oberen Stockwerk«, schnaufte er.

Mila blickte zu den beiden Fenstern auf der linken Seite. Sie war sich nicht ganz sicher, aber es hatte so ausgesehen, als ob sich die Gardine einen Moment bewegt hatte.

»Haben Sie schon geklingelt?«

Er schüttelte den Kopf.

»Der Zugang ist auf der Rückseite. Dort gibt es eine Treppe nach oben«, sagte er mit einem irren Ausdruck in den Augen, zog seine Jacke auf und warf sie über das Holster nach hinten.

»Ich gehe zur Rückseite und klingele. Sie warten hier«,

wies sie ihn an.

»Ich…«, versuchte er zu protestieren, doch Mila schnitt ihm das Wort ab.

»Sein einziger Ausweg ist in dieser Richtung. Sollte er versuchen zu fliehen, fangen Sie ihn hier ab.«

Sollte ein Verdächtiger in einem Mordfall unter ihrer Leitung sterben, weil einem Provinzbullen der Finger zu locker am Abzug saß, brauchte sie keinen Fuß mehr in Franks Büro zu setzen.

In der Hoffnung, dass es dazu nicht kommen würde, öffnete sie das vergilbte Gartentor und ging um das Haus herum.

»Lea, sind Sie da? Hier ist Mila Fochs. Ich muss mit Ihnen reden«, rief sie, nachdem sie die Klingel gedrückt hatte. Sie wartete ein paar Sekunden, doch niemand antwortete.

»Lea, machen Sie auf! Ich weiß, dass Sie da sind.« Sie hämmerte mit der Faust gegen die Tür, dann horchte sie am Holz.

Nur das Prasseln des Regens auf ihrer Jacke war zu hören.

Mila schlug noch einmal gegen die Tür.

Einen Augenblick später tat sich ein Spalt auf.

»Wo ist er?!«, rief Mila und stieß die Tür weiter auf.

Leas Lippen bebten einen Augenblick, dann verloren die Züge jeden Halt.

»Er ist kein schlechter Mensch«, jammerte sie und warf das geschwollene Gesicht in ihre Hände. »Nur manchmal…« Sie brach in Schluchzen aus.

»Nur manchmal schlägt er eben zu«, vollendete Mila den Satz. Sie kannte die Erzählung. Er ist eigentlich ein guter Mensch, nur wenn er trinkt oder die Fußballmannschaft verliert, wird er sauer. Und ganz selten auch mal, wenn das Essen nicht heiß auf den Tisch kommt, wenn jemand anderer Meinung ist, klüger, erfolgreicher, beliebter, wenn andere Menschen atmen, verliert er die Kontrolle. Aber sonst ist er wirklich lieb.

Zu oft hatte sie die gleichen Entschuldigungen gehört. Frauen, die nicht glauben konnten, dass ihr Partner ihnen etwas antun würde. Selbst nachdem sie die Faust ins Gesicht bekommen hatten, suchten sie noch nach Rechtfertigungen.

Im Laufe der Jahre hatte Mila gelernt, dass es keine Dummheit oder blinde Liebe war, die sie dazu brachte, ihren Partner in Schutz zu nehmen und im schlimmsten Fall sogar die Schuld bei sich selbst zu suchen.

Es war die Angst, die eigene Wahl als falsch akzeptieren zu müssen. Sie hatten sich an einen Menschen gebunden und sich massiv in ihm getäuscht, hatten die ganzen Anzeichen nicht gesehen, nicht sehen wollen. Und sich so immer weiter in ihrer eigenen Erzählung verstrickt, sich selbst belogen.

Wenn es dann passierte, mussten sie sich eingestehen, dass sie ihre falsche Wahl mit kleinen Lügen weniger schlimm zu machen versucht hatten.

Doch aus den vielen kleinen Lügen, dem Wegsehen über das gelegentliche Brüllen, der Hand am Hals war ein ganzes Leben geworden. Gemeinsame Wohnung, Konten, Kinder, die Familien und der Freundeskreis.

Dabei war die Sache in Milas Augen denkbar einfach. Die falsche Wahl zu treffen, ist kein Verbrechen. Jemanden zu schlagen hingegen schon.

Sie schloss die Tür hinter sich, warf einen Blick in Küche und Schlafzimmer. Per SMS informierte sie Klaas, dass Lukas nicht hier sei, machte dann ein kleines Handtuch nass und reichte es Lea.

»Erzählen Sie mir der Reihe nach, was passiert ist«, sagte Mila und nahm dann neben Lea auf dem Sofa im Wohnzimmer Platz.

»Er ist heute Mittag vorbeigekommen«, begann Lea und legte sich das Handtuch aufs Auge. Mit der anderen Hand nahm sie sich ein Kissen, legte es auf ihren Schoss und schlang den Arm darum. »Ich habe heute meinen freien Tag und wir wollten zusammen kochen und dann einen Spaziergang machen. So wie immer.« Sie wippte nach vorn und zurück.

Ihre Augen schienen etwas auf dem Boden zu suchen, während sie sprach. Wahrscheinlich den Grund für sein Verhalten. Wann hatte es angefangen, schlimm zu werden? Wieso habe ich es nicht eher gesehen?

»Doch als er herkam, war er ganz anders als sonst.«

»War er aufgebracht?«, fragte Mila.

»Er war richtig wütend. Er hat die ganze Zeit gemeckert. Hat erzählt, dass keiner die Umwelt ernst nimmt, dass die Leute endlich aufwachen müssen, bevor es zu spät ist«, sagte sie, schwieg einen Moment und schüttelte dann den Kopf vor Unverständnis. »Ich glaube, er hat sich mit den Leuten aus dem Zeltlager gestritten. Die Ökoaktivisten auf der anderen Seite des Orts. Er war häufiger dort.«

»Ich komme gerade von dort«, sagte Mila. »Da gibt es jemanden, dessen Gesicht sich in einem ähnlichen Zustand befindet wie Ihres.«

Hinter dem Handtuch sah Lea mit einem erschrockenen Auge zu Mila.

»Ich kannte ihn so gar nicht«, setzte Lea wieder an. »Er hat natürlich immer erzählt, was man alles machen muss. Viele Dinge waren ganz schön radikal, aber ich habe immer gedacht, dass er bloß ein bisschen angeben wollte.«

»Hat er erzählt, ob er einen von seinen Plänen bereits umgesetzt hat?«

»Nicht direkt«, flüsterte Lea, als hätte sie Angst, dass Lukas sie hören könnte. »Er hat Andeutungen gemacht, dass sich bald etwas ändern würde. Dass ich nur warten solle. Aber irgendwann hat es mir gereicht. Da habe ich ihm gesagt, dass man das Klima auch noch morgen retten könne. Ich wollte meinen freien Tag nicht mit Diskussion verbringen«, sagte sie und ballte ihre Fäuste. »Ich bin ja auch dafür, die Umwelt zu retten. Aber es kann sich nicht immer alles darum drehen. Wenn ich die ganze Woche gearbeitet habe, will ich auch einfach mal einen entspannten Nachmittag mit meinem Freund verbringen.« Sie warf sich mit dem Rücken gegen die Lehne des Sofas.

»Und da ist er ausgerastet?« Sie dachte an seinen Angriff auf den Strandkorb nach dem Streit des ungleichen Paares zurück.

Eine junge, attraktive Frau, die auf eigenen Beinen stand. Und ein krimineller Versager, der sich aufs Klima eingeschossen hatte.

»Er hat gesagt, dass ich eine Heuchlerin bin und keine Moral habe, dass ich genauso wie der Rest nur an mich selbst denke. Am Anfang habe ich noch gegengehalten, aber er ist immer lauter geworden und dann…« Ihre Stimme stockte.

Mila schwieg, ließ ihr Zeit, die Kraft zu finden, um den Schrecken in Worte zu fassen. Es kann schwer sein, die Dinge beim Namen zu nennen. Oft werden sie erst fassbar, wenn man sie ausspricht. Doch dann kracht die Wirklichkeit mit aller Härte auf einen nieder.

»Dann hat er mich geschlagen«, jammerte Lea.

Die Angst versteckte sich in jeder Silbe. Mila hatte es schon oft gesehen. Frauen, die geschlagen wurden, litten nicht nur unter den körperlichen Folgen. Die Schwellungen und aufgeplatzten Wunden verheilten wieder. Doch die Furcht setzte sich wie ein Parasit in die Schrammen und Furchen der Seele. Manchmal ging sie nie ganz weg.

»Ich habe die Faust gar nicht kommen sehen«, sagte Lea. »Zuerst habe ich gar nicht verstanden, was los war, doch als mich der nächste Schlag traf, wusste ich, dass er mich fertig machen würde. Ich habe ihn angefleht aufzuhören und dann hat er wohl gemerkt, was er tut, und ist abgehauen.« Sie brach in Tränen aus. »Er hat mich verprügelt und ist dann einfach weg. Hat mich hier auf dem Boden liegen lassen«, schluchzte sie.

»Lea«, sagte Mila mit ruhiger Stimme und legte ihr eine Hand auf die Schulter. »Ich habe Sie nach Ihrem Alibi für den Freitagabend gefragt. Wissen Sie noch, was Sie mir gesagt haben?«

Lea presste ihr Gesicht in das Handtuch und schüttelte den Kopf.

»Lea.«

»Ich war mit Lukas zusammen«, sagte Lea durch den Stoff. »Das hat er Ihnen doch bestätigt.«

»Ja, das hat er«, sagte Mila. Ihre Stimme wurde dunkler. »Das ist jetzt wirklich wichtig. Sind Sie sich ganz sicher, dass Sie den Abend mit Lukas verbracht haben?«

»Er ist kein schlechter Mensch«, flehte Lea und nahm das Handtuch vom Gesicht. Sie schüttelte wieder und wieder den Kopf. »Manchmal tut er Dinge, ohne nachzudenken.«

»Lea, gucken Sie mich an! Haben Sie den Freitagabend mit Lukas verbracht?«

Lea versteckte den Kopf zwischen ihren Schultern, während sie sich langsam zu Mila drehte. Als ihre Augen sich trafen, zuckte sie zusammen.

»Ja«, antwortete Lea schließlich mit bebenden Lippen.

»Den ganzen Abend?«, fragte Mila und bohrte ihre Augen in Leas Gesicht.

Die junge Frau hielt dem Blick nicht stand, ein starkes Zittern erfasste ihren Körper. Es wurde stärker, steigerte sich zu einem Krampf, dann fiel die Last von Lea ab. Sie sackte zusammen.

»War er die ganze Zeit hier?«

»Nein«, sagte Lea unter Tränen. »Er war ein paar Stunden nach dem Abendessen weg.«

»Warum haben Sie mir das nicht gesagt?«, fragte Mila, doch sie kannte die Antwort bereits.

»Weil ich Angst hatte«, antworte Lea nach mehreren tiefen Schluchzern.

»Vor Lukas?«

»Ja. Er hat rausgefunden, dass ich…«, sagte sie. Die letzten Worte gingen in den Tränen unter.

»Was hat er rausgefunden?«

»Henrik und ich…«, begann Lea, »wir…« Es fiel ihr schwer, den Satz zu beenden. »Wir haben uns…«

»Sie und Henrik hatten ein Verhältnis?«, fragte Mila. Innerlich verfluchte sie sich.

Wieso hatte sie das nicht gesehen? Sie hatte den Verdacht gehabt, ihn aber nicht weiterverfolgt. Hätte sie Lea eingehender befragt, sie zur Wahrheit gedrängt, säße die junge Frau jetzt nicht mit aufgeschlagenem Gesicht vor ihr.

»Ja, aber das war, bevor ich Lukas kannte«, verteidigte sich Lea. Sie hielt sich das nasse Handtuch wieder an ihr Auge. »Es ging auch nicht lange. Wir haben uns nur ein paar Mal gesehen. Ich habe Lukas versucht zu erklären, dass es nichts bedeutete. Doch er wollte davon nichts hören.«

»Und dann ist er gegangen? Wann war das ungefähr?«

»Ich weiß es nicht mehr, vielleicht so gegen 23 Uhr«, sagte Lea. »Er war so schrecklich wütend, hat mich die ganze Zeit angeschrien. Immer wieder hat er mich Hure und Schlimmeres genannt. Er konnte nicht begreifen, dass ich ausgerechnet mit Henrik etwas hatte. Er hat ihn als Klimakiller bezeichnet. Aber ich wusste doch damals gar nichts von seinen Geschäften. Darüber haben wir nie geredet.« Ihre Augen suchten in Milas Gesicht nach Vergebung.

»War Ihre Affäre zum Zeitpunkt von Henriks Tod vorbei?«, fragte Mila und runzelte die Stirn.

Schrecken erfasste Leas Gesicht, als die Worte zu Boden sanken.

»Ja«, sagte sie schnell. »Henrik hat es natürlich immer wieder probiert und da er den Klinikchef gut kannte, konnte ich auch die Behandlung nicht ablehnen. Aber es war nur eine ganz kurze Geschichte. Es war ein Fehler.«

»Haben Sie Lukas das erzählt?«

»Was hätte ich denn tun sollen?!« Ihre Stimme wurde wieder höher. »Er wollte alles ganz genau wissen. Also habe ich ihm alles erzählt. Er hat sich dann irgendwann beruhigt. Zumindest ein bisschen. Für ihn war Henrik der Inbegriff des Bösen. Er hat ihn immer Gegner und Feind genannt.«

Mila sagte Lea mit den Augen, dass sie weiterreden solle.

»Irgendwann hat er gesagt, dass er frische Luft braucht. Er ist dann abgehauen.«

»Und dann wiedergekommen?«

»Ja! Irgendwann nach Mitternacht stand er wieder vor meiner Tür«, berichtete Lea. Ihre Stimme zitterte noch immer, aber die Sätze wurden wieder klarer. »Er hat sich entschuldigt und mir versprochen, dass so etwas nie wieder passiert.«

»Und Sie haben ihm das geglaubt?«

»In der Situation schon«, sagte Lea und schluckte. »Aber als ich dann gehört habe, dass Henrik tot ist, habe ich Panik bekommen.«

»Warum sind Sie nicht zur Polizei gegangen?«, fragte Mila.

Lea starrte Mila einen Augenblick mit einem entgeisterten Ausdruck an, dann brach sie wieder in Tränen aus.

»Weil ich schreckliche Angst hatte«, sagte sie, nachdem sie sich wieder ein wenig beruhigt hatte. »Ich weiß, dass es ein Fehler war, aber ich hatte das Gefühl, dass er mir vielleicht auch etwas antun würde. Und ich war mir auch gar nicht sicher, ob er dahintersteckte. Ich habe gehofft, dass es nur ein Zufall war.«

Ein verdammt großer Zufall.

Wenn Lukas Henrik schon vorher im Visier hatte, dann hatte das Wissen um die Affäre seine Pläne vermutlich nur beschleunigt.

»Haben Sie eine Ahnung, wo er sein könnte?«.

»Nein. Ich hoffe, er kommt nie mehr hierher zurück«, flüsterte Lea.

Das Telefon holte Mila aus ihren Gedanken zurück.

»Er ist am Fährhafen«, meldete sich Klaas. Sie hörte seine Erregung. Wie ein Jaghund, der eine Fährte aufnimmt. »Sein Handy hat sich vor ein paar Minuten dort eingewählt. Ich habe bereits angerufen und dafür gesorgt, dass die Fähre nicht ablegt, bevor wir uns umgesehen haben. Die Passagiere glauben, es gäbe eine technische Störung. Ich bin bereits auf dem Weg zum Hafen«

»Gute Arbeit.«

Vielleicht hatte sie sich doch in ihm geirrt. Vielleicht

war er nicht der dicke, träge Streifenbulle, für den sie ihn gehalten hatte. Vermutlich passierte auf der Insel einfach zu wenig, als dass er immer unter Strom hatte stehen müssen wie sie. Nach Jahren der Gemütlichkeit hatte er sich wohl schlicht daran gewöhnt.

Aber genau wie sie hatte er wohl auch seine Gründe, um Polizist zu werden. Die Arbeit war mehr als ein Job.

»Ich treffe Sie dort«, sagte sie und verabschiedete sich von Lea. Die junge Frau bat sie zu bleiben, doch Mila musste endlich den Fall zu Ende bringen.

Zehn Minuten später setzte sie sich zu Klaas in den Streifenwagen und überblickte den Hafen.

»Hat sich schon irgendetwas getan?«

»Bisher ist alles ruhig.«

»Sie warten hier und passen auf, dass niemand verschwindet. Ich durchsuche die Fähre.«

Er nickte.

Da die Saison bereits seit ein paar Wochen vorbei war, parkten nur wenige Autos auf dem Wagendeck. Mit Verwunderung starrten die Passagiere aus ihren Autos, während sie jeden einzelnen Wagen nach Lukas absuchte.

Hier war er nicht.

Sie stieg die Treppe nach oben und eilte durch das Besucherdeck, suchte den Außenbereich ab und warf einen Blick in jede der Toiletten.

Kein Glück.

Ein Mann in weißer Uniform näherte sich und stellte sich ihr als Steuermann der Fähre vor.

»Jemand hat das Schiff verlassen, nachdem wir die Meldung über die technische Störung durchgesagt haben«, erklärte er.

»Haben Sie ihn gesehen?«

»Ja, ein Mann, vielleicht so Ende zwanzig, sah ziemlich

finster aus.«

Mila schickte einen Fluch nach innen. Lukas hatte wohl sofort begriffen, was los war, und sich dann davon gemacht.

»Haben Sie gesehen, in welche Richtung er gegangen ist?«

»Er ist direkt zum Strand«, sagte der Steuermann.

»Der Steuermann will gesehen haben, wie ein Mann von der Fähre in Richtung Kniepsand gerannt ist«, japste Mila, als sie beim Streifenwagen zum Stehen kam.

»In den Dünen kann er sich nur schlecht verstecken«, sagte Klaas. »Wahrscheinlich wird er irgendwo Unterschlupf suchen.«

»Sehen Sie bei ihm zu Hause nach. Ich suche den Strand ab«, entschied Mila. Sie kannte sich zwar weniger gut auf der Insel aus und fühlte sich, als würde ihr Körper jeden Moment versagen. Doch wenn Klaas seinen umfangreichen Leib über die Dünen schleppte, wäre er die perfekte Zielscheibe. Sie wussten jetzt, wie gefährlich Lukas war.

Fünfunddreißig

Der Kniepsand zeichnete sich deutlich von dem grünbraunen Bewuchs der Dünen ab. Auf dem Strand war niemand zu sehen.

Sie lief zum Rand der Dünen, um auf dem bewachsenen Untergrund besser vorwärtszukommen.

Nach ein paar hundert Metern hörte sie plötzlich ein Geräusch. Es klang wie eine Stimme, die kurz zwischen dem Rauschen des Meeres und dem Brausen des Windes zu hören gewesen war. Sie hielt ein und lauschte.

Da war es schon wieder. Zwei Stimmen, Fetzen eines Gesprächs.

Mit einiger Mühe stieg sie die Düne hinauf. Sie duckte sich, kroch die letzten Meter, bis sie kurz vor der Spitze war. Das Herz raste in ihrer Brust.

Während die Kälte durch die Kleidung in ihren Körper kroch, löste sie den Haltegurt des Holsters. Mit zitternden Fingern griff sie die Pistole und kroch an den Rand der Düne.

Unter ihr schlängelte sich ein Pfad. Sie sah, wie eine Figur hinter der nächsten Düne verschwand, ein Mann.

Eine Rolle brachte sie über die Spitze der Düne. Sie rannte den Weg entlang, hielt kurz ein, dann preschte sie um die Biegung herum.

Ein lauter Schrei entfuhr der jungen Frau, als Mila mit gezogener Waffe vor ihr stand. Mit einer hastigen Bewegung presste sie sich an ihren Begleiter, der Mila ebenso entgeistert ansah.

Auch Mila brauchte einen Augenblick, um sich wieder zu fangen. Es waren nur Spaziergänger.

»Gehen Sie nach Hause!«, herrschte sie das junge Pärchen an. »Hier läuft ein Polizeieinsatz.«

Die beiden jungen Leute eilten davon.

Mila blickte ihnen noch einen Augenblick nach. Sie hoffte, dass die Erschöpfung sich legte, wenn sie sich nur einen kleinen Augenblick ausruhte. Nur ein paar Sekunden, dann hätte sie wieder neue Kraft, neue Energie. Doch das Gegenteil passierte. Mit jeder Sekunde, jedem weiteren Atemzug, den sie im Stehen verbrachte, wuchs die Last. Beton und Blei zogen jeden Muskel abwärts, drückten auf ihren Körper. Sie musste weiter, durfte nicht rasten.

Mit einem lauten Keuchen setzte sie sich in Bewegung, stapfte durch den nassen Sand. Ihre Füße waren kalt, ihr ganzer Körper fror. Sie ignorierte die Empfindungen und preschte weiter.

Mehrere Dünen lagen hinter ihr. Sie schwamm in einem Meer aus Gräsern und Gestrüpp. Wie eine Boje ohne Anker trieb sie in den Wellen. Sie drehte sich in jede Richtung, sah nur Hügel, kleine Pfade. Ein Labyrinth aus Sand.

Je länger sie auf die Dünen starrte, desto schneller drehten sie sich. Sie kämpfte sich auf einen der Hügel und schloss die Augen, bis sich ihr Atem wieder beruhigte.

Der Ausblick brachte Klarheit. Strand und See waren dort, wo sie immer waren. Amrum war eine kleine Insel, die Straße war in der Nähe. Nicht weit von ihr befand sich ein Bohlenweg, auf dem sich schneller laufen ließ.

Das Holz knackte und knirschte, als sie über die Planken rannte. Sie hatte kein konkretes Ziel, ließ sich von den Bohlen führen.

Es dauerte nicht lange, bis ihr klar wurde, wohin der Pfad sie führen würde. Die roten und weißen Streifen hoben sich deutlich von der Umgebung ab. Der Leuchtturm ragte machtvoll in den Himmel, ließ sich von Kälte, Nässe oder den Schrecken der Vergangenheit nicht erschüttern.

Mila schlich die kleine Erhebung empor, auf der der Leuchtturm thronte. Die Saison war vorbei, keine Besucher wollten ihn erklimmen. Und doch schien die Tür einen Spalt offen zu stehen.

Als sie näherkam, erkannte sie, dass jemand das Schloss aufgebrochen und dann versuchte hatte, die Tür wieder zu schließen. Durch die Gewalteinwirkung hatte sich das Schloss jedoch verzogen.

Das Adrenalin aktivierte ihre letzten Kraftreserven. Sie drückte die Tür vorsichtig auf, legte die Waffe in Anschlag und trat in die Dunkelheit.

Auch in verlassenen Orten gibt es Töne. Rascheln, ein Knistern aus unbekannter Quelle, Staub, der leise auf den Boden fällt, Metall, das rostet, Holz, das sich dehnt und spannt. Doch der Leuchtturm war absolut still. Nur Milas Herzschlag dröhnte durch das Gebäude.

Ein schwacher Schimmer sank durch die schmale Wendeltreppe abwärts.

Die Waffe aufwärtsgerichtet, stieg sie Schritt für Schritt nach oben. Mit einer schnellen Drehung erfasste sie die

Plattform hinter dem Pistolenlauf.

Sie war allein. Lukas Petersen war nicht hier. Sie schnaufte und legte beide Hände auf die Knie. Die Erschöpfung ließ sich nicht mehr wegdrücken. Doch Mila war noch nicht bereit aufzugeben. Sie war so nah dran an der Lösung des Falls.

Jemand war hier gewesen, jemand hatte das Schloss zerstört. Es sah nicht aus wie jugendlicher Vandalismus. Ein paar Kisten waren aufgebrochen, Werkzeug lag verstreut auf dem Boden herum. Jemand hatte etwas gesucht.

Ihr Blick ging zum Fenster.

Der Leuchtturm war der höchste Punkt der Insel. Sie blickte über das Meer, über Nebel, Wittdün und Norddorf. Irgendwo dort versteckte sich der Täter, irgendwo saß Lukas Petersen und suchte nach einem Ausweg.

Eine plötzliche Bewegung ließ sie erstarren. Sie hatte es nur aus den Augenwinkeln gesehen. Es war wie der Schatten eines Vogels vorbeigehuscht. Sie duckte sich hinter den Fenstern und spähte hinab.

Unweit des Leuchtturms stand ein kleines Ferienhaus. Es lag still, verlassen, doch da war definitiv eine Bewegung gewesen. Irgendjemand oder irgendetwas war dort unterwegs.

Mila stieg die Stufen des Leuchtturms hinab und trat außer Sichtweite des Hauses ins Freie. Das Licht des Tages nahm merklich ab. Nicht mehr lange, dann würde sich die Nacht über die Insel legen und die Suche in den Dünen unmöglich machen.

Sie wählte Klaas' Nummer, doch ihr Handy hatte keinen Empfang. Mit einem Fluch auf den Lippen, verstaute sie ihr Telefon und schlich auf das Haus zu.

Sie musste ihn finden..

Sechsunddreißig

Seit ein paar Stunden starrte sie auf das Haus.

Ein winziger Vorgarten mit einem großen Zaun, Carport, bodentiefe Fenster. Meine Burg, mein Eigentum. Deutsches Familienglück.

Als sie heute früh mit Linus am Hafen spazieren war, hatte er die Gegend immer wieder mit den Augen abgesucht. Sie wollten nur einen Kaffee trinken gehen, doch dabei war er so angespannt gewesen, als rechnete er jeden Moment mit einem Selbstmordattentäter.

Er wollte nicht von seiner Arbeit reden, fragte sie nach ihrer Heimat aus. Sie antwortete und versuchte, das Gespräch auf den Fall zu lenken. Doch er reagierte gereizt, sah immer wieder über seine Schulter.

Der Fall war für ihn abgehakt. Aber jede seiner schreckhaften Gesten, die Stimme, die zwischen drohender Explosion und bevorstehendem Überschlag wechselte, sagten ihr, dass mehr an der Sache dran war.

Sie hatte für die Informationen bezahlt, hatte sich ihm hingegeben. Sie hasste sich dafür, aber es hatte sein müssen.

Sie musste wissen, was passiert war.

Er schuldete ihr die Antwort.

Nachdem seine Frau das Haus verlassen hatte, wartete sie eine halbe Stunde, dann stieg sie aus.

Seine Frau sah jünger aus als er. Wenn sie nicht diesen verbissenen Ausdruck im Gesicht hätte, wäre sie schön.

Sein Zustand hatte wohl auch bei ihr Spuren hinterlassen.

Wie viel wusste sie davon? Hatte Linus seiner Frau gesagt, was passiert war?

Von seiner Familie hatte er kaum geredet. Sie hatte nicht gefragt, um ihn nicht zu verschrecken.

Auf der Rückseite des Hauses drückte sie den Dietrich in die Terrassentür. Nach einer Sekunde stand sie in der Küche.

Das Haus war verlassen. Linus war unterwegs, die Tochter war vor ungefähr zwei Stunden in Sportkleidung aus dem Haus gegangen.

Ihr Blick glitt über den Esstisch, die Stühle, die Küchenzeile. Ein Leben aus dem Katalog, sauber und rein. Wirklich dreckig waren immer nur die Menschen. Ihre Lügen, ihre Verbrechen aneinander.

Aus der Jackentasche holte sie zwei Gummihandschuhe und sah in die Schränke.

Die Küche war ein Muster an Reinlichkeit. Putzen ist Kontrolle. Jeder Tropfen, jeder Klecks wurde mit grausamer Härte verfolgt, jeder Makel beseitigt.

Ein Leben in polierten Trümmern.

Sie schlich weiter.

Siebenunddreißig

Als sie das Haus erreichte, hielt sie den Atem an. Es war kaum zu hören, doch irgendjemand war in der Hütte. Sie versuchte, durch eines der Fenster zu spähen, es war zu dunkel.

Ein Kratzgeräusch aus dem Hausinnern beendete ihr Zögern. Leisen Schritts schlich sie um die Rückseite des Hauses, blickte sich um und legte eine Hand auf den Türknauf. Die Tür war nicht verschlossen.

Ihr Körper folgte der Waffe durch das Gebäude. Die Sonne war bereits untergegangen und Finsternis ergriff die Räume. Doch ihre Augen sahen Umrisse und Schemen, ein Tisch mit Stühlen, in einer Ecke ein Sofa.

Am Ende des Zimmers sah sie einen Durchgang. Mit langsamen Schritten schlich sie darauf zu. Die Luft schmeckte abgestanden, es war der Geruch eines Ortes, der seit einer Weile von keinem Menschen mehr betreten worden war. Und dennoch spürte Mila, dass sie nicht allein in dem Ferienhaus war.

Kaum hatte sie den nächsten Raum betreten, erkannte sie den Umriss. Ein Mensch, groß und breit, bewegte sich durch den Raum.

»Stehenbleiben, Polizei!«, brüllte Mila und stürmte vorwärts.

Der Schatten gehorchte nicht. Mit hoher Geschwindigkeit rannte er durch eine Tür und verschwand.

Mila jagte hinterher.

Mit einem lauten Klirren splitterte Glas auf dem Boden, direkt vor ihren Füßen. Instinktiv sprang sie zurück, doch die Hitze schlug nach ihr. Ein lauter Knall zerfetzte die Luft, wurde heiß.

Panik erfasste Milas Brust, lähmte ihren Körper. Ihre Augen sahen die Flammen weiterwachsen. Immer höher wuchs das Feuer und peitschte ihr entgegen.

Sie schrie vor Angst und starrte in die Flammen.

Wo waren sie?

»Papa«, rief sie und taumelte vorwärts. Das Glas knirschte unter ihren Schuhen, während der Tisch, die Stühle und das Sofa in Flammen aufgingen. Immer schneller lief das Feuer durch das Haus.

Die heiße Luft brannte in Milas Kehle. Sie war schwach, hatte keine Kraft. Doch sie musste ihre Eltern retten. Sie rannte durch eine Tür, sah sich mit hektischen Bewegungen um. Dort waren sie nicht, dort war nur Feuer. Der Rauch wurde dichter. Sie hustete, bekam kaum noch Luft. Vielleicht waren sie in der Küche oder hatten sich ins Bad gerettet. Sie preschte weiter.

Ein Blitz zuckte durch ihr Sichtfeld, dann explodierte der Schmerz an ihrer Stirn. Sie taumelte zurück und starrte auf eine Wand. Das dumpfe Pochen in ihrem Kopf holte sie ins Jetzt zurück. Sie war nicht zu Hause. Nicht das Haus ihrer Kindheit stand in Flammen. Sie jagte einen Mörder.

Die Klarheit war nur kurz gewesen, dann kroch das Trauma wieder näher. Doch der Moment hatte gereicht. Er war ein kleiner Anker, der sie an die Wirklichkeit band.

In den Flammen vor ihren Augen verschwammen Erinnerung und Wirklichkeit. Sie lief durch die Funken der Vergangenheit, floh vor der Hitze der Gegenwart. Von jeder Seite kroch das Feuer auf sie zu, brannte in ihren Augen, sie drehte sich, suchte, musste raus.

Mit einem lauten Krachen gab die Tür nach und Mila stolperte ins Freie. Die Flammen verschlangen den Dachstuhl, bald würde das Gebäude in sich zusammenkrachen.

Mila biss die Zähne aufeinander. Sie fluchte, schrie. Verdammtes Feuer, sie hasste die Flammen. Doch sie hatte keine Zeit für Schwäche. Petersen hatte sie in eine Falle gelockt.

Und jetzt stand sie klar erkennbar im Schein des Feuers. Sie rannte auf die Bäume zu. Die Schatten tanzten vor den Flammen, als sie eine Bewegung sah.

»Stehenbleiben!«, röchelte Mila. In ihrem Mund brannte heiße Asche.

Ein Knall zerfetzte die Luft und ein heißer Schmerz fraß sich in ihre Schulter. Aus dem Dunkel war ein Blitz gekommen.

Im Sturz riss sie den Arm nach oben und drückte ab. Dann traf ihr Körper den Boden.

Sie versuchte, sich an den Flammen festzuhalten, sich mit den Augen in der Wirklichkeit einzuhaken. Doch sie war am Ende. Die Dunkelheit wuchs mit jedem Lidschlag, schloss sie in sich ein. Die Welt wurde leise, dunkel.

Der Tod ist weder kalt noch warm.

Der Tod ist Ruhe.

Achtunddreißig

Kaltes Licht blendete Milas Augen. Sie blinzelte mehrmals, bis die Wirklichkeit Gestalt gewann.

Eine Frau blickte sie an, hielt ihr einen Finger vor die Augen.

Mila folgte dem Finger nach links, nach rechts.

»Sie haben Glück gehabt«, sagte die Notärztin.

»Fühlt sich nicht so an«, versuchte Mila zu sagen, doch sie krächzte nur.

Jemand hielt ihr einen Becher mit Wasser an den Mund.

»Einen Zentimeter weiter links und es hätte die Arteria axillaris zerfetzt. Dann wären Sie ruckzuck verblutet. Glücklicherweise wurde auch kein Knochen beschädigt. Ein glatter Durchschuss«, erklärte die Ärztin.

Erst jetzt begriff Mila, dass sie in einem Krankenwagen lag.

»Die Wunde wird noch eine ganze Weile weh tun, aber mit der Zeit lässt das nach. Wir nehmen Sie zur Sicherheit mit ins Krankenhaus. In ein paar Tagen können Sie dann wieder nachhause.«

»Nein«, sagte Mila und schüttelte den Kopf.

Die Ärztin blickte Mila unter zusammengezogenen Brauen an.

Mila ignorierte den Blick und richtete sich auf. Ihre Schulter tat nicht wirklich weh, es war ein dumpfes Drücken, dass sich gegen die Mauer aus Schmerzmitteln und Betäubung presste. Irgendwann würde es ein kleines Loch schlagen, das immer größer würde, um dann mit voller Wucht über ihren Körper zu schwappen.

»Frau Fochs«, sagte die Ärztin in strengem Ton. »Eine Schussverletzung steckt man nicht so einfach weg. Falls es Komplikationen mit der Wunde gibt, sind Sie im Krankenhaus am besten aufgehoben.«

»Ich ermittele in einem Mordfall«, sagte Mila und stand auf. Ihre Beine waren wacklig, doch sie schaffte es, das Gleichgewicht zu halten.

Für einen Moment musterte die Ärztin sie, ohne etwas zu sagen. Dann schloss sie die Augen, schnaufte und schüttelte den Kopf mit einer knappen Bewegung.

»Versprechen Sie mir, dass Sie sich ausruhen. Wenn Sie sich übernehmen, geht die Wunde wieder auf«, sagte sie schließlich.

Mit einem dankbaren Nicken verabschiedete sich Mila und verließ den Krankenwagen.

Die Feuerwehr war dabei, den Brand zu löschen. Vom Haus war kaum mehr als ein dunkler Haufen übrig, von dem dichte Schwaden aufstiegen.

Sie fand Klaas neben seinem Polizeiwagen.

Als er sie bemerkte, beendete er sein Telefongespräch.

»Sie haben mir einen ganz schönen Schrecken eingejagt«, begrüßte er sie mit sorgenvollem Blick. »Geht es

Ihnen gut?«

»Was ist mit Petersen?«, fragte sie, nachdem sie mit einem knappen Nicken geantwortet hatte.

Ein periodisches Brausen tobte durch die Luft, als der Helikopter vom Strand abhob. Der Wind drückte ihn zur Seite. Für einen Augenblick sah es so aus, als würde er gegen die Dünen schellen, doch mit einem Mal gewann er an Höhe und drehte sich in Richtung Festland. Nach ein paar Sekunden war er nicht mehr als ein Blinken am Nachthimmel und der Lärm ließ nach.

»Der wird gerade abgeflogen. Sieht so aus als hätten Sie ihn gut erwischt«, sagte Klaas und zeigte in die Richtung des Hubschraubers.

»Wird er durchkommen?«, fragte Mila. Ihr Schuss war ins Dunkel gegangen, der letzte Krallenschlag eines verwundeten Tieres.

Das Zucken seiner Schulter drückte mehr Anteilnahme aus als seine Gesichtszüge. Petersens Wohlergehen war nebensächlich.

»Gibt es schon irgendwelche Erkenntnisse?«

»Die Spurensicherung ist auf dem Weg zu seinem Haus. Würde mich nicht wundern, wenn wir dort auch die Schuhe von Ahlers finden«, knurrte Klaas. In seinen Augen flackerte immer noch ein kleiner Rest des Wahnsinns. Doch nicht mehr ganz so stark.

Am Ende war es wohl gut, wie alles ausgegangen war. Petersen würde vielleicht durchkommen, vielleicht nicht. Doch wenn Klaas dabei gewesen wäre, hätte der Hubschrauber ziemlich sicher nicht herkommen brauchen.

»Haben Sie DNS-Proben genommen?«, fragte Mila.

»Ja, die Sache ist so gut wie durch«, sagte er und blickte an ihrem Gesicht hinab zur Schulter. Der Ausdruck seiner Augen veränderte sich für einen Augenblick, als sie zu ihrer Stirn wanderten, für einen Herzschlag hängenblieben und dann zu den ihren Augen zurückkehrten.

»Ich war mir ehrlich gesagt nicht sicher, ob Sie den Mord lösen würden. Aber erste Eindrücke können ja auch täuschen«, sagte er mit väterlicher Milde. »Soll ich Sie ins Hotel fahren?«

Mila sah zurück zur qualmenden Ruine, dann ging ihr Blick aufs Meer. Sie hatte Petersen gestellt, der Fall war abgeschlossen. Und dennoch fühlte es sich falsch an. Irgendetwas passte nicht zusammen. Sie konnte nicht sagen, was es war. Der Schmerz hinter den Betäubungsmitteln ließ keinen klaren Gedanken zu. Ihr Körper brauchte Ruhe.

Neununddreißig

»Schon was Brauchbares gefunden?«, fragte Mila.

Klaas drehte sich zu ihr um und sah sie überrascht an.

»Wir haben die Schuhe gefunden«, stellte er mit hörbarer Zufriedenheit in der Stimme fest und trat einen Schritt zur Seite.

Mila warf einen Blick in die Gartenlaube.

»Sieht ganz so aus, als wäre die Sache schnell erledigt. Ich habe Ihnen ja gesagt, dass die Ökos dahinterstecken.«

Für einen Augenblick starrte sie mit gerunzelter Stirn in die Laube, dann nahm sie sich einen der Ganzkörperoveralls aus der Kiste neben dem Eingang. Es gelang ihr, beide Beine und den gesunden Arm durch die Öffnungen zu stecken, nur der Reißverschluss wollte auf ihre Beeinträchtigung keine Rücksicht nehmen.

»Dieser Petersen hatte schon ganz schön was auf dem Kerbholz. Klarer Fall«, kommentierte Klaas, während er ihr den Reißverschluss zuzog.

Sie reagierte nicht darauf und trat in den niedrigen Bau.

Ein muffiger Geruch begrüßte sie.

Die Laube bestand aus einem mittelgroßen Raum, der von einem viel zu großen Fernseher dominiert wurde. Weiter hinten schlossen sich ein Küchenbereich und ein kleines Badezimmer an.

In der Küche waren zwei Beamte gerade dabei, den Inhalt des Mülleimers zu untersuchen. Sie warfen einen kurzen kritischen Blick auf Mila, nickten ihr dann wortlos zu und widmeten sich wieder ihrer Arbeit. Stück für Stück untersuchten sie die Papierschnipsel, die Plastikreste und was sich sonst noch so in dem großen Eimer zueinander gesellte.

Sie kehrte zurück in den Raum und ließ die Umgebung auf sich wirken.

Die Zeugnisse von Petersens Hausen in der Laube waren unübersehbar. Verpackungen lagen zwischen getragener Kleidung auf dem Boden, dazwischen Speisereste.

Ihre Augen glitten über die Poster an der Wand: Jeeps, die durch die Wüste brettern, Metalbands und ein halbnackter, aufgepumpter Kerl, der anscheinend eher sterben würde, als aufzugeben.

Die ganze Einrichtung bestätigte den Eindruck, den sie sich bisher von Petersen gemacht hatte. Eine strauchelnde Existenz mit jeder Menge Wut im Bauch. Gewalt und Brutalität, die sich wie eine Mauer vor die Schwäche, das Gefühl der Ohnmacht legten, den Klang des Scheiterns einschlossen.

Sie kannte den Typ Mann.

Doch Petersen war nicht irgendein dahergelaufener Schläger, der seinen Frust erst ertränkte und dann an der Freundin ausließ. Er war ein Mörder, hatte auch versucht, sie zu erschießen. Die Sache war klar. Er war der Täter.

Und doch beschlich Mila ein seltsames Gefühl, während sie sich in der Laube umsah. Der Raum passte nicht zur Tat. Er passte zu dem Mord aus Eifersucht, aber nicht zu dem aus Überzeugung. Er passte zu den Blutergüssen in Ahlers Schritt, aber nicht zum Herzstillstand, nicht zum Gift.

War es möglich, dass sich Eifersucht und Weltanschauung zufällig gemeinsam gegen Ahlers verschworen hatten und den Mord unausweichlich werden ließen? Wenn Petersen ihn schon die ganze Zeit im Visier hatte, war die Eifersucht eventuell nur der letzte Schubs in seinen Rücken auf dem Weg zur Bluttat.

Mila kniete sich neben das Bett und betrachtet die Magazine, die darunter lagen. Nackte Frauen, Bodybuilder beim Training, daneben alte Flaschen und leere Chipstüten.

Auf dem Bett sah die Situation nicht viel ansehnlicher aus. Zwischen den Snackresten lag ein Controller, der vermutlich zur Spielkonsole gehörte, die unter dem großen Fernseher am Ende des Bettes stand. Im Gegensatz zur restlichen Einrichtung waren die Hüllen der Spiele ordentlich in einem kleinen Regal neben dem Fernseher aufgereiht worden. Gaming war keines ihrer Interessengebiete, doch sie wusste durch die Gespräche der Kollegen im LKA genug, um einige der Titel zu erkennen; schnelle Autos, harte Action.

Irgendwie passte nichts von dem, was sie sah, zum Bild eines Ökoaktivisten in ihrem Kopf. Es war schwer vorstellbar, dass Felix und Katharina nach einem anstrengenden Tag eine Runde auf dem Bildschirm ballerten oder sich bei Chips und Bier einen Film reinzogen.

Die Falte zwischen ihren Augenbrauen war so tief wie der Zweifel in ihrer Brust.

Ihr Blick fiel auf den Wäscheberg, der sich auf einem

Stuhl in der Ecke türmte. Unter dem Stuhl lagen ein Stapel ungeöffneter Briefe vom Arbeitsamt sowie ein paar Broschüren. Umschulung, Abendschule, Förderprogramme. Die Hefte sahen aus, als wären sie nicht ein einziges Mal durchgeblättert worden.

»Was für einen Schulabschluss hat Petersen?«, fragte sie Klaas, der in der Tür stand und ihr zusah.

»Keinen. Laut Akte hat er die Schule abgebrochen. Wie es aussieht, hat er immer mal wieder einen Anlauf gestartet, um den Schulabschluss nachzuholen, aber nie lange genug durchgehalten.«

Die Luft hinterließ einen schalen Geschmack in Milas Mund. Kein Schulabschluss, keine Ausbildung, Videospiele und Chips. Wo kam das Interesse für die Umwelt her?

Sie dachte zurück an ihr Gespräch mit Katharina.

Die junge Frau hatte berichtet, dass er von sich aus aufgetaucht sei und sich an den Aktionen beteiligen wollte. Wenn er sich an Ahlers hatte rächen wollen, hatte er vielleicht geglaubt, so an Informationen über ihn zu kommen.

Nein, das ergab keinen Sinn. Woher sollte er wissen, dass Ahlers plante, einen Windpark vor der Küste zu errichten?

Ihre Augen streiften über die Kleidung auf dem Stuhl und nahmen eine harte Kante unter einem Pullover wahr.

Sie ließ sich von Klaas ein paar Plastikbeutel geben und verstaute jedes Kleidungsstück einzeln. Darunter kam ein Buch zum Vorschein.

Europas giftige Tiere.

Im Inhaltverzeichnis zog eine gelbe Markierung ihre Augen an: *Trachinus draco – gewöhnliches Petermännchen.*

Vorsichtig blätterte sie zu der entsprechenden Seite,

doch jemand hatte die Blätter ausgerissen.

Mila presste die Lippen aufeinander und hielt für einen Augenblick den Atem an, dann ging sie in die Küche und beobachte die beiden Spurensicherer einen Augenblick.

»Habt ihr Spritzen oder anderes medizinisches Gerät gefunden?«, fragte sie schließlich.

Einer der beiden stand auf und kam zu ihr.

»Ja, im Bad haben wir eine Kiste mit Spritzen, Skalpellen und verschiedenen Kolben gefunden. Sieht so aus als hätte unser Junge gerne Arzt gespielt oder so«, sagte er und grinste sie mit gelben Raucherzähnen an.

»Arzt gespielt«, wiederholte Mila im Flüsterton und trat zurück in den Raum.

Auf dem Boden fand sie eine Broschüre zu den Sommeraktivitäten auf der Insel. In Gedanken blätterte sie darin herum, bis sie zur letzten Seite gelangte, auf der die Ebbe- und Flutzeiten aufgelistet waren. Sie legte die Broschüre zurück und atmete tief ein und aus. Hatte Petersen das Gift der Fische aus den Stacheln extrahiert, um es Ahlers zu spritzen?

Mit geschlossenen Augen versuchte sie, sich den großen Mann mit der schlechten Haltung und den abgeranzten Klamotten dabei vorzustellen, wie er ein Tier sezierte, Gift extrahierte und mit Ruhe und Geduld seinen Plan vorbereitete. Doch es gelang ihr nicht. Sie öffnete die Augen wieder und ächzte hörbar.

Es war natürlich möglich, dass ihr Blick durch ihre Vorurteile getrübt wurde. Petersen konnte den wütenden Versager nur gespielt haben. Alles nur Fassade, um Leute wie sie, Kriminalbeamte und andere Behördenvertreter, in die Irre zu führen.

Mit Argwohn in den Augen ließ sie ihren Blick noch einmal durch den Raum gleiten.

Die Beweise waren da. Die medizinischen Geräte, das Buch, die Schuhe. Mit ziemlicher Sicherheit würden die Toxikologen auch Rückstände des Giftes oder Zellreste des Petermännchens finden.

Alles war genauso, wie es sein musste.

Vierzig

Der Teppich schluckte ihre Tritte, als sie die Treppe aufwärts stieg.

Im Flur hingen Familienbilder.

Vater, Mutter, Kind. Urlaub am Meer, die Tochter noch klein. Es hatte bessere Zeiten gegeben. Er sah jung und kräftig aus, Vater und Ehemann, die Augen strahlten.

Das Schlafzimmer lag auf der linken Seite.

Sie schlüpfte durch die Tür und blickte auf das weiße Bett. Auf der rechten Seite lagen Bücher, Zeitschriften und ein Brillenetui. Jemand lebte hier.

Auf dem Nachtisch der anderen Seite stand ein Wecker. Jemand schlief dort, gelegentlich.

In den Schränken fand sie nichts. Anscheinend nahm Linus seine Arbeit nicht mit nach Hause. Nur seine Probleme.

Sie musste etwas finden. Irgendeinen Hinweis.

Das Zimmer der Tochter war lebendiger. Poster an den Wänden, ein Klamottenberg auf einem Sessel. Pokale und Medaillen in einer Ecke. Kapitänin des Hockeyteams.

Sie öffnete die Schränke, blickte unters Bett. Das Leben eines

Mädchens zwischen vier Wänden.

Hier gab es nichts. Keine Spur zum Mörder ihrer Schwester.

Sie wandte sich zur Tür.

Fast hätte sie die kleinen Brösel an der Bodenleiste übersehen. Sie holte einen Stuhl heran und streckte sich zum Lüftungsschacht.

Behutsam drehte sie die Schrauben mit ihrem Taschenmesser aus der Fassung. Mit jeder Umdrehung wuchsen Wut und Ungeduld.

Der Schacht war dunkel und schmal, aber breit genug für ihren Arm.

Sie spürte es mit den Fingerspitzen. Etwas Eckiges. Sie zog daran, doch ihre Fingerkuppen rutschten ab.

Mit dem Messer in der Hand erwischte sie den Gegenstand. Sie presste die Spitze auf das Ding und zog den Arm aus dem Schacht.

Eine kleine weiße Schachtel. Deckel und Boden waren versiegelt.

Mit einem gezielten Schnitt trennte sie das Klebeband auf.

Ein Blick genügte, um die Handschrift ihrer Schwester zu erkennen. Der lange Fuß des kleinen Fs, der Schwung des großen Ks.

Als sie noch klein war, hatte Dara ihr Zettel in die Brotbüchse gelegt oder so im Haus versteckt, dass sie sie fand: Du bist die beste Schwester. Ich liebe dich.

Die Handschrift war schön und unbeschwert gewesen, genau wie Dara. Doch dieser Brief war anders. Es war Daras Handschrift, daran bestand kein Zweifel. Doch die Buchstaben waren enger zusammengerückt, hatten Freiheit eingebüßt. Es war, als hätten die Lettern Angst und suchten, wie die Vögel eines Schwarms, Schutz in der Gruppe.

Viele Worte waren ihr fremd, doch sie verstand den Inhalt. Es war ein Hilferuf. Von Dara an Linus.

Sie flehte ihn an, sie zu beschützen. Endlich sein Versprechen einzulösen.

Ein Zittern packte ihre Hände, während sie Zeile für Zeile der Verzweiflung las. Dara hatte Angst gehabt. Sie wollte nicht mehr zu ihnen gehen.

Wen meinte sie?

Linus, ich brauche dich. Bitte hilf mir!

Das Papier am Ende des Briefes wellte sich. Als wäre es nass geworden. Als wären kleine Tropfen darauf zu Salz getrocknet.

Die Erkenntnis schnitt wie ein Feuerstrahl durch ihre Brust. Sie presste die Zähne aufeinander, um nicht zu schreien.

Daras Schmerz, Verzweiflung, Angst, sie spürte die Gefühle mit jeder Faser ihres Seins. Doch dahinter brannte es. Eine Feuerwalze aus Wut, ein Lavastrom, Flammenfluten, die sich auf die Welt ergießen wollten.

Ein Klimpern riss sie aus ihren Gedanken.

Sie schlich zur Tür und horchte in das Haus hinein.

Da war es wieder. Ein lautes Schellen, Klackern, Scheppern.

Einundvierzig

Ein lautes Pochen holte Mila in die Welt der Schmerzen zurück. Es dauerte einen Augenblick, bis sie sich erinnerte, wo sie war. Sie hatte sich in Lukas' Laube umgesehen, war dann zurück ins Hotel gefahren. Auf dem Sofa war sie noch einmal die Akten durchgegangen, dann war die Erschöpfung auf sie herabgekracht.

Das Klopfen wurde lauter.

Mit einem gepressten Keuchen kämpfte sie sich hoch. Für einen Moment war der Schmerz in ihrer Schulter so stark, dass die Welt schwarz wurde. Sie klammerte sich an das Gefühl, sprang in die Pein.

Daniel blickte sie aus weit aufgerissenen Augen an, als sie die Tür öffnete.

»Ist mit Ihnen alles in Ordnung?«, rief er aus. Die Tür war nur einen Spalt weit offen, er hatte aber anscheinend genug gesehen.

Mila folgte seinem Blick und bemerkte den roten Fleck, der sich durch die Fasern ihres Pullovers fraß.

»Es ist nur eine oberflächliche Verletzung«, keuchte sie, dann wurde alles dunkel.

Als sie wieder etwas sehen konnte, blickte sie auf Daniel, der sich über sie beugte und unter zusammengezogenen Brauen auf ihren Oberkörper starrte.

Auf ein kurzes Frösteln folgte eine Hitzewelle, als ihr klar wurde, dass sie ohne T-Shirt auf dem Sofa lag.

»Einer Kriminalermittlerin an die Wäsche zu gehen, kann üble Folgen haben«, keuchte Mila.

Daniel blickte ihr in die Augen und lächelte.

»Die Schießerei in den Dünen?«, fragte er und legte das Wundkissen auf die Naht.

»Sie haben davon gehört?«

»Die ganze Insel spricht davon«, sagte er, hob ihren Arm und wickelte einen Streifen Verbandszeug darum. »Ich war gestern Abend in einem Restaurant und die Bedienung hat mir davon erzählt. Amrum ist eine kleine Insel.«

Mila schnaufte. Vielleicht sollten sie das als Motto der Insel verwenden.

»Die Wunde ist jetzt sauber und wieder vernäht«, sagte er, als er den Verband befestigt hatte.

»Woher können Sie das?«, fragte Mila und richtete sich mit seiner Hilfe auf.

»Ich war über ein Jahr in Südamerika unterwegs. Wenn man wochenlang allein durch den Urwald kraucht, muss man sowas draufhaben.« Er reichte ihr ein Glas mit Wasser. »Sie haben also den Mörder geschnappt?«

Ihre Antwort war ein Brummen. Sie hatte immer noch dieses Gefühl, dass die Sache zu sauber war. Irgendetwas stimmte nicht.

Petersen war ein aggressiver Typ und hatte durchaus ein Motiv, Henrik Ahlers umzubringen. Mehrere sogar.

Immerhin hatte Ahlers nicht nur eine Affäre mit Lea gehabt, sondern wollte hier vor Amrum Windräder bauen.

Aber er wirkte eher wie jemand, der impulsiv handelte. Jemand, der seinen Gefühlen folgte. Er hätte ihm kein Gift gespritzt. Frauen spritzten Gift. Wenn er sich an Ahlers hätte rächen wollen, hätte er ihn totgeprügelt.

Das Wasser schwappte aus dem Glas, als Mila es in Richtung ihrer Lippen hob. Fast wäre es ihr aus der Hand gefallen, doch im letzten Moment hatte Daniel eine Hand unter den Boden gesetzt.

Die Flüssigkeit tat gut.

»Sie sehen aus, als könnten Sie etwas zu essen brauchen«, riss Daniel sie aus ihren Gedanken. »Wenn Sie hier warten, dann hole ich uns etwas aus dem Speiseraum.« Er sah auf die Uhr an seinem Handgelenk und nickte ihr zu. Bevor sie etwas erwidern konnte, hatte er ihr Zimmer verlassen.

Ein paar Minuten später war er mit einer Umhängetasche und einem Speisewagen zurückgekehrt und jetzt saßen sie auf dem Sofa nebeneinander und tranken lauwarme Suppe aus Kaffeetassen.

»Ich muss Ihnen ein Geständnis machen«, sagte Daniel und reichte ihr eine Scheibe Brot.

Mila tunkte die Scheibe in die Suppe.

»Ich habe Fotos von Ihnen gemacht«, sagte er mit verlegenem Blick.

Ein nasser Brocken Brot löste sich von der Scheibe und klatschte in die Suppe.

»Sie haben was?!«

Alle möglichen Bilder schossen ihr in den Kopf. Sie war bewusstlos gewesen und ohne T-Shirt auf dem Sofa aufgewacht.

»Ich habe heimlich Fotos von Ihnen gemacht«, wiederholte Daniel und blickte zu Boden.

Nach einem kurzen Augenblick stiller Ewigkeit, sah er wieder zu ihr.

Milas Miene war kalter Stahl, doch in ihrem Inneren brodelte es.

»Nicht wie Sie denken«, sagte er und schüttelte den Kopf, als habe er ihre Gedanken gelesen. »Ich habe nicht nur das Haus von Frau Ahlers fotografiert, sondern auch den Rest der Insel. Und dabei sind Sie mir ein paar Mal vor die Linse gelaufen.«

Ihre Augen wurden zu schmalen Schlitzen, während ihre Kiefer zu malmen begannen.

»Ich kann Ihnen die Fotos gerne zeigen«, sagte er und kramte einen Laptop aus der Umhängetasche hervor. »Manche Fotos sind wirklich toll.« Die Bilder liefen nacheinander über den Bildschirm. »Sie haben eine fantastische Ausstrahlung, selbst auf diese Entfernung.«

Ein Bild zeigte Mila, wie sie über den Platz vor dem Rathaus lief, ein anderes beim Hafen.

»Ich wollte die Bilder eigentlich löschen«, sagte er. »Aber als ich sie mir angesehen habe, ist mir eine Sache aufgefallen.«

Mila musterte ihn ein paar Sekunden stumm, doch er schien ihren stechenden Blick nicht zu registrieren und sah nur auf den Bildschirm.

»Hier«, sagte er und zeigte auf die rechte Seite des Fotos. »Hier auch.«

Mila beugte sich leicht nach vorne. Kein Zweifel.

»Sehen Sie?«, fragte Daniel und zeigte die Bilder nun in umgekehrter Reihenfolge. »Es ist immer wieder dieselbe Frau. Mal im Auto, mal steht sie irgendwo in der Nähe. Amrum ist vielleicht klein, aber so klein nun auch wieder nicht, dass sie auf jedem zweiten Foto von Ihnen zu sehen ist.«

Ihre Gedanken rasten. Ihr Gefühl hatte sie also doch nicht getäuscht. Wie hatte sie sich so leicht in die Irre führen lassen können?

»Und sehen Sie hier«, sagte Daniel und öffnete einen neuen Satz Bilder. »Die Fotos habe ich am ersten Morgen geschossen, als wir uns bei Frau Ahlers trafen. Sie scheint in der Nähe des Hauses zu stehen.«

Zweiundvierzig

Stufe für Stufe stieg Mila die Treppe nach oben. Langsam, nur nicht zu schnell atmen. Wenn sich ihr Brustkorb zu sehr hob, erinnerte sie der Schmerz daran, dass sie gestern von einer Kugel getroffen worden war.

Mit ihrem gesunden Arm fummelte sie in der Jackentasche und drückte eine Tablette aus dem silbernen Blister. Ihr Mund war trocken, doch irgendwie schaffte sie es, die weiße Pille runterzuwürgen.

Für einen kurzen Moment betrachtete sie die Löcher in der Verpackung. Aber bevor sie in der Lage war, zu zählen, wie viele Tabletten sie bereits geschluckt hatte, verstaute sie die Pillenpackung wieder in ihrer Jackentasche.

In der Klinik hatte man ihr widerwillig mitgeteilt, dass Lea sich krankgemeldet hatte.

Sie drückte die Klingel und wartete einen Augenblick, dann wählte sie Leas Nummer und legte ein Ohr an die Tür, doch auch durch das Holz war nichts zu hören.

Mit einem schnellen Blick suchte sie die Umgebung nach aufmerksamen Augen ab, dann steckte sie den Dietrich in das Schloss. Nach ein paar Sekunden sprang die Tür mit einem dezenten Klicken auf. Ein letzter Blick auf die Umgebung, dann schlängelte sie sich durch den schmalen Türspalt.

Mila schloss die Tür hinter sich und sah sich um. Im Flur standen zwei Paar Hausschuhe in gerader Linie nebeneinander, eine Regenjacke hing an einem Haken.

»Lea?«

Keine Antwort.

Küche, Wohnzimmer und Schlafzimmer, alles sah so aus, wie beim letzten Mal, doch von der Wohnung ging eine Leere aus, die ihr zuvor nicht aufgefallen war.

Bei ihrem letzten Besuch hatte sie sich voll und ganz auf Lea konzentriert.

Sie ging ins Wohnzimmer und nahm auf dem Sofa Platz.

Lea hatte ihr hier gegenübergesessen, hatte geweint, geschluchzt. Es hatte nach der typischen Geschichte ausgesehen. Junge Frau verliebt sich in jungen Mann, doch junger Mann hat noch ganz andere Seiten. Es hatte gut gepasst. Der Mord, die Windräder, die Affäre. Vielleicht auch zu gut. Hatte sie sich täuschen lassen? Sich die einfache Lösung verkaufen lassen?

In Gedanken ging sie das Gespräch noch einmal durch. Lea war fertig gewesen, ihr Gesicht von Lukas' Wut gezeichnet. Das Auge war dunkelrot und dick gewesen, die Lippe geplatzt.

Die Wunden hatten schlimm ausgesehen. Wunden, die man sich nur schwer selbst zufügen konnte.

Schwer, aber nicht unmöglich.

Im Schlafzimmer öffnete sie einen Schrank. Bettwäsche, Handtücher. Im nächsten Schrank ein paar T-Shirts, Hosen, Unterwäsche. Alles ganz normal.

Zurück im Wohnzimmer ging sie zu dem kleinen Schreibtisch in der Ecke. Eine Lampe, ein paar Stifte und Papier. Nichts Ungewöhnliches.

Dann bemerkte sie es und mit einem Mal ergab das seltsame Gefühl Sinn, das sie seit Betreten der Wohnung hatte.

Hier fehlte etwas.

Keine Fotos, keine Bücher, keine Andenken. In dieser Wohnung lebte niemand. Nichts erinnerte an Beziehungen zu anderen Menschen, keine Note gab der Einrichtung den Hauch des Persönlichen. Es war wie in einer Ferienpension. Einrichtungsgegenstände und unpersönliche Dekoration, alles vermittelte den Eindruck des Durchlaufs.

Petersens Wohnung war ein Rattenloch gewesen. Die Höhle des Versagers. Doch man hatte ihr angesehen, dass dort jemand lebte. Die Poster, der Muff, der Müll.

Doch hier war es anders. Die ganze Wohnung sah aus wie aus einem Ferienprospekt.

Viele der Wohnungen hier waren so eingerichtet, doch wenn jemand länger an einem Ort lebte, hinterließ er etwas. Eine Präsenz, ein Zeichen. Hier war nichts dergleichen zu spüren.

Mila ging in die Küche. Die Gläser in den Küchenschränken waren sauber und an ihrem Platz, die Küchengeräte wohl verstaut. Alles schien auf den nächsten Gast zu warten.

Aus der Innentasche ihrer Jacke holte Mila eine Schwarzlichtlampe.

Das dunkle Licht enthüllte nichts. Keine Flecken, keine Reste menschlichen Lebens. Sie wiederholte die Prozedur in den anderen Räumen, doch auch hier war nichts zu sehen. Jemand musste die Wohnung gereinigt haben. Professionell gereinigt. Selbst mit eifrigem Putzen hätte das Schwarzlicht sonst noch Spuren zutage gefördert. Das ging nur mit starker Chemie.

Ihre Kiefer malmten, während sie an die Szene am Strand zurückdachte. Lukas hatte getobt, als er den Strandkorb zerstört hatte. Wahrscheinlich hatte er sich danach wieder stark gefühlt. Doch im vorhergegangenen Gespräch mit Lea hatte er alles andere als stark gewirkt. Er war deutlich größer als sie und doch hatte er selbst auf die Entfernung klein neben ihr gewirkt. Mila hatte nicht verstehen können, worum es in dem Streit gegangen war. Doch Lea war ganz eindeutig die Siegerin gewesen. Sie hatte das Gespräch dominiert, hatte ihn zurechtgewiesen.

Ein paar spitze Bemerkungen hier, eine Erwähnung da. Typen wie Petersen machten in der Regel auf hart, damit sie sich ihrer Schwäche nicht stellen mussten.

Gefundenes Fressen für eine Wölfin auf der Jagd.

Doch das waren alles nur Vermutungen. Petersen lag im künstlichen Koma und konnte nichts erklären.

Hoffentlich erwachte er wieder. Ihre Sympathien für ihn gingen gegen null, doch ein Menschenleben beendet zu haben, würde auf ihr lasten, das wusste sie.

Es war nicht das erste Mal, dass sie ihre Waffe im Dienst hatte ziehen müssen. Aber das erste Mal, dass sie auch abgedrückt hatte. Das erste Mal, dass sie einen Menschen verwundet hatte.

Er hatte auf sie geschossen und getroffen, es war Notwehr. Sie hatte sich nichts vorzuwerfen. Doch selbst jede noch so klare Einsicht half nicht gegen Reue, Scham und Zweifel.

Der Gedanke war zu schwer, um ihn jetzt zu schultern.

Sie schob ihn beiseite und ging noch einmal durch alle Räume. Auf der Suche nach einem Anhaltspunkt blickte sie unters Bett und erneut in die Schränke, fand jedoch nichts.

Ein Anruf konfrontierte sie nach mehreren Freizeichen mit Leas Anrufbeantworter. Sie steckte ihr Telefon wieder weg und spähte durch den Türspion. Die Treppe lag verlassen.

Dreiundvierzig

Lautlosen Schrittes schlich sie die Treppe hinab und spähte in die Wohnküche.

Ein brauner Schopf tauchte hinter der freistehenden Kochzeile auf, ein Arm sauste durch die Luft und dann zersprang ein Teller an der Wand. Schalen, Tassen und Besteck flogen durch den Raum.

Die Frau schrie und riss die Schränke auf. Töpfe flogen durch den Raum, schellten gegen die Wände und schlitterten über den Fliesenboden.

Eine Pfanne kam in ihre Richtung geflogen. Für einen kurzen Moment glaubte sie, entdeckt zu sein. Sie zog den Kopf ein.

Das restliche Kücheninventar flog durch die Luft. Der Angriff galt nicht ihr. Er galt dem Leben, der gescheiterten Existenz.

»Magda!«

Linus duckte sich vor einem Becher, der ihm entgegenflog.

»Hör auf!«, rief er und überbrückte die Distanz zwischen sich und seiner Frau mit schnellen Sprüngen. Er schloss sie in die Arme und presste sie an sich.

Sie hörte Magda schreien, sah, wie sie sich wand, mit Linus rang.

»Es tut mir leid«, sagte Linus.

Magda wandte den Kopf ab und presste ihn von sich. Ihr Gesicht war eine wilde Fratze.

Er streckte die Arme nach ihr aus, versuchte sie zu berühren. Doch sie wich zurück.

»Du hast mich angelogen!«, fauchte sie zwischen den blitzenden Zähnen.

Linus senkte den Blick.

»Es hat nichts bedeutet«, sagte er. Seine Schultern hingen schlaf von seinem Hals herab.

»Nichts bedeutet?! Du schläfst mit irgendwelchen Nutten und das soll nichts bedeuten?!«

»Bitte, Magda. Es tut mir wirklich leid.« Er flehte, seine Stimme klang schwach und weinerlich.

»Wer war sie?«

»Niemand. Nur eine Prostituierte. Es hat nichts bedeutet. Sie war niemand für mich. Du und Mila…«

Sie hörte nicht mehr, was Magda sagte. In ihrem Schädel hallten nur die beiden Worte nach.

Nichts und niemand.

Es hat nichts bedeutet. Sie hat nichts bedeutet. Sie war niemand. Nur ein Körper, mit dem er seine Sorgen für einen Moment vergessen konnte. Junge, schöne Haut, über die er mit seinen dreckigen Händen fahren konnte. Finger, die ihre Schwester berührten. So wie er auch sie berührt hatte.

Ich brauche dich, Linus. Du musst mir helfen, mich beschützen.

Sie hielt den Brief in ihrer Tasche mit den Fingern fest. Ihre Hand zitterte. Nur mit Mühe schaffte sie es, das Papier nicht in ihrer Faust zusammenzuknüllen.

Sie war niemand für mich.

Linus und seine Frau standen nur ein paar Schritte entfernt.

Die gusseiserne Bratpfanne lag direkt vor ihr auf dem Boden.

Es hat nichts bedeutet.

Mit einem schnellen Schritt trat sie hinter der Ecke hervor und hob die Bratpfanne vom Boden auf.

Nichts und niemand.

Vierundvierzig

Eine kurze Schlange wartete vor dem Schalter der Fähre.

Mila stellte sich vor den ersten Kunden und drückte ihr Handy gegen die Scheibe.

Der Verkäufer musterte das Bild einen Moment, dann schüttelte er den Kopf und erklärte, dass er sie in letzter Zeit nicht gesehen habe. Der Art und Weise nach zu urteilen, wie er das Bild betrachtete, würde er sich mit Sicherheit an sie erinnern.

Sie schleppte sich zurück zu ihrem Wagen und ließ sich in den Sitz fallen. Sie hatte es noch einmal in der Wohnung probiert und in der Klinik nachgefragt.

Niemand wusste, wo Lea steckte.

Ihre Augen wanderten durch die Fensterscheibe.

Der Supermarkt war nicht weit weg. Sie könnte sich eine Flasche holen und zurück in die Herberge fahren oder sich mit Daniel treffen und die Sache vergessen. Der Täter lag im Krankenhaus. Sie hatte den Fall gelöst.

Mit einem Schnaufen legte sie die Hand an den Schlüssel und startete den Wagen.

»Ich brauche eine Funknetzabfrage für Lea Theling«, sagte Mila, während sie den Tresen der Polizeistation umrundete.

Klaas blickte für einen Moment von der Zeitung auf, die auf dem runden Tisch vor ihm lag. Er hatte Fragen im Blick, doch gab sich selbst die Antwort.

»Der Fall ist abgeschlossen«, brummte er.

»Der Fall ist abgeschlossen, wenn der Mörder verurteilt ist«, herrschte Mila ihn an.

Ein Blick hatte genügt, um zu erkennen, dass er wieder der träge Bulle geworden war, den sie bei ihrer Ankunft auf der Insel kennengelernt hatte.

»Sobald er aus dem Krankenhaus entlassen wird, kommt er vors Gericht«, erwiderte Klaas. »Wozu brauchen Sie da eine Funknetzabfrage seiner Freundin?«

»Ich glaube, dass sie etwas mit dem Mord zu tun hat«, erklärte Mila mit mehr Unsicherheit in der Stimme, als sie zugeben wollte. »Sie hat sich bei der Arbeit krankgemeldet und ist nicht mehr zu erreichen. Ich war auch schon bei ihr zu Hause. Dort ist sie nicht.«

Klaas atmete langsam und hörbar ein und wieder aus, als könnte er Mila damit beruhigen.

»Besorgen Sie mir den richterlichen Beschluss, dann veranlasse ich die Abfrage.«

Mila presste die Zähne aufeinander. Als sie Lukas gejagt hatten, hatten ihn die Bestimmungen nicht interessiert. Mit dem kurzen Dienstweg war es jetzt wohl vorbei.

»Bis ich den habe, ist es vielleicht schon zu spät. Wenn sie flüchtig ist, wird sie ihr Telefon sicher bald entsorgen«, drängte Mila, doch Klaas zuckte nur mit den Schultern.

Er widmete sich wieder seiner Zeitung.

»Bei der Fähre wurde sie nicht gesehen. Sie muss also

noch auf der Insel sein«, sagte sie und überlegte einen Augenblick. »Gibt es noch andere Möglichkeiten die Insel zu verlassen?«

»Nein, nur die Fähren«, sagte Klaas, ohne von der Zeitung aufzusehen.

Mila ballte die Fäuste und drehte sich von Klaas weg, um ihm sein Desinteresse nicht mit einem lauten Fluch um die Ohren zu schlagen. Ihr Blick fiel auf eine Karte an der Wand, auf der Amrum und die umliegenden Inseln zu sehen waren.

»Kann man nicht übers Watt laufen?«, fragte sie.

»Es gibt Führungen«, murmelte Klaas und faltete die Zeitung zusammen. »Theoretisch könnte man nach Föhr laufen. Das ist nicht sonderlich weit. Aber wenn man sich nicht auskennt, ist das reiner Selbstmord.«

Er schüttelte den Kopf und winkte ab.

Mila schob sich eine Hand in die Jackentasche und fuhr mit dem Daumen über die kleinen Blasen des Blisters.

»Haben Sie ein Nachtsichtgerät?«

Fünfundvierzig

Es kostete Kraft, die Tasche mit nur einem Arm zu ziehen. Mila keuchte, hielt jedoch erst an, als sie die Spitze der Düne erreicht hatte. Sie ließ sich in den Sand fallen und rang nach Luft.

Die Stelle war gut. Von der Düne konnte sie die Nordspitze und das Meer überblicken, ohne gesehen zu werden. Sie war sich nicht sicher, ob Lea hier sein würde. Doch wenn sie wirklich durch das Watt laufen sollte, war das der einzige Weg. Von hier waren es nach Föhr nur etwas mehr als 2 Kilometer, auch Sylt wäre erreichbar. Eine Wanderung vom Südstrand nach Hooge oder Langeneß wäre hingegen reiner Selbstmord.

Sie packte einen Schlafsack und ein paar Decken aus und schraubte eine der Kaffeekannen auf. Mit der warmen Tasse in der Hand warf sie einen Blick auf den Gezeitenplan in der Broschüre, die sie sich in der Touristeninformation besorgt hatte. Das Wasser würde seinen niedrigsten Stand in dieser Nacht genau zweimal erreichen. Einmal kurz vor sieben, fast zeitgleich mit dem Sonnenuntergang. Das nächste Mal um sechs Uhr morgens.

Mila blickte auf ihr Handy. Noch eine Stunde bis zum Sonnenuntergang.

Mit dem Fernglas suchte sie den Strand ab. Das Wasser hatte sich bereits zurückgezogen und war nur noch in einzelnen Pfützen über dem Watt zu sehen.

Es dauerte nicht lange, bis die Dunkelheit über die Insel fiel. Eine wolkenlose Neumondnacht. Sie brachte eisig schneidende Kälte mit, und Schmerz. Feuchte Kühle kroch durch die Lagen ihrer Kleidung unter den Verband und ein kaltes Brennen erfasste ihre Schulter.

Mila spülte die Tablette mit etwas Kaffee runter und tauschte ihr Fernglas gegen das Nachtsichtgerät, das Klaas ihr nach einigem Hin und Her überlassen hatte. Es zeigte eine lebensfeindliche Welt in unwirklichem Grün. Eine einsame Landschaft, aus der das Leben floh.

Nach einer Weile kam das Wasser wieder. Niemand hatte sich zu Fuß auf den Weg zur nächsten Insel gemacht. Sie setzte das Gerät wieder ab und blickte in die Sterne. Endlose Weite, kalter Raum, Einsamkeit.

Die Stunden krochen vor sich hin und nur der heiße Kaffee hielt sie am Leben. Immer wieder ging sie den Fall in Gedanken durch und Zweifel schlich in ihre Brust. Sie war angeschossen worden und brauchte Ruhe. Der Fall war abgeschlossen. Was trieb sie hier nachts in den Dünen?

Es war zu kalt für solche Gedanken. Sie schob den Zweifel beiseite und ließ ihren Blick über das Watt gleiten. Sie blieb an einem dunklen Strich hängen, der aus der Landschaft ragte und sich bewegte.

Für ein paar schnelle Atemzüge verfolgte Mila die Bewegung durch das Nachtsichtgerät, dann schlug sie den Schlafsack mit einem Fluch auf den Lippen zurück und stürmte die Düne herunter. Ihre Surfschuhe schmatzten auf dem nassen Meeresboden, doch sie sank nicht ein.

Immer wieder musste Mila kurze Pausen machen, um das Stechen ihrer Seiten zu beruhigen und wieder zu Atem zu kommen. Die Figur hatte einigen Vorsprung, doch es gelang ihr aufzuholen.

Nur noch eine kurze Pause, nur noch einmal Luft holen, dann wäre sie nah genug, um sie zu stoppen. Sie stützte einen Arm auf ihr Knie und schnaufte tief, bis ihr Atem wieder ruhiger wurde.

Kaum hatte sie den ersten Schritt getan, blieb sie plötzlich stehen. Hektisch suchte sie die Umgebung ab, doch das Nachtsichtgerät zeigte nur grüne Leere. Es war nicht möglich. Sie hatte sich nur kurz ausgeruht. Lea hätte in der Zeit nicht entkommen können. Die Küste war noch zu weit weg.

Mila hörte noch den dumpfen Knall, dann explodierte ihre Schulter und sie fiel zu Boden.

Als sie wieder zu sich kam, blickte sie in eine dunkle Welt. Das Nachtsichtgerät war weg. Sie blinzelte mehrere Male, bis sich ihre Augen an das schwache Licht der Sterne gewöhnt hatten.

Lea stand mit einem Schlagstock in der Hand vor ihr.

»Sie hätten mir nicht folgen dürfen«, sagte sie mit kalter Stimme.

»Warum haben Sie es getan?«, fragte Mila, während sie einen Finger an den Verschluss ihres Holsters legte. Wenn sie sich nur langsam genug bewegte, merkte Lea es vielleicht nicht.

»Warum?!«, schrie Lea und hob den Schlagstock über ihren Kopf.

»Warum haben Sie Lukas da mitreingezogen?« Sie musste Zeit gewinnen.

Lea hielt in der Bewegung ein.

»Lukas?«, fragte sie und ließ die Waffe wieder sinken.

»Warum haben Sie Lukas dazu gebracht, Henrik Ahlers umzubringen?« Der Verschluss war offen.

»Lukas soll«, begann Lea den Satz, brachte ihn jedoch nicht zu Ende. Ein fürchterliches Grinsen verzerrte ihre Fratze.

»Sie haben keine Ahnung, was passiert ist, oder?« Lea starrte mit einem wahnsinnigen Ausdruck im Gesicht auf Mila hinab. »Wie sind Sie darauf gekommen, dass ich damit etwas zu tun habe?«

»Lukas ist nicht der Typ für einen Giftmord«, erklärte Mila, während sich ihre Finger um den Griff der Pistole legten. »Es war klar, dass Sie ihm erklärt haben, wie er an das Gift kommt und es Ahlers spritzt.«

Lea schnaufte.

»Lukas wäre selbst zu blöd, eine Nadel zu setzen, wenn es um sein Leben ginge.«

»Sie waren es«, sagte Mila und konzentrierte sich auf ihren Atem. Langsam ein und aus. »Warum haben Sie ihn umgebracht, Lea?«

Hass und Wut zerrten an Leas Zügen.

»Das werden Sie leider niemals erfahren«, sagte sie, schritt auf Mila zu und hob den Schlagstock in die Luft.

Die Luft strömte aus Milas Mund, dann zerfetzte ein Blitz die Dunkelheit.

Lea taumelte nach hinten und fiel zu Boden.

In Milas Schulter brannte ein Schmerz, als würde Faser für Faser in Flammen zu heißem Matsch zerkochen. Doch sie schaffte es, das Gefühl zur Seite zu drücken und kam wieder auf die Füße.

Lea stöhnte und starrte Mila vom Boden aus an. Ihr Gesicht sah hilflos aus. Sie drückte mit den Händen auf die Wunde am Bein, doch das Blut ließ sich nicht zurückhalten.

Mila musterte sie und blieb an dem klaffenden roten Loch im Oberschenkel hängen.

»Wenn die Wunde nicht versorgt wird, sind Sie in einer halben Stunde tot«, sagte sie und zog sich den Gürtel aus der Hose. Sie reichte ihn Lea, die sich das Leder oberhalb des Einschusslochs um den Schenkel wickelte. Das Blut floss langsamer.

»Wie haben Sie Lukas dazu gebracht?«, fragte Mila unter Keuchen. Der Schmerz wurde von Augenblick zu Augenblick schlimmer. Die Wunde musste sich wieder geöffnet haben. Erschöpfung und Schmerz hämmerten mit aller Gewalt auf sie nieder.

Lea schnaufte schwer, schwieg jedoch.

Mila blickte einen Moment über Leas Schultern. In einiger Entfernung erkannte sie die Küste von Föhr. Wenn sie sich beeilten, konnten sie in einer Stunde dort sein.

»Warum haben Sie Henrik Ahlers umgebracht?«, fragte Mila, während sie auf Lea hinabblickte. Sie wollte sich setzen, kurz auf dem Boden ausruhen. Zwang sich jedoch, stehen zu bleiben. Wenn sie sich niederließ, würde sie nicht wieder hochkommen.

Leas Antwort waren Keuchen und Stöhnen, während sie versuchte, sich aufzurichten. Mit einem lauten Schrei kam sie auf die Beine. Sie starrte Mila mit Mord in den Augen an, dann sah sie zu Milas Waffe. Für einen Augenblick verharrte sie stumm vor ihr, dann drehte sie sich um und begann, in Richtung Föhr zu humpeln.

Hunger und Müdigkeit, die Erschöpfung der letzten Tage, Wochen, Monate, die ganze Erniedrigung ihrer

Existenz verdichtete sich in Milas Brust zu heißer Wut. Mit ein paar schnellen Schritten überbrückte sie den Abstand, schwang ein Bein durch die Luft und krachte damit in Leas Hüfte.

Mit einem Schrei fiel Lea vornüber in den Schlamm. Sie hatte die Hände vors Gesicht gehalten und den Fall gebremst. Doch Mila saß bereits auf ihrem Rücken. Sie drückte mit ihrem Gewicht auf Leas Kopf, bis Nase, Mund und Augen im Matsch versanken.

In ihrem Kopf zählte Mila bis zwanzig, dann zog sie Leas Kopf an den Haaren hoch.

»Wieso?«, brüllte sie, richtete sich auf und stand bedrohlich über ihr.

Die junge Frau hustet Schlamm und Matsch.

Mila packte sie an den Haaren.

»Warum haben Sie ihn umgebracht?!«

»Wenn dieser Versager Sie nur richtig erwischt hätte«, fluchte Lea mit leiser Stimme. Aus den Augen spie sie ihren Hass in Milas Richtung.

Es hatte keinen Sinn, die Frage zu wiederholen. Sie zerrte Lea auf den Rücken und presste ihr Knie in die Schusswunde.

Lea starrte sie mit einem Ausdruck an, den nur der Schmerz hervorholen kann. Die Pein, die jede Schicht des Ichs abschält, die Mauern der Persönlichkeit einreißt, bis nur noch der Wunsch existierte, dass es endlich aufhöre.

Ihre Schreie verloren sich im Wind. Es gab niemanden, der sie hätte hören konnte. Nur das Rauschen des Wassers antwortete ihr.

»Weil er es verdient hat!«, brüllte sie schließlich.

Mila nahm ihr Gewicht von Leas Bein. Sie stützte sich mit einer Hand auf dem Boden ab. Kaltes Wasser umspülte ihre Hand. Sie richtete sich langsam auf und warf einen Blick in Richtung Küste.

»Sie wollten sich für irgendetwas rächen, das während Ihres Verhältnisses passiert ist?«, fragte sie mit grimmigem Ausdruck im Gesicht.

»Nein!«

Für einen Augenblick kämpften ihre Augen eine stumme Schlacht, in der nur das Meer rauschte, dann senkte Lea den Blick.

»Er sollte für den Tod meiner Mutter büßen. Meine Mutter war schwach. Dafür habe ich sie gehasst. Doch noch mehr habe ich ihn gehasst!«

Das Rauschen wurde lauter. Das Wasser ging Mila bereits bis zum Knöchel.

»Wir müssen ans Ufer«, sagte sie und streckte eine Hand nach Lea aus.

Die junge Frau presste die Lippen aufeinander, zögerte einen Augenblick, dann nickte sie.

Mila ergriff Leas Arm und zog sie hoch.

»Was hatte er mit dem Tod Ihrer Mutter zu tun?«, fragte Mila gepresst. Leas Gewicht drückte auf ihre Schulter und schob ihr die Luft aus der Lunge.

Die Schritte kosteten Kraft. Mit Schrecken stellte Mila fest, dass ihr das Wasser fast bis zum Knie ging. Sie versuchte schneller zu gehen. Sie mussten ans Ufer kommen.

»Sie hat sich umgebracht. Wegen ihm.« Lea spuckte die Worte aus, als wären sie vergorene Milch.

»Was ist damals passiert?«, fragte Mila nach ein paar Schritten unter Schweigen. Die Stille war gefährlich, denn dahinter lauert die Sehnsucht nach Ruhe, dem lautlosen Gleiten ins Nichts. Es würde ein Moment der Qual sein. Das Bedürfnis zu Atmen, der Kampf gegen den Reflex. Doch nur ein kurzer Moment, dann würde sich ihre Lunge mit Wasser füllen. Ein paar Sekunden, dann wäre es vorbei.

»Weil sie den Schmerz nicht mehr ertragen hat«, sagte Lea, die mit jeder Silbe langsamer zu werden schien. »Meine Mutter war seit dem Tod meines Vaters allein.« Sie keuchte zwischen den Wörtern. »Irgendwann hat sie Henrik Ahlers kennengelernt. Er war erfolgreich, charismatisch und hat ihr lauter tolle Dinge erzählt. Sie hat an eine gemeinsame Zukunft geglaubt. Doch er war nur hinter ihrem Körper her. Irgendwann hat er sie dann wie einen alten Lappen weggeworfen.«

Durch ihren Schmerz spürte Mila das Echo von Leas Hass in ihrer Brust. Nicht auf Henrik Ahlers, den Mörder oder die Polizei, die den Täter nie gefunden hatte, sondern auf ihre Eltern, die sie verlassen hatten, und auf sich selbst.

»Wir müssen uns beeilen,« trieb sie Lea an.

Der Sog des Dunkels wurde stärker. Doch die Wut gab ihr Kraft. Auch sie hatte noch eine Rechnung zu begleichen.

Lea stöhnte hörbar. Sie schleppte sich nur langsam durch das Wasser. Plötzlich sank ihr Kopf nach vorne und ihr Körper wurde schlaff.

»Lea, wach auf!«, brüllte Mila und stemmte sich mit aller Macht gegen die Schwerkraft. Fast wären sie beide ins Wasser gefallen.

Die junge Frau kam wieder zu Bewusstsein und sah sich verwirrt um.

Mila konnte den Schreck erkennen, der in Leas Gesicht stand, bis die Erinnerung wieder einsetzte. Der kurze Augenblick, in dem die Wirklichkeit Form gewinnt, aber noch keine Geschichte hat. Sie waren nachts im Watt, das Wasser stand ihnen beinahe bis zur Hüfte. Sie würden sterben.

»Ihre Mutter hat sich umgebracht, weil Ahlers sie verlassen hat?«, fragte Mila und begann wieder zu laufen. Sie musste Lea bei Bewusstsein halten.

»Ein erbärmlicher Grund, sich wegen eines Mannes das Leben zu nehmen«, röchelte Lea. Ihr war deutlich anzuhören, dass ihr Körper sich auf sein Ende zubewegte. »Ich kann mich noch genau erinnern, wie sie jeden Tag versucht hat, ihn zu erreichen. Doch er hat sie einfach aus seinem Leben gestrichen. Wahrscheinlich hat er nie wieder einen Gedanken an sie verschwendet. Meine Mutter ist dann ziemlich schnell zum Wrack geworden. Sie hat den Verlust meines Vaters wohl nie verkraftet. Und die Geschichte mit Ahlers hat ihr den Rest gegeben.«

»Also haben Sie beschlossen, ihn umzubringen?«, fragte Mila. Der Gedanke schien ihr nur natürlich. Auch in ihrer Fantasie hatte sie den Mörder ihrer Eltern seiner gerechten Strafe zugeführt. An weniger dunklen Tagen hieß das Verhaftung, Prozess und Knast. An den finstersten Folter, Qual und Mord.

»Es war meine einzige Möglichkeit. Man kann ihn nicht dafür belangen, dass sein Verhalten den Selbstmord meiner Mutter zur Folge hatte. Doch er war schuld. Er ganz allein.« Aus ihrer Stimme klang der Hass. Sie hatte sich gerächt, das Gefühl war jedoch geblieben.

»Sind Sie deswegen hier nach Amrum gekommen?« Jeder Schritt war eine Überwindung.

»Ja«, keuchte Lea. »Er konnte sich nicht an mich erinnern. Aber ich habe ihn niemals vergessen. Ich wusste, dass er ein Haus auf Amrum hat, also habe ich dafür gesorgt, dass ich einen Grund habe, hier zu sein. Die Arbeit als Physiotherapeutin war die einfachste Möglichkeit.«

Mila dachte an ihr letztes Gespräch mit Lea, an die aufgeplatzte Lippe, das blaue Auge.

»Hatten Sie wirklich ein Verhältnis mit dem Liebhaber Ihrer Mutter?«, fragte Mila mit einer Mischung aus Abscheu und Bewunderung. Wie weit war diese Frau bereit gewesen zu gehen? Wie weit würde sie selbst gehen?

Der Himmel verdunkelte sich.

Lea hatte keinen Alkohol gebraucht, um den Schmerz zu betäuben. Der Riss im Herzen hatte ihr Kraft gegeben, sie zu ihrem Ziel geführt.

Ein Tropfen traf Mila an der Stirn. Der Regen verwischte die Linien, spülte die Gewissheiten fort. Sie hatte den Mörder ihrer Eltern nicht finden können und sich stattdessen selbst bestraft. Hatte sich mit jedem Schluck näher in den Tod getrunken. Es war ein langsamer Verfall, doch die Richtung war klar. War sie nicht hartnäckig genug gewesen? Hatte ihr Gewissen sie daran gehindert, alles zu tun, was nötig war?

»Nein«, schnitt Leas Stimme durch den Regen. »Es war nicht schwer, seine Aufmerksamkeit zu erregen. Ich bin ihm ein paar Mal wie zufällig begegnet, habe seinen Blick erwidert. Männer wie er denken, ihnen gehört die ganze Welt und alle Frauen fliegen auf sie. Wir waren ein paar Mal essen und dann hat er dafür gesorgt, dass ich ihm Massagen in der Klinik gebe. Ich habe immer mit ihm geflirtet, aber nur genau so viel, dass er dranbleibt. Es hat ihn wahnsinnig gemacht.«

»Wie haben Sie ihn an den Strand gelockt?«, fragte Mila. Es fiel ihr schwer die Worte klar herauszubringen. Das kalte Wasser lähmte sie. Sie spähte geradeaus. In einiger Entfernung sah sie ein Licht. Sie liefen gerade darauf zu.

»Das war leicht«, schnaufte Lea. »Ich habe ihm eine Nachricht geschickt, in der ich angedeutet habe, dass er vielleicht endlich einmal Glück mit mir hätte.«

»Und dann haben Sie ihm das Gift verabreicht«, stellte Mila fest.

Ein Windstoß peitschte ihnen den Regen ins Gesicht und Mila musste ihre ganze Kraft darauf verwenden, dass sie nicht umfielen.

»Ich habe so getan, als würde ich mit seinen Füßen spielen wollen. Bei den Massagen hat er immer so seltsame Sprüche gemacht, dass ich ihm auch mal die Füße massieren könnte. Als ich ihm dann gesagt habe, dass er die Schuhe ausziehen soll, war er so geil, dass ihn selbst der Regen nicht gestört hat.«

»Gehörten die Blutergüsse auch zu seinem Fetisch?«, fragte Mila und dachte an den Bürgermeister und seinen Spielgefährten.

Lea holte mehrmals Luft, bevor sie antwortete. Ihr Atem war flach und langsam.

»Als ich ihn da vor mir habe liegen sehen in der Hängematte, mit dem Schrecken in den Augen, mit der Gewissheit des Todes, bin ich ausgerastet. Der Schmerz war zu kurz. Das Gift war zu gut für ihn. Er hat nur kurz das Gesicht verzerrt, dann war es vorbei. Ich wollte, dass er leidet.«

»Es ist nicht mehr weit«, keuchte Mila. Leas Gewicht wurde auf ihrer Schulter immer schwerer und der Kopf der jungen Frau taumelte bedrohlich nach vorne und wieder zurück.

»Hat Lukas Ihnen dabei geholfen?«, fragte Mila, um sie bei Bewusstsein zu halten.

»Nein«, röchelte Lea mit leiser Stimme. »Der hätte sicherlich alles für mich getan. Aber ich musste das allein tun.«

»Aber Sie haben ihn als Sündenbock vorgeschickt«, stellte Mila trocken fest. Der Schmerz in ihrer Schulter schluckte jedes Mitleid für Petersen.

»Es war fast schon zu leicht, ihn in die richtige Richtung zu lenken. Dann habe ich noch ein paar Hinweise in seiner Laube platziert und ihm gesagt, dass Sie mich wegen ihm verhört haben«, sagte Lea nach einer kurzen Pause. Ihre Stimme war kaum noch zu hören.

Eiskalte Klauen gruben sich in Milas Eingeweide. Lea hatte mit aller Berechnung in Kauf genommen, dass Lukas sie bei der Festnahme erschießen würde. Vielleicht hatte sie es auch gehofft.

»Das Gift«, fragte Mila, »war es Kaliumchlorid?«

Keine Antwort.

»Lea!«, rief Mila, dann sackten ihre Beine weg.

Sechsundvierzig

Die Vibration erschütterte ihren Arm, als sie die Pfanne mit einem dumpfen Krachen auf Linus' Schädel jagte.

Er stöhnte und fiel vorwärts auf den Boden.

Magda schrie und rannte hinter die Küchenzeile. Das Entsetzen riss ihre Augen auf.

Sie stand hinter Linus und starrte ihn an.

Wie ein Tier kroch er auf dem Boden vorwärts, versuchte auf die Füße zu kommen.

Mit einem Tritt in seinen Rücken schickte sie ihn zurück auf die Fliesen.

Sie gab ihm Zeit sich umzudrehen.

»Du!«, keuchte er.

In seinen Augen lag der Schrecken der Erkenntnis. Sie las es deutlich. Die Ähnlichkeit war offensichtlich, doch er hatte sie nicht wahrgenommen. Es war ihm egal gewesen. Dara hatte ihm nichts bedeutet. Dara war niemand für ihn gewesen. Zuerst nur eine Nutte, dann nur ein Fall in einer Akte.

Sie holte den Brief aus der Jackentasche.

»Wer Dara umgebracht?!«, brüllte sie.

Linus' Blick war finster.

Sie schlug mit dem Eisen auf sein Knie. Ein morsches Knacken, dann ein Schmerzensschrei.

»Wer meine Schwester ermordet?!«

»Ich weiß es nicht«, ächzte er.

Er log, sie wusste es. Daras Tod war ihm egal. Er hatte sie verraten.

Der nächste Hieb traf ihn am Kiefer. Fleisch platzte, Zähne flogen aus.

»Wer war es?! Du weißt!«

Seine Augen gingen zu Magda.

Sie folgte dem Blick.

»Nein!«, brüllte Linus, mehr Laut als Wort, und kroch auf die Küchenzeile zu.

Magda hob die Hände vor den Körper. Das Messer zitterte in ihrer Hand.

Aus kalten Augen stierte sie Magda an und ging langsam auf sie zu. Ein Schlag mit der Pfanne fegte das Messer davon.

Magda regte sich nicht. Das Zittern war die einzige Bewegung.

Ihre Hände hatten leichtes Spiel. Sie packte Magda an den Haaren, riss sie zu Boden und hob das Messer auf.

»Wer hat Dara umgebracht?«, fragte sie Linus und setzte Magda die Klinge an die Kehle.

Linus kämpfte sich vorwärts, schüttelte den Kopf.

»Ich weiß es nicht. Bitte tu ihr nichts!«

Sie sah die Verzweiflung in seinem Gesicht, die Angst um das Leben seiner Frau. Gefühle, die er Dara schuldete. Er hatte sie verraten, sie ihm Stich gelassen. Wegen ihm war sie ermordet worden.

»Dara deine Hilfe gebraucht«, brüllte sie und drückte die Klinge noch fester gegen Magdas Kehle. Ein feiner Tropfen Blut rann über die weiße Haut. »Du hast ihr nicht geholfen. Du Schuld an ihrem

Tod!«

Das Messer öffnete einen klaffenden Spalt und mit einem heißen Blubbern und Röcheln floss das Leben aus Magdas Kehle.

Seine Schreie, seine Verwünschungen, sein Flehen und Toben erreichten sie nicht mehr.

Das Messer traf ihn am Auge. Er hob die Arme, versuchte sich zu schützen.

Wieder und wieder ließ sie das Messer auf ihn niedersausen, jagte ihm die Klinge in den Leib. Sie schrie ihn an, brüllte Hass und Wut heraus, bis er sich nicht mehr regte.

Ihr Blick ging durch die Fenster in den Garten. Sie würde durch die Dunkelheit entschwinden. Doch vorher würde sie diesen Ort in Schutt und Asche legen. Nichts durfte von dem falschen Leben übrigbleiben.

Als das Öl im Topf zu blubbern begann, legte sie die Lappen auf die anderen Herdplatten. Sie wartete einen Augenblick, bis feiner Rauch zwischen den Stoffen aufstieg.

Das Messer fand in ihrer Jacke Platz, dann schlich sie sich durch den Garten und stieg in ihren Wagen. Sie fuhr die Straße hinunter und wartete auf die Flammen.

Die Tochter lief die Straße entlang. Kaum hatte sie das Haus betreten, griff das Feuer um sich.

Sie ließ den Wagen an. Die Tochter hatte keine Schuld, doch von ihr aus durfte sie in den Flammen sterben. Jeder Mensch, der mit Daras Tod verbunden war, würde bezahlen. Sie würde die Familien der Täter auslöschen, würde ihre lieben Menschen töten. Würde ihnen alles nehmen.

So wie man ihr alles genommen hatte.

Siebenundvierzig

Ein grelles Licht stach Mila in die Augen. Sie verzog die Lider zu schmalen Schlitzen, bis sich ihre Netzhaut an die Helligkeit gewöhnt hatte und die Welt um sie herum wieder Form annahm.

Frank saß neben ihr und blickte sie mit großen Augen an.

»Mila, wie geht es dir?«, fragte er und stand auf.

Ihre Augen glitten durch den Raum, blieben an dem Metallbügel am Fuße ihres Bettes hängen, wanderten zu dem Ständer neben ihrem Bett, von dem ein dünner Schlauch in ihren Unterarm führte. Ein Beutel mit klarer Flüssigkeit hing daran.

»Es geht«, krächzte Mila. Sie versuchte zu schlucken, doch ihr Gaumen produzierte nur ein trockenes Stechen.

Frank goss etwas Wasser in einen kleinen Becher und führte ihn an Milas Mund.

Die ersten Tropfen verschwanden im Staub, aber nach dem ersten Schluck spürte Mila neues Leben in ihrem

Hals.

»Das ist ja alles ganz schön drunter und drüber gegangen«, sagte Frank, während Mila trank. Sein Blick drückte Sorge aus.

»Was ist passiert?«, fragte Mila.

Seine Besorgnis wurde zu Verwunderung.

»Das wollte ich eigentlich dich fragen«, sagte er und setzte sich wieder auf den Stuhl zurück. »Ein Spaziergänger hat dich bewusstlos am Strand von Föhr gefunden. Den Rettungskräften zufolge warst du kurz davor, in dein letztes Loch zu krabbeln.«

»Lea…?«, fragte Mila und drückte den Rest mit einer langsamen Bewegung ihrer Lider aus, um Kraft zu sparen.

»Hat überlebt. Sie hat viel Blut verloren, aber man hat euch rechtzeitig entdeckt«, antwortet Frank und musterte sie einen Augenblick. »Du hast auf sie geschossen?«

»Sie hat Ahlers umgebracht«, flüsterte Mila. Die Worte waren zu schwer für ihre Zunge.

Er nickte.

»Dieser Petersen ist gestern aus dem Koma erwacht. Als wir ihn befragt haben, war ziemlich schnell klar, dass er nicht der Mörder gewesen sein kann. Er hatte keine Ahnung von dem Gift und es hat auch ziemlich lange gedauert, bis er den Zusammenhang zwischen dem Buch in seiner Laube, den medizinischen Geräten und der Vergiftung begriffen hatte. Er hat wohl geglaubt, dass du wegen der Brandstiftung hinter ihm her warst.«

Für einen Augenblick brandete die Erschöpfung an die kargen Gestade ihres Geistes. Wie ein Tsunami rollte sie auf ihr Bewusstsein zu, wuchs in riesige Höhen und krachte dann auf Milas gesamtes Sein hinunter. Jede Faser, jede Zelle, selbst die Knochen sehnten nach Ruhe.

Sie kämpfte gegen das Dunkel, das sich über ihre Augen legen wollte, gegen den Schwindel, das Trudeln ins Nichts.

»Hat Theling schon gestanden?«, fragte sie. Jede einzelne Silbe war ein verzweifelter Axtschlag, mit dem sie sich aus dem Abgrund der Ohnmacht weiter nach oben zog.

»Theling schweigt bisher«, sagte Frank und wischte das Problem mit seiner Hand beiseite. »Ich glaube nicht, dass sie davonkommt.«

Er nahm ihr den Becher ab und füllte ihn wieder.

»Am besten ruhst du dich erstmal aus«, sagte er und betrachtete sie einen Augenblick mit dem Ausdruck eines Vaters, der am Krankenbett seines Kindes steht.

»Du bist dir sicher im Klaren, dass es eine Untersuchung geben wird«, sagte er und schnaufte schwer. »Schließlich hast du gleich zwei Verdächtige in einem Mordfall angeschossen.« Er legte seine riesige Pranke auf Milas Arm und drückte sie. »Soweit ich das beurteilen kann, hast du alles richtig gemacht. Aber ich will auch ehrlich zu dir sein. Du standest ja vor der Sache schon unter Beobachtung.«

Mila antwortete mit einem schwachen Keuchen, während ihre Sicht verschwamm. Die Wirklichkeit wollte ihr keine Ruhe gönnen, zerrte sie aus dem Bett, um ihren Kopf ins Klo zu drücken.

»Das spielt natürlich alles erstmal keine Rolle«, beschwichtigte Frank. »Fürs Erste ist nur wichtig, dass du wieder gesund wirst. Und egal was kommt, ich stehe hinter dir. Wenn es nach mir geht, war das gute Arbeit. Nur über deine Methoden müssen wir uns nochmal unterhalten.«

Sein mildes Lächeln sollte anscheinend das Gewicht aus den Worten nehmen, doch Mila fühlte sich, als hätte sie die Nordsee doch geholt. Als drückte das ganze Gewicht der Wassermassen auf ihre Brust.

»Was genau ist da im Watt passiert?«, fragte er.

Sie brauchte eine Weile, bis sie erzählt hatte, was sich zugetragen hatte.

Frank hörte ruhig zu, nickte hier und da. Nur als sie davon erzählte, dass sie sich das Nachtsichtgerät von Klaas geliehen hatte, wurden seine Züge dunkel.

Mila wusste, was er dachte, und er hatte Recht. Sie hatte nicht allein aufs Watt gehen dürfen. Und Klaas hätte sie aufhalten, jemanden informieren müssen.

Doch Frank schwieg und hörte zu.

Achtundvierzig

»Ja, genau so«, sagte Daniel und ging einen Schritt zur Seite. *Klick*.

»Guck mal nach links und dann nach rechts. Ganz natürlich, als würdest du einfach am Strand entlang spazieren«, sagte er mit hörbarer Begeisterung in der Stimme. Er war voll in seinem Element.

Mila vergrößerte den Abstand zwischen ihren Schritten, sodass aus dem Gehen ein leichtes Springen wurde. Der Sand fühlte sich gut zwischen ihren Zehen an.

Es war mehrere Monate her, dass sie aus dem Krankenhaus entlassen worden war. Die Rückkehr aufs Revier war ein schöner Moment gewesen. Die Kollegen hatten sich sichtlich gefreut, dass sie wieder auf den Beinen war und in den Dienst zurückkehrte.

Die Dienstaufsicht hatte ihr hingegen keinen Kuchen gebracht. Stattdessen lud man sie zu Gesprächen.

Franks Warnung hatte sich bewahrheitet. Jede Menge Fragen, Beurteilungen durch Psychologen und Erklärungen, die sie abgeben musste. Aber Frank hatte Wort gehalten. Sie hatte nicht mitbekommen, was genau hinter den Kulissen lief, aber wenn man Anjas Ausführungen glauben konnte, hatte er sich wohl ziemlich stark für sie gemacht.

Am Ende war alles gut gegangen. Die interne Untersuchung kam zu dem Ergebnis, dass der Gebrauch der Schusswaffe in beiden Fällen gerechtfertigt war.

Auch der Bürgermeister hatte ihr keine weiteren Steine in den Weg gelegt. Sie wusste nicht, was er den Ermittlern gesagt hatte, aber er hatte seine Beschwerde über sie zurückgenommen.

Der Frühlingswind fegte über Milas Gesicht und wirbelte ihre Haare durcheinander. Instinktiv drehte sie sich gegen den Wind und legte sich eine Hand auf den Pony. Dann hielt sie in der Bewegung ein und wandte sich wieder Daniel und seiner Kamera zu.

Klick.

Scham und Hass waren nicht verschwunden, doch sie sprachen leiser. Seit sie sich mit Daniel traf, wurden sie immer häufiger zum Flüstern. Wenn sie sich an ihn schmiegte, verstummten sie zuweilen ganz.

»Du bist wirklich wunderschön«, rief er und kniete sich in den Sand.

Klick.

Mit langsamen Schritten ging sie auf ihn zu, bis sie fast genau vor ihm stand. Sie blickte ihn an, lächelte.

Die Zeit mit ihm war Hoffnung. Auf ein Leben jenseits des Abgrunds, mit geteilten Freuden, mit Genuss, und vielleicht sogar mit Liebe und Geborgenheit.

Er erhob sich und trat nah an sie heran. Die Kamera war direkt vor ihrem Gesicht.

Klick.

Ein Foto war ein gefrorenes Spiegelbild. Doch es war ok. Sie war nicht hässlich. Sie fand sich auch nicht schön, doch mittlerweile war der Blick in den Spiegel nicht mehr ganz so schwer. Es waren nicht mehr Hass und Ekel, Scham, Wut und Verachtung, die sie aus der Reflexion anstarrten. Sie blickte auf sich selbst. Auf Mila. Mila Fochs.

Plötzlich vibrierte ihr Handy.

Sie starrte auf den Bildschirm, als würden die Wörter unter dem Druck ihres Blickes noch ihre Bedeutung ändern. Doch die Buchstaben behielten ihre Form.

Es gibt einen Grund, warum deine Eltern sterben mussten. Finde mich!

Das Lächeln floh aus ihrem Gesicht, während ihre Zähne sich hart aufeinanderpressten. Wieder und wieder las sie die beiden Sätze, während sie mit dem Nagel ihres Zeigefingers immer von neuem über den Blister in ihrer Jackentasche fuhr.

Das Zittern war ein alter Bekannter.

Klick.

Danke!

Dies ist mein erster Krimi und ich hoffe, dir hat das Lesen genauso viel Spaß gemacht, wie mir das Schreiben. Milas Reise nach Amrum war auch für mich ein ziemliches Abenteuer, das ohne die Hilfe mir lieber Menschen nicht hätte stattfinden können. Darum gibt es hier dann auch den verdienten Dank.

Charlotte, dir vielen Dank für die tollen Gespräche und gemeinsamen Hirnstürmungen. Scharfen Geistes waren deine Hinweise.
Antje und Ronny, euch beiden vielen Dank dafür, dass ihr euch die Zeit genommen habt, um das Manuskript zu lesen.

Und natürlich danke ich dir, da du das Buch bis zum Ende gelesen hast. Wenn dir die Geschichte um Mila Fochs gefallen hat, freue ich mich, wenn du mir eine Rezension auf Amazon oder Lovelybooks hinterlässt. Das hilft mir, mich weiter dem Schreiben der nächsten Bücher zu widmen.
Auch diese Geschichte geht weiter. Du kannst dich bereits auf die Fortsetzung freuen. Wird Mila die Mörderin ihrer Eltern finden? Und wer hat ihr die mysteriöse Nachricht geschrieben? Jede Menge Fragen, die in den nächsten Büchern beantwortet werden.

Wenn du mehr über mich erfahren möchtest, dann folge mir gerne auf Instagram. Ich freue mich immer über Nachrichten von Leserinnen und Lesern. Gerne kannst du dich auch auf meiner Webseite in den Newsletter eintragen. So erfährst du immer als erstes von Veröffentlichungen, Gewinnspielen und Veranstaltungen.
Xaver Malkus

Instagram: @xavermalkus
Webseite: xavermalkus.de

Printed in Poland
by Amazon Fulfillment
Poland Sp. z o.o., Wrocław

77267622R00183